참마도 新무협 판타지 소설

화산진도 2

참마도 新무협 판타지 소설

초판 1쇄 찍은 날 § 2006년 9월 13일
초판 1쇄 펴낸 날 § 2006년 9월 20일

지은이 § 참마도
펴낸이 § 서경석

편집장 § 문혜영
편집책임 § 김민정
편집 § 이재권 · 유경화

펴낸곳 § 도서출판 청어람
등록번호 § 제1081-1-89호
등록일자 § 1999. 5. 31
어람번호 § 제2-1005호

주소 § 경기도 부천시 원미구 심곡1동 350-1 남성B/D 3F (우) 420-011
전화 § 032-656-4452 팩스 § 032-656-4453
http://www.chungeoram.com
E-mail § eoram99@chollian.net

ⓒ 참마도, 2006

ISBN 89-251-0310-9 04810
ISBN 89-251-0308-7 (세트)

※ 파본은 본사나 구입하신 서점에서 교환하여 드립니다.
※ 저자와 협의하여 인지를 붙이지 않습니다.

華山頂刀

Fantastic Oriental Heroes
참마도 新무협 판타지 소설

2

운명의 강

도서출판 청어람

목차

第一章 첫선 / 7

第二章 보여지는 현실 / 45

第三章 창룡 주비 / 81

第四章 야수 / 121

第五章 진평표국 / 169

第六章 작은 결심 / 209

第七章 선택 / 249

第八章 양명당 / 289

第九章 또 다른 시작 / 327

第一章

첫선

1

예호검 화주청이란 인물. 이도는 그 이름을 떠올리며 고개를 갸웃거렸다. 지금 보는 모습과는 달리 이미 들었던 이야기는 그리 좋은 것이 아니었다.

후덕하고 무엇이든 용서할 관용스러운 인물로 보이지만 실상은 유약하고 결단력이 없는 인물로 알고 있었다. 어떻게 이런 사람이 화산의 장문이 되었는지 이해가 안 갈 정도로 유약한 사람인 것으로 들었던 것이다.

"뭘 그렇게 생각하냐?"

문득 들려오는 지충표의 목소리에 이도는 고개를 들었다. 지충표는 그 옆에 오유와 같이 있었는데 세 사람은 지금 대청

구석에 앉아 있었다.

현백이 자신이 화산의 사람임을 밝히고 난 후 장원에 있던 사람 모두 지금 대청에 모여 있었다. 화산에서도 장문인 화주청뿐만 아니라 곧이어 온 화산 사람들 삼십여 명이 같이 있었는데 모두 현백을 호기심 어린 눈으로 바라보고 있었다.

때마침 저녁 시간도 되었고 하니 모두들 다탁 하나씩 붙잡고 요기도 하면서 중앙에 앉아 있는 화주청과 방주 장명산의 이야기를 귀동냥하고 있었다. 이 두 사람의 말 한마디에 개방과 화산의 진로가 결정되니 말이다.

"예… 저 화주청이란 사람, 생각보다 괜찮아 보여서요."

"잉?"

뜬금없는 소리에 지충표는 인상을 확 구겼다. 뭐, 대단해 보인다던가 무공이 강해 보인다던가 하면 무슨 이야기라도 해주겠건만 이건 괜찮다라고 하니 무슨 말을 해야 할지 난감했던 것이다.

"쯧, 화산의 장문이 네가 보기에 괜찮아 보여야 하냐? 무슨 생각을 하고 이야기하는 거냐?"

문득 옆에서 작은 목소리가 들려오자 이도는 입술을 비죽 내밀었다. 호지신개 명사찬이었다.

"사숙님은 말도 못하게 하십니까? 내가 언제 틀린 말 했어요? 한 문파를 반으로 동강 내게 놔둔 사람이라면 충분히 욕

먹을 만하지요."

"사정을 모르면 가만히 있어라. 서로 간의 이익을 위해 싸우고 갈라진 사람들이 아니야. 아깐 현백이 있어 제대로 설명하지 못한 것이지 실상을 알면 이야기가 달라."

"뒷이야기가 있었나?"

명사찬의 말에 지충표까지 목을 빼며 달려들자 명사찬은 쓴웃음을 지었다. 그는 잠시 주위를 둘러본 후 목소리를 낮추며 말했다.

"보통 분열은 무언가 이익이 있기 때문에 그렇게 하는 것이지. 내가 무슨 말을 하는지 잘 알 것이라 생각해. 충표 너도 현단지가의 후손이라면 대충 알겠지."

"큭, 너무 잘 알아 탈이지. 그래서?"

콧등을 찡긋거리며 지충표는 장단을 맞추었다. 그러자 명사찬이 씨익 웃으며 다시 말했다.

"한데 이번엔 좀 다른 상황인 것이, 양측 모두 보다 강한 화산을 만들기 위해 그런 것이다 이거지. 다만 그 입장이 한쪽은 전통적인 방법에서 그 틀을 찾았고 또 한쪽은 전혀 새로운 방법으로 이를 가능하게 하려 한다는 것이야."

"그건 또 뭔 소리야?"

도무지 알쏭달쏭한 명사찬의 말에 지충표는 인상을 벅벅 써댔다. 명사찬은 한숨을 한번 푹 쉬고 난 후 이야기를 시작했다.

예호검 화주청은 아주 곧은 인물이었다. 그 인물 됨이 정말 그런지 확인해 볼 수는 없지만 들리는 소문을 종합하면 이 결론밖엔 나오지 않았다. 그는 쇠퇴일로를 걷는 화산의 미래를 더욱 열심히 수련에 임하는 것으로 삼았다. 한데 그와 같은 생각을 가진 사람은 그리 많지가 않았다.

양호검사(兩虎劍士) 이격(李激)이 바로 그런 사람의 대표적인 인물이었다. 화주청의 사제이기도 한 그는 화주청의 유약한 이 결정을 싫어했다. 아니, 유약하다기보다 너무나 많은 시간이 걸리는 일이기에 이를 막아서던 것이다.

물론 두 사람 다 화산에 대한 애착이 남달랐기에 일어난 일인 것은 세상 사람들이 다 아는 일이었다. 한데 이 둘이 본격적으로 어긋나기 시작한 일이 있었는데, 그것은 이격이 솔사림을 출입하기 시작하면서부터였다. 그들의 무공을 눈으로 보기 시작했던 것이다.

현재 강호에서 가장 강한 것은 솔사림이었고 아무도 여기에 이견을 달지 않았다. 그 솔사림에서 무언가 깨닫게 된다면 솔직히 화산으로서는 이득이었다. 문제는 솔사림에서 그 대가로 화산의 무공을 알려달라 했던 것이다.

즉, 화산과 솔사림 간의 연합이 시작될지도 모르는 문제였다. 이야기가 여기까지 불거지자 화주청은 당장 이격의 행보를 막아섰고, 그때부터 골이 깊어지기 시작했던 것이다.

"당연한 거 아니에요? 어떻게 다른 문파에 자신의 무공을 넘겨요? 서로 보여준다는 것이 넘긴다는 것과 다른 것이 뭐죠?"

"그럼 그냥 얻기만 할래? 그건 도둑놈 심보지. 이격이란 사람이 잘한 것은 아니지만 솔사림을 상대로 그만한 일을 벌이려면 충분히 그래야 한다고 보는데?"

명사찬의 말을 듣던 이도와 오유는 서로 생각이 확연히 달랐다. 지충표는 그러한 두 사람의 반응을 양손을 들어 머리를 헝클어뜨리는 것으로 무마한 후 입을 열었다.

"솔직히 말하자면 난 이해가 가지 않는다. 그만한 일로 서로 나뉜다는 것이 말도 안 된다고 보는데? 어쨌든 장문인의 말을 따라야 문도이고 이격이 예호검의 말을 따른다면 그것으로 끝이지 거기서 뭐가 더 있겠어?"

"그래, 충표 네 말이 맞아. 확실히 이격은 순순히 화주청의 말을 들었고, 일은 그렇게 백지화로 일단락이 되었어. 그런데 그 백지화의 조건이 또 걸린 거야. 양호검사는 화 장문에게 자하신공의 진산비급을 원한 거야."

"그 양호검사라는 사람, 딴생각이 있는 것 아니냐? 아니면 어찌 화산 장문의 신물과도 같은 것을 원하지?"

지충표는 도저히 이해가 가지 않았다. 순간 이격이란 사람의 인격 자체가 의심되었고, 누구나 이를 이해할 수 있는 발언이었다. 그러나 명사찬의 이어진 말은 이격의 말을 어느 정도는 수긍할 수 있게 했다.

"이격은 화산의 무공이 낮아지는 원인을 발전된 자하신공, 즉 천매결(天梅訣)에 있다고 본 거야. 그것부터 제대로 변화를 주어야 가능하다고 본 것이지."

"천매결? 아, 가심법이라는 것의 이름이 천매결인가 보지?"

"그래. 진심법이 자하신공이고 가심법이 바로 천매결이지. 그러고 보면 너도 식견이 상당하다? 나야 맨날 여기저기서 온 정보를 보는 것이 일이니 아는 것이 당연하지만 넌 여기저기 떠돌아다니는 사람치곤 너무 많이 아는데?"

살짝 의심스럽다는 듯 명사찬은 지충표를 흘겨봤지만 지충표는 고개를 휙 돌리며 그 시선을 피해 버렸다. 그리곤 씩 웃으며 다시 명사찬을 바라보고 있었다.

"훗, 하여튼 그 일 때문에 화산은 벌집을 쑤신 것처럼 되어 버렸고, 요즘 화 장문은 고심에 고심을 거듭하고 있다고 해. 뭐, 자하신공을 보여주는 것이야 그리 어렵지 않겠지만 문제는 이격의 성격으로 너무 엉뚱한 것이 나오는 게 아닌가 하는 생각을 하고 있는 것 같아."

"그래도 보여줘야 할 것 같은데요? 정말 소문대로 우유부단하군요."

이도는 인상을 쓰며 입을 열었는데 왠지 그 모습이 지충표를 점점 닮아가는 듯이 보이고 있었다. 명사찬은 잠시 지충표와 이도를 번갈아 보다 입을 열었다.

"이 녀석아, 한 문파의 수장 자리에 앉아 있으면 우유부단할 수밖에 없다. 수장의 한마디에 문파의 장래가 결정되는 법. 당연한 이치다."

손가락으로 이도의 인상 쓴 얼굴을 톡 밀며 명사찬은 말을 맺었다. 명사찬의 말을 종합하면 그 양호검사 이격이란 인물이 문제인데, 지충표는 묘한 느낌을 받고 있었다.

혼자 아무리 잘나봤자 여태껏 가심법, 아니, 천매결을 만들어온 선조들에 비할 바가 아니었다. 그 사람들이 모두 충분한 실패를 견디면서 만들어온 것이 천매결이었다. 그 잘못이 보일 리가 없었던 것이다.

그런데도 천매결을 다시 손본다는 것은 뭔가 있기 때문이었다. 그 뭔가가 뭔지 모르기에 이리 답답한 것이지만 말이다.

그렇게 고민하는 자신을 명사찬이 의심스럽게 바라보자 지충표는 입을 열었다. 그리곤 그가 생각하는 것을 모두 털어놓자 명사찬은 새삼 놀랍다는 듯 눈을 동그랗게 떴다.

"정말 충표 넌 보기와 너무 다르다. 그래, 네 말이 맞아. 그도 그냥 무턱대고 천매결을 손보는 것이 아니라 확실한 이유가 있지. 그건 화산 내에서도 잊혀진 무공에 대한 것이었어."

"화산에서도 잊혀진 무공이 있었나? 처음 들어보는걸?"

지충표는 당장에 되물었고, 그 옆의 이도와 오유는 눈을 총

총하게 빛내며 명사찬의 얼굴을 뚫어지게 바라보았다. 그 모습은 마치 제비 새끼들을 연상시켜 명사찬으로 하여금 절로 웃음 짓게 했다.

"푸웃, 표정들 하고는 정말. 하여튼 무공은 나도 들어보지 못한 것이야. 이름도 생소해서 나도 잘 기억이 안 나는데 그게… 매화 뭐라는 것 같았는데… 하도 매화가 들어가는 무공 이름이 많아서 말이야."

지충표의 눈이 살짝 커졌다. 문득 그의 뇌리에 한 가지 무공이 기억나고 있었다. 언젠가 현백이 보여준 무공, 매화칠수 말이다.

그 무공 역시 화산에선 잊혀진 무공이었다. 지충표는 몸을 낮추며 다시금 입을 열었다.

"매화칠수?"

"그래, 매화칠수! 어라? 너, 어떻게 아냐?"

명사찬은 지충표의 말에 놀라 눈을 동그랗게 뜨며 물었다. 그러나 지충표는 입을 꽉 다문 채 고개를 돌려 전면을 바라볼 뿐이었다.

"이 친구가 치사하게 왜 이래? 나는 말을……."

"사숙님, 주위를 좀 봐요."

"응?"

아무래도 소리가 너무 컸는지 거의 모든 사람이 자신의 다탁을 보고 있었다. 그제야 지충표가 고개를 돌린 이유를 알게 되었는데, 명사찬 역시 고개를 돌리며 조용히 전음을 날렸다. 물론 지충표에게 말이다.

"꼭 말해라, 충표."

조용히 고개를 끄덕이는 지충표를 보고서야 그는 고개를 중앙으로 돌리고 있었다.

"남 같지가 않은 친구로구먼. 홍명 그 아이와 생사를 같이 했었다니⋯⋯. 그 아이도 살아왔으면 좋았으련만⋯⋯."

아련한 눈을 한 채 장명산은 잠시 추억에 잠겼다. 홍명을 생각하는 것 같았는데, 문득 뒤쪽에서 토현 대장로의 말이 들려왔다.

"그저 부끄러운 생각뿐입니다. 그런 고생을 하고 있는 줄도 모르고 홍명에 대한 생각은 기억에서 잊혀진 지 오래입니다. 어찌 제가 이토록 잔인했는지⋯⋯. 사람을 사지에 내몰고도 기억조차 못하다니⋯⋯."

홍명에 대해 이야기를 하는 토현 대장로의 심정은 거의 비통함에 가까웠다. 비록 홍명이 그리 주목받지 못한 개방의 사람이었다 하더라도 십이 년 전 충무대로 파견될 사람을 뽑는 자리에 그도 분명히 있었다. 결정을 같이 한 것이다.

그런데 정작 기억도 못해주고 이렇게 홍명과 같이 있었다던 현백이 이야기해서 겨우 알게 된 자신이 부끄러웠던 것이다. 아무리 세월의 흔적이고 힘든 시기였다 해도 있을 수 없는 일이었다.

"어쨌든 화 장문께는 축하의 말씀을 올립니다. 이렇듯 강건한 젊은이가 화산의 품으로 돌아오게 된 것은 하늘의 홍복이지요. 거듭 축하드립니다."

"감사드립니다. 저 역시 하늘의 뜻이라 생각합니다. 정말 잘 돌아왔다, 현백."

"……."

현백은 조용히 허리를 숙였다. 그는 지금 장문인과 같은 다탁에서 조용히 저녁을 들고 있었다. 그의 주위에는 같은 옷을 입은 화산의 무인들이 죽 앉아 있었다.

여기 있는 화산 무인들은 장문인을 따르는 자들이었다. 하나같이 강건하고 나이가 젊었으며 무공 또한 범상치 않아 보이는 것이 현백이 얼추 봐도 자신보다 조금 아래로 보일 뿐 어쩌면 더 강할 수도 있었다.

"너와 같이 이 자리에 있는 사람은 이번에 새로이 뽑힌 이십사수 매화검사들이다. 배분으로 따지자면 한 항렬 정도 현백이 위겠지. 모두들 마음에 새겨 사숙처럼 잘 대하거라."

"예, 장문인."
"알겠습니다."

화주청의 말에 여기저기서 대답이 들려왔지만 왠지 그 대답이 신통치가 않았다. 현백은 대충 그 이유가 이해되었다.

그들의 입장에선 위쪽에 한 놈 더 생긴 것밖에 되지 않았다. 아랫사람이 생긴다면 모를까 섬겨야 할 사람이 생긴 것이니 반가울 리 있겠는가?

게다가 현백의 모습은 이들 매화이십사수에 비하면 여기 개방 사람들의 모습과 별반 다름이 없었다. 하얀 옷은 벌써 핏방울과 먼지로 더러워질 대로 더러워졌으니 그리 안 보이는 것이 이상할 정도였다.

"흐음, 더구나 이 친구, 상당한 무공을 가졌다고 하니 화산으로선 더욱더 잘된 일이지요. 벌써 사람들의 입에 오르내리는 것이, 중경으로 오면서 양명당과 일전을 벌였다지요?"

"아, 형님께선 명육선을 말하는 것이군요. 그렇습니다. 이 친구가 명육선을 일도에 쓰러뜨렸다죠? 허허허!"

마치 매화이십사수에게 들으라는 듯 모인과 양평산이 입을 열었다. 그러자 이들 매화이십사수의 얼굴에 표정이 떠올랐는데 그건 노골적인 비웃음이었다.

물론 매화이십사수는 명육선의 무공을 몰랐다. 하나 그들이 생각하기에 양명당은 오룡일제의 집단일 뿐이었다. 즉, 그들 이외는 별 볼일 없는 놈들이라 생각하고 있었던 것이다.

"……."

왠지 살짝 뒤틀린 얼굴들을 하고 있는 매화이십사수를 보며 모인은 눈을 좁혔다. 아무래도 이 순간 현백이 뭔가 보여줘야 할 것 같았다. 그는 왠지 저 현백이란 친구가 마음에 들었다. 무슨 이유인지는 꼭 짚어낼 수가 없었다. 그저 사람이 사람 좋아하는 것에 이유가 있겠냐는 이야기만 할 수 있겠다. 문득 그의 뇌리에 한 가지 사실이 떠올랐다.

"이도와 오유는 앞으로 나오라."

갑작스런 모인의 말에 이도와 오유는 앞으로 쪼르르 달려 나왔다. 두 사람은 무슨 일인가 싶어 모인을 바라보고만 있었는데, 모인은 두 사람을 한번 보곤 역시 궁금한 얼굴을 한 방주 장명산을 향해 입을 열었다.

"방주, 이 두 사람의 무공을 기억하십니까?"

"…이 녀석들이라면 내 기억을 못할 리가 있소이까? 틈만 나면 숨겨놓은 용음십이수의 진본을 내놓으라고 난리를 친 놈들인데……."

장난스럽게 장명산은 입을 열었고 그 말에 여기저기서 웃음이 흘러나왔다. 이도와 오유는 살짝 얼굴을 붉히고 있었는데 장명산의 말은 거짓이 아니었다.

이도와 오유는 틈만 나면 장명산을 압박했었다. 어릴 때부터 사부인 홍명의 유지를 받든다는 핑계로 장명산에게 매달렸던 것이다.

그러다 일, 이 년 전부터는 아예 장명산의 시야에서 보이질 않았는데 장명산은 이 둘이 포기한 줄 알았다. 하긴 그간 구결로 전해오던 무공을 홍명이 알고 있었으나 홍명이 십이 년 전에 충무대로 갔으니 포기한 것이 당연한 일이었다.

"무례한 말이긴 하나 방주께서 직접 이 녀석들을 한번 봐주시지요. 아마도 예전과는 많이 다른 것을 느끼실 겁니다."

"그래요? 흠음… 모 장로님이 그렇게까지 말씀하신다면야……."

장명산은 자리에서 일어나 중앙으로 나갔다. 손님을 앞에 두고 이렇게 제자들의 실력을 파악하는 것은 어쩌면 실례일 수도 있지만 모인이 허튼소리를 할 리는 없었다.

아마도 현백에 대한 화산 무인들의 시큰둥한 반응을 보고 뭔가를 생각한 것 같은데 일단 그는 따르기로 마음을 먹었다. 중앙 부근에는 이미 이도와 오유가 빙긋 웃으며 서 있었는데 장명산은 그 모습에 절로 쓴웃음이 배어 나왔다.

"웃지 마라, 이놈들아. 정든다."

"이미 들 만큼 들었습니다, 방주님."

"예, 맞아요. 그리고 정없다고 나갈 수도 없잖아요?"

꼬박꼬박 말대꾸를 하는 두 연놈을 보며 장명산은 한쪽 입술을 살짝 틀어 올렸다. 제멋대로이긴 하지만 나름대로 착한 놈들이었다. 그런 놈들에게 상처를 입힐 수는 없다는 생각에 장명산은 왼손을 뒤춤에 찔러 넣고는 오른손만 앞으로 빼내었다.

한 손으로 상대해 주겠다는 말이었다. 하긴 양손으로 상대한다는 것 자체가 장명산에겐 황당한 일일 터이다. 두 사람의 무공을 그 누구보다 잘 알고 있으니 말이다.

"자, 한번 와봐라."

"방주님, 후회하실 겁니다. 합!"

아무래도 이도는 손과 발을 다친 지 얼마 안 되었기에 이번엔 오유가 먼저 앞으로 나서고 있었다. 특히 오유는 여자의 몸이기에 기본적인 육체적 힘이 조금 약한 편이었다. 장명산은 더 생각할 것도 없다는 듯 손바닥을 쫙 편 채 앞으로 내밀었다.

오유의 주먹이 다가오고 있었다. 이도보다도 작은 주먹이 손바닥에 닿는 순간 장명산은 내력을 살짝 올렸다. 이 정도라면 손목에 시큰한 느낌을 주게 될 터이다. 한데,

퍼어어엉!

"……!"

장명산의 눈이 커졌다. 내력의 힘이 보통이 아니었다. 오유가 주먹을 내놓는 순간 자신도 모르게 내력이 확 몰릴 정도로 대단했던 것이다.

장명산이 채 그 눈을 다시 원 상태로 만들기도 전에 오유는 반대편 주먹을 내놓고 있었다. 장명산은 이번엔 내력을 조금 더 올린 상태에서 손을 내밀었다.

퍼어엉!

역시 이번에도 상당한 충격이 오고 있었다. 생각보다 많은 수련을 한 것이 분명한 듯싶은데, 장명산은 이쯤에서 내력을 거두고 칭찬해 주려고 했다. 한데,

"응?"

다시 오고 있었다. 양손이 모두 막히면 그 반탄력이 뒤로

물러나게 되는 것이 권의 기본이다. 한데 지금 그 생각을 비웃기라도 하듯 오유는 바로 반 장 앞까지 와 있었던 것이다.

게다가 양손의 떨림을 보니 바로 출수할 생각인 듯 보였다. 장명산은 기가 막히다는 표정으로 손을 내밀었다.

퍼펑! 퍼펑! 퍼퍼퍼펑!

대관절 몇 합을 처냈는지 모르나 장명산은 오른손으로 바삐 막기 시작했다. 물론 모조리 자신의 손에 막히고는 있으나 한번 커진 눈은 다시 원 상태로 돌아오지 않고 있었다. 치면 칠수록 그 힘이 커지고 있었던 것이다.

대체 어디서 무슨 무공을 익혀왔는지 모르나 황당 그 자체였다. 진실한 무공 수위로 따지자면 이 둘을 합친다 해도 장명산의 반도 되질 않았다. 한데 지금 밀어내는 힘이 점점 불어나면서 어느덧 장명산의 육성 수위까지 올라온 것이다.

"방주님, 이쪽도 갑니다. 왼손은 제게 주시지요. 합!"

문득 뒤쪽에서 이도의 목소리가 들려오자 장명산은 더 이상 한 손으로 싸울 수가 없었다. 내력도 내력이지만 그 속도 역시 상당히 빨라졌던 것이다.

스파파파파팡!

힌순간 대청 중앙에 권의 폭풍이 불기 시작했다. 장명산은 왼손까지 모두 사용하며 두 사람을 견제하고 있었다. 세 사람은 한 덩이가 되어 일 장여의 공간을 쓸면서 움직였다.

"쉽게 승부는 안 납니다. 차압!"

"땀 좀 흘리실걸요?"

지금까지의 움직임도 놀랍지만 한술 더 떠 두 녀석은 온 내력을 사용하는 것 같은데도 말을 하고 있었다. 이건 내력의 운용이 이전과는 비교도 안 되게 좋아졌다는 것인데, 순간 장명산은 이마에 기분 좋은 땀방울이 맺히는 것을 느낄 수 있었다.

"요놈들이 내가 누군 줄 알고……."

타타탓! 파아앙!

한순간 좌우로 신형을 떨며 장명산은 두 사람의 눈을 현혹했다. 당대 개방제일의 보법인 연화락(蓮花落)이 펼쳐지고 있었던 것이다. 삽시간에 장명산의 신형이 좌우로 끊임없이 흔들리더니 어느새 일 장 밖의 공간으로 나가 있었다. 한쪽에서 조용히 구경하던 어느 개방도의 탁자 위로 올라간 것이다.

"방주님, 치사합니다!"

"그래요! 도망치는 법이 어디 있어욧!"

파팡!

이도와 오유는 뾰족한 소리를 내며 장명산에게 향했다. 장명산은 빙긋 웃으며 그들이 도착할 때쯤 또 한 번 신형을 움직였다. 어느새 두 개의 긴 의자 위로 올라가 두 사람을 맞이했던 것이다.

이도와 오유는 각기 허리를 틀며 그대로 장명산을 향해 달려들었다. 이도는 상체를, 오유는 하체를 쓸고 있었는데, 순간 장명산의 양 발이 살짝 움직였다.

타탕!

긴 의자 두 개가 허공으로 치솟고 있었다. 이도와 오유는 각자 눈앞에 보이는 의자를 향해 일권을 날렸지만 그들의 공격은 헛되이 돌아갔다. 한순간 의자가 빙그르르 돌더니 두 사람의 몸 뒤로 간 것이다.

그 의자의 양편 끝엔 장명산의 손이 있었다. 장명산은 의자 다리 하나씩을 쥐고 그대로 이도와 오유의 몸을 걸어 당겼다.

파가각!

"웃!"

이도는 의자에 실린 힘에 미간을 살짝 찡그렸지만 여기서 물러날 수는 없었다. 반탄력을 다시 되돌려 반복시키기를 수십여 회. 이번 공격에 본신 내력이 모두 나가는 상황이었다. 어떠한 일이 벌어지더라도 접근해야 하는 것이다.

"오유!"

"알았어!"

이도의 목소리에 오유는 냉큼 손을 내밀었다. 두 사람은 각기 한 손을 뻗어 서로의 팔목을 단단하게 잡았는데, 이도와 오유는 동시에 소리를 질렀다.

"하압!"

"얍!"

파파파팡!

팔을 잡은 상태에서 빠르게 발을 놀리자 순식간에 원형의 궤적이 생겨나고 있었다. 그러자 의자들이 허공으로 튕겨 나가며 두 사람은 자유롭게 되었다.

"승부입니다!"

"가요!"

쉬시시싯!

자유롭게 되자마자 두 사람은 팔을 놓고 장명산에게 향했다. 이도는 오유를 장명산에게 집어 던진 것이고, 자신은 대청 바닥을 박차며 장명산의 뒤쪽으로 달려나간 것이다.

"……."

장명산의 입에 작은 꼬리가 달렸다. 비웃음이 아니라 정녕 즐거워 짓는 웃음이었다. 정말 이 두 사람의 무공은 예전과는 비교조차 할 수 없었다.

하나 이대로 장명산이 질 수는 없었다. 그는 신형을 뒤로 빼면서 양팔의 의자를 크게 휘돌려 발 앞으로 놓았다. 그리곤 다시 의자 위로 살짝 올라섰다.

위이이이잉!

이도와 오유는 서로 권을 내밀고 있었는데 장명산은 그들의 움직임에 바짝 신경 쓰고 있었다. 마지막 일권을 위해 최후의 방위를 밟은 것을 본 순간 장명산은 양 발을 서로 교차시켰다. 다리를 크게 벌렸다가 다시 확 오므린 것인데, 그러자 두 개의 의자가 앞뒤로 무서운 기세로 쏘아졌다.

콰아아아아!

"……!"

이도와 오유는 눈을 동그랗게 떴다. 이 정도의 힘이라면 허투루 볼 수 없었다. 분명 장명산의 내력이 실린 공격일 텐데 그렇다면 다리가 부러질 수도 있었다. 하나 움직이는 속도가 있기에 어쩔 수 없이 허리를 숙일 수밖에 없었다.

고오오오!

한껏 내력을 순환시킨 힘이 모두 아래로 쏟아지기 시작했다. 두 사람은 눈앞에 다가오는 의자를 향해 주먹을 뻗었다.

꾸아아아아앙!

귀청을 찢는 거대한 폭음이 두 군데에서 일고 있었다. 그 위력에 장명산은 황급히 몸을 빼야 할 정도로 움직였는데, 문득 장명산은 이도와 오유에게 시선을 돌렸다.

"……!"

의자는 물론이고 단단한 청석으로 된 대청 바닥이 완전히 박살이 나 있었다. 허공에 돌가루가 피어올라 아직 내려서지도 못할 정도로 대단한 위력이었다. 장명산은 일 장여를 물러나며 소리쳤다.

"이 녀석들! 대체 너희들, 이게 무슨 무공이냐?"

있을 수 없는 일이었다. 고작 일 년 만에 이런 위력을 만들 수는 없었다. 물론 이전부터 대단한 녀석들이라면 모를까, 하나 분명 그의 기억에는 초식만 좋을 뿐 위력은 형편없었다.

그런데 이젠 반대였다. 초식은 간결해졌고 위력은 비할 바가 아니었다. 문득 놀라고 있는 장명산의 귓가에 누군가의 음성이 들려왔다.

"용음! 용음이다! 너희들, 용음십이수를 대성한 것이냐?"

"……!"

뒤쪽에서 소리친 이는 토현 대장로였다. 그의 눈이라면 틀림없었다. 지금 이 두 사람이 펼쳐 낸 것은 틀림없는 용음십이수였던 것이다.

문제는 이 무공을 어떻게 연성해 냈냐는 것이었다. 분명 그가 알기로 그들은 실체조차 모르고 있었던 것이다.

"홀홀, 맞습니다. 이것은 용음십이수입니다. 그것도 진짜이지요. 이미 제가 확인해 본 사항입니다."

"모인 장로님?"

장명산은 도무지 모인 장로의 의중을 알 수 없었다. 모인 장로는 갑자기 일어나 한쪽으로 움직였다. 현백이 있는 곳으로 다가간 것이다.

그는 잠시 현백의 앞에서 조용히 그를 바라보고 있었다. 그러더니 가뜩이나 구부정한 허리를 더욱더 숙였다. 이 돌연한 사태에 지켜보던 모든 이들이 다 경악하는 것을 뒤로한 채 말이다.

"개방의 장로 모인, 현백 대협께 감사하오. 용음십이수를 개방에 돌려준 것에 대하여."

"뭐라?"

사람들의 놀람은 이제 그 끝이 없었다. 그저 허리를 숙인 모인과 현백을 번갈아 볼 뿐이었다.

2

뭐가 어떻게 됐는지 모르는 상황. 다들 어리벙벙한 느낌에 아무런 말이 없을 때였다. 현백이 신형을 일으키고 있었다. 그리곤 눈앞에 있는 모인보다 더욱더 허리를 숙이며 말했다.

"당연한 일입니다. 홍 형의 마지막 바람이셨습니다."

"저, 정말 사실이란 말인가?"

"……."

특히 비웃음의 눈길을 보냈던 화산의 매화이십사수는 입까지 벌리며 놀라고 있었다. 아무리 봐도 현백이 그런 고수로 보이지 않았던 것이다.

무공을 하는 사람들은 나름대로의 눈이 있다. 물론 신비한 능력은 아니고 수련하면 자연스럽게 알 수 있는 것인데, 바로 상대방의 기운을 읽을 수 있는 것이었다.

그 아릿한 기운의 크기에 따라 무공의 고하를 판별하는데 현백에게선 전혀 그런 기운이 없었다. 그런데 저런 위력의 용음십이수를 전수할 정도라면 말이 필요없었던 것이다.

"훌, 그렇게 말없이 있다고 좋은 게 아니네. 사실은 사실이고 다들 알 것은 알아야지. 안 그런가, 우리 방주님?"

"물론입니다. 이것이 사실이라면 현백 자네는 우리 개방의 은인일세. 정말 고마우이. 명이 그놈이 대견한 일을 해냈구면."

또다시 그의 생각이 나는지 장명산은 말끝을 흐렸다. 어느새 허리를 편 모인은 빙긋이 웃으며 이번엔 이도와 오유에게 말했다.

"그래, 너희 두 놈이 이 친구를 이곳까지 데려올 때엔 시커먼 속내가 있지 않았느냐? 어떠냐, 지금 이야기하는 것이?"

"장로님, 무슨 시커먼 속내입니까?"

"그래요. 기왕이면 개방을 위한 충심이라는 말도 있잖아요."

둘 다 살짝 눈을 흘기며 모인을 보았지만 모인은 슬쩍 그 시선을 피하며 다시 입을 열었다.

"네 녀석들이 말하기 힘들다면 내가 하마. 이보게, 현백. 우리를 위하여 용음십이수의 본모습을 보여주지 않겠나?"

"……."

현백은 입술을 꽉 닫았다. 어쩌면 이러한 부탁을 받을지도 모른다고 생각했지만 설마 그것이 장로의 입에서 나올 줄은 몰랐던 것이다. 이도와 오유가 할 줄 알았던 것이다.

조용히 거절할 생각이었다. 그런데 이젠 그럴 수가 없을 것 같았다. 바로 옆에 있던 화주청까지 입을 열고 있으니 말이다.

"허허허, 현백. 네가 알고 있다면 의당 그리해야겠지. 이미 요결은 넘긴 것 같으니 제대로 보여주는 것이 옳을 듯싶구나. 물론 이젠 다른 사람에게 전수하는 일은 하지 말아야겠고."

"……."

화주청이 이리 말하는데 현백은 어찌할 도리가 없었다. 그저 조용히 고개를 끄덕이고 있었는데, 그의 고개가 떨어졌다 다시 올라오기도 전이었다. 누군가의 목소리가 대청 입구 부근에서 들려왔다.

"하하하하! 화산 제자가 전하는 개방의 무공이라……! 정말 대단한 일입니다! 저도 보고 싶군요!"

내력을 실은 우렁찬 목소리가 들려오자 사람들의 시선이 일제히 한쪽으로 향했다. 그곳엔 일단의 인물들이 들어서고 있었는데 그들은 화산 무인의 복장을 하고 있었다.

화주청이 선풍도골형의 사람이라면 소리를 지른 이는 문사형이었다. 일견하기에 수련을 하는 도인이 아니라 책과 자연을 벗한 사람처럼 보이는 그는 앞으로 걸어오더니 개방의 방주 장명산 앞에 섰다.

"화산의 이격, 조금 늦었습니다. 잠시 처리할 일이 있어 이리 늦었으니 죄송할 따름입니다."

"하하하! 아닙니다. 미리 화 장문으로부터 언질을 받았습니다. 어서 자리로……."

이 사람이 바로 양호검사 이격이었다. 그의 뒤엔 약 사십여 명의 화산 사람이 뒤따르고 있었는데, 화주청과는 달리 나이 든 사람도 꽤 보였다. 화산의 장로급과 연배있는 자들은 오히려 이격의 편을 드는 듯 보였다.

"죄송합니다, 장문 사형. 조금 늦었습니다."

"아닐세. 아직 시작된 것은 아무것도 없네. 인사 올리거라, 현백아. 너의 사백이시다. 이 녀석이 칠군향 사제의 제자이네."

"칠군향! 칠 사제의 후인이 살아 있었습니까? 충무대로 가 소식이 끊긴 줄 알았건만. 반갑구나. 정말 반가워."

이격은 살갑게 굴며 현백의 손을 덥석 쥐었다. 현백은 잠시 당황한 표정을 지었지만 이내 신색을 되찾았다. 이격은 그의 손은 다시금 꽉 쥐며 입을 열었다.

"조금 있다 충분히 이야기하자꾸나. 내 너에 관해… 할 이야기가 많단다."

"알겠습니다, 사백님."

왠지 얼굴이 어두워지는 그의 모습을 보며 현백은 불길한 느낌이 들었지만 지금은 그런 것을 신경 쓸 때가 아니었다. 일단 일어섰고, 용음십이수를 보여주기로 했으니 그리해야만 했던 것이다.

"뭐야? 사이 안 좋다며?"

"눈에 좋게 보인다고 좋은 건가? 왜 이래, 애들처럼?"

"흐음… 그런 건가?"

지충표는 명사찬의 말에 조용히 고개를 끄덕였다. 화산이 둘로 갈라졌다고 하지만 그건 자신들만 있을 때 같았다. 외부의 일이 생기면 여전히 화산이란 이름으로 뭉치고 있었던 것이다.

그러한 점에서 본다면 이 화산의 분열은 현단지가의 분열과는 비교도 될 수 없었다. 현단지가는 완전히 깨어져 명칭마저 달리하겠다고 난리를 칠 정도니 말이다.

"…응? 어딜 가?"

"현백이 혼자 뻘쭘하게 뭘 하라고? 나라도 장단 맞추어야지."

명사찬이 한마디 찍 뱉고 부리나케 중앙으로 나가자 그 모습에 지충표는 흥미로운 표정을 지었다. 그의 의도를 알 수 있었던 것이다.

공개적인 비무, 바로 그것인데 이곳에 올 동안 명사찬의 눈은 거의 대부분 현백에게 향해 있었다. 틈만 나면 한번 해보고 싶다는 호승심 가득한 눈빛이었는데 결국 기회를 잡아 나가고 있는 것이다.

지충표는 고개를 끄덕이며 살짝 신형을 틀었다. 그리곤 뒤쪽에 있는 개방 집법당의 사람들을 향해 손바닥을 벌리며 입을 열었다.

"현백이 이긴다에 한 냥. 어때 다들?"

"이런! 당신 지금 무슨 생각이오?"

부당주의 직책을 맡고 있는 송암이 눈썹을 꿈틀거렸다. 그 모습은 이런 신성한 자리에 어찌 내기를 하자는 것이냐고 말하는 듯했다. 하나 이어 들린 목소리는 다른 내용이었다.

"…당주님에 한 냥이오. 어딜 봐서 저자가 당주님을 이긴다는 거요?"

"나도 한 냥입니다."

"나도……."

여기저기서 은자가 보이지도 않게 걷히고 있었다. 지충표는 씨익 웃으며 입을 열었다.

"내기는 성립이오."

탁자 위에 은자를 올려놓은 채 지충표는 팔짱을 꼈다. 이제 남은 것은 결과였다.

"명사찬, 방주님께 한말씀 올립니다!"

"응?"

갑작스런 명사찬의 발걸음에 장명산은 눈을 동그랗게 떴다. 이번엔 또 무슨 소리인가하고 쳐다보자 명사찬이 말을 이었다.

"손님을 모셔놓고 이렇게 혼자만 힘들게 한다면 강호의 동도들이 어찌 생각하겠습니까? 개방의 집법당주를 맡고 있는 소인의 생각으로는 도저히 있을 수 없는 일입니다. 해서 전 오늘 여러 동도들이 보는 가운데 이번 일에 대한……."

"시끄럽다. 맞상대하고 싶다고 솔직하게 이야기하면 되지 무슨 말이 그리 많아?"

"제 말이 그 말입니다. 방주님, 감사합니다."

씨익 웃으며 명사찬은 신형을 돌렸고 이어 현백의 앞에 섰다. 그리곤 현백을 향해 다시 입을 열었다.

"이런 말 하기 뭣하지만 꼭 한 번 붙어보고 싶었지. 어때, 현백? 내가 나온 것이 좋지 않아?"

"……."

현백은 아무런 말도 하지 않고 있었다. 그저 허리춤에 매달린 도를 끌러내고 있을 뿐이었다.

"이봐, 무슨 짓이야? 본인의 독문무기를 버려놓아야 할 정도로 내가 우습게 보여?"

"도를 차고 권을 쓰란 말인가? 더구나 지금은 용음십이수만 보여주는 것이지 승부가 아닐 텐데?"

"…하긴……."

현백의 말에 명사찬은 고개를 끄덕였다. 말이야 현백이 옳았다. 그러나 사람 일이라는 것이 그리 생각대로만 되는 것은 아니었다.

"물론 자네 말이 맞기는 하지만 그 도를 너무 멀리 놓지는 말게나."

"훗."

현백은 짧게 웃었다. 정말 호승심이 남다른 사람이었다. 아마도 승부 쪽으로 몰고 갈 생각인 것 같았는데 그건 현백이 원하는 바가 아니었다.

뭐, 어느 쪽으로 가도 상관없었다. 다만 피를 보는 일만 자제하면 그만이었으니.

"자, 그럼… 가볼까?"

스슷.

명사찬이 움직이기 시작했다. 앞으로 섬전같이 날아오는 것이 아니라 좌우로 살짝 신형을 움직이고 있었는데, 그 품새가 조금 전에 장명산이 보여주었던 연화락 같았다.

연꽃이 떨어지는 움직임이라 해서 붙여진 연화락. 사실 장거리를 이동하기엔 어울리지 않지만 이러한 승부에 있어 아주 좋은 보법이었다. 수많은 다른 보법을 놔두고 명사찬이 연화락을 택한 것은 다 이유가 있었다.

명사찬이 알고 있는 무공의 가짓수는 상당했다. 하나 특히 연화락을 주로 사용하는 것은 연화락에 아주 좋은 장점이 있었기 때문인데 지금 명사찬은 그 장점을 토대로 현백을 압박하려 하고 있었다.

파아아앙!

명사찬은 허공을 향해 몸을 띄웠다. 그리곤 양팔을 쫙 벌린 채 현백을 향해 다가갔지만 현백은 그때까지도 아무런 행동을 취하지 않고 있었다. 그저 양손을 축 늘어뜨린 채 다가오는 명사찬을 바라보기만 할 뿐이었는데, 한순간 그의 눈이 반짝였다. 허공에서 명사찬의 신형이 흔들리고 있었던 것이다.

 연화락의 장점이 바로 이것이었다. 곤륜의 운룡대팔식처럼 공중에서 신형을 트는 것이 가능한 신법이었던 것이다.

 운룡대팔식이 좌우로 흔들리는 신법이라면 연화락은 좌우뿐만이 아니라 상하의 이동도 가능했다. 물론 다시 튕겨 올라가는 것은 아니었고, 내려오는 속력을 상당히 줄일 수 있었다. 이것으로 상대의 동작을 빼앗는 역할을 할 수 있는 것이다.

 바로 지금 명사찬은 그런 움직임을 보였고, 이어 공중에서 허리를 힘껏 숙이고 있었다. 그의 신형이 휘도는 물레방아가 되어 현백의 정수리를 향해 떨어졌다.

 보통의 경우라면 이 한 수에 당할 수도 있었다. 명사찬의 움직임을 보고 움직인다면 늦었다. 이미 명사찬은 허리를 숙일 때 천근추의 신법을 펼쳤기 때문이다.

 하나 그는 현백이란 사람의 무공이 그리 낮지 않다고 생각했다. 그래서 쓴 것인데, 막 휘도는 자신의 발끝을 본 명사찬은 움찔했다. 현백의 정수리가 발끝에 있었던 것이다.

 "이런!"

놀랄 수밖에 없었다. 이러다간 정말 현백의 정수리는 명사찬의 발끝에 부서지게 될 터이다. 그건 안 된다고 생각하며 최대한 내력을 빼려 노력했지만 그게 뜻대로 되지 않았다. 한데,
부우우웅!
"……."
현백의 신형이 반으로 갈라지고 있었다. 마치 연기가 갈라지듯 그는 그렇게 갈라지고 있었는데 결론은 하나였다. 이건 환영이었던 것이다.
이미 현백은 빠져나간 것이다. 그리고,
쉬이이잇! 파아아앙!
그가 채 땅에 내려서기도 전에 오른쪽에서 강렬한 타격이 일자 명사찬은 양손을 들어 막아내었다. 하나 그 힘은 손이 저릿할 정도로 강렬한 일격이었다.
타탓! 타타탓!
서너 걸음 움직인 이후에야 겨우 멈추어 설 수 있었던 명사찬은 바로 눈을 돌렸다. 그의 오른편에 현백의 신형이 있었다. 오른발을 살짝 들어 공중에 올린 것을 보니 발 공격인 듯 싶었다.
"훗, 이거야 원. 고양이가 호랑이 생각을 해준 격인가?"
쓸데없는 짓을 했다는 생각에 명사찬은 얼굴이 화끈거렸다. 애당초 현백은 명사찬의 의도를 읽고 움직였던 것이다.
게다가 이번 현백의 공격은 그야말로 경고성으로 거의 내

력이 실려 있지 않았다. 하나 내려오기 직전 몸의 힘이 아래로 몰리는 순간 상체를 타격하여 최대한의 움직임을 이끌어낸 것이다.

이미 그 움직임까지 훤히 보인다는 뜻이었다. 사정이 이렇게 돌아가는데 현백을 배려해 줄 여유 따윈 없었다.

"자, 그럼……."

우우우우웅!

명사찬은 내력을 최대한 끌어올렸다. 칠성에 가까운 내력을 끌어올린 채 몸 안에 고루 퍼지게 했다. 그러자 현백 역시 내력을 올리고 있었다.

역시 언뜻 봐도 비슷한 내력이었다. 명사찬은 어금니를 꽉 한번 물고는 바로 움직이기 시작했다.

"시작해 볼까!"

파아아아앙!

그의 신형은 또다시 허공으로 도약하고 있었다. 그러나 이번 도약은 이전과 전혀 달랐다. 이미 시작부터 수많은 잔영이 허공 가득 피어올랐던 것이다.

"사백님이 정말 제대로 해볼 모양이네요?"

"쯧, 이놈아. 저 현백이란 친구가 그리 만만해 보이느냐? 애당초 처음부터 전력을 다했어야 했다. 사람 깔보고 꼴사나운 꼴이라니. 이잉!"

이도의 말에 모인은 혀를 찼다. 아마도 조금은 마음에 들었던지 인사 같은 초식으로 현백에게 다가갔지만 척 보기에 현백은 그런 것 따위에 신경 쓸 사람이 아니었다.

충무대를 그만둔 지 한 달도 안 된 사람이 현백이었다. 피와 살이 난무하는 전장에서 살아온 사람에게 이따위 인사치레 초식 따윈 생각할 수가 없었던 것이다.

"한데 현 대형은 별로 크게 상대할 마음이 없는 모양인데요? 정말 딱 용음십이수만 보여줄 생각인가?"

이도는 혼자 중얼거렸다. 왠지 현백은 명사찬의 움직임에 몸을 맞춘 듯이 별다른 움직임을 보이지 않고 있었는데, 그 말소리가 조금 컸던 모양이다. 바로 옆에 있던 모인은 혀를 끌끌 차며 입을 열었다.

"쯧쯧… 이 녀석들, 이제 보니 아직도 멀었구나. 진정한 의미의 용음십이수가 무엇인지 아직도 모른단 말이냐?"

"예?"

모인의 말에 이도와 오유는 동시에 모인을 바라보았다. 모인 장로는 뜨악한 표정을 지으며 두 사람을 바라보았다.

"비단 권의 위력 때문에 용음십이수를 택한 것이냐, 아니면 네놈들의 사부인 홍명의 유지를 받든 것이냐? 아니, 그 어느 쪽이라도 상관없지. 하면 눈을 돌려 내 형님과 아우를 보거라."

"……!"

그의 말에 이도와 오유는 눈을 돌렸다. 모인 장로의 형님과

아우라면 개방삼장로의 나머지 두 사람을 일컫는 말이었다. 토현 장로와 양평산 장로를 말하는 것이다.

한데 이 두 사람은 눈을 크게 뜬 채 양손을 꽉 쥐고 있었다. 뭔가 대단한 것을 보고 있는 듯싶었는데 두 사람의 귓가에 모인 장로의 목소리가 다시 들려왔다.

"바보 같은 것들, 진정한 용음십이수의 위력은 그 권이 아니라 끊임없는 움직임이다. 마치 격랑 속에 띄워진 마른 나뭇잎의 움직임처럼 흐르는 기운 속에서 그 중심을 잃지 않는 것이다. 진정한 용음십이수의 위력은 그것에 있는 것이야."

"……."

"초식의 모양이 다르면 어떠리. 그렇다고 위력이 반감되는 것도 아닌 것을. 나무를 보지 말고 그 숲을 보란 말이다."

"……."

나름대로 모인 장로는 쉬운 말을 사용해 알아듣기 쉽도록 말했지만 이도와 오유는 고개를 갸웃거리고 있었다. 하나 그건 이도와 오유의 잘못이 아니었다.

지금 모인이 말하는 것도 눈앞에 보이는 현백을 보고 기억해 낸 것이었다. 이미 한 번 절전된 무공을 되살리는 일은 이래서 힘든 것이다.

그러나 그의 기억은 확실했다. 눈앞에 보이는 현백의 신형은 일반인들은 거의 보기 힘든 움직임이었고, 상당한 고수급에 이르러야 그 현묘함을 알 수 있었다. 무공 경험이 일천한

이 두 사람이 막아낼 수 있는 게 아닌 것이다.

"다시 개방의 힘이 세상을 울리려나? 훌훌."

자글자글한 주름을 더욱더 깊게 만들며 모인은 웃었다. 절전된 무공을 되살리는 것이 중요한 것이 아니었다. 그 핑계라도 삼아 젊은 방도들이 열과 성을 다해 노력하는 것, 그것이 중요했다.

비록 오늘 현백이 해준 것은 그저 겉치레인지도 모른다. 하지만 그 겉치레 이후 나타나는 성과가 중요했다. 이도와 오유를 보고 깨달은 젊은 개방도들이 한둘이 아닐 터이다.

발전은 그렇게 시작한다. 목적이 있고, 그 목적을 달성하기 위한 의지가 생기며, 또한 의지를 세울 계기가 필요한 것이다. 오늘 현백은 그 계기를 만들어주고 있었던 것이다.

"고맙네, 현백."

모인은 그저 조용히 뇌까릴 뿐이었다. 나머진 이 친구가 해주는 일을 고맙게 바라보는 것일 뿐.

"후우우, 역시 한가락 할 줄 알았어. 이 정도라면 내가 나서길 정말 잘했군."

두 눈을 반짝이며 명사찬은 현백을 바라보며 씨익 웃었다. 그는 이 비무에 상당히 만족하는 듯이 보였는데, 그 모습은 오랜만에 제대로 된 상대를 만났다는 듯한 표정이었다.

하나 그의 몸 이곳저곳은 지금 이상 신호를 보내고 있었다.

격렬한 움직임 속에서 현백의 신형을 잡기 위해 벌써 대여섯 수 이상을 무리해 펼쳤다. 필살의 수라고 생각한 것을 여섯 개 이상이나 썼으니 그 내력 소모는 막심했고, 살짝 떨리는 양손이 이를 증빙하고 있었다.

이래선 꼴사나운 결말이 날 것 같기에 명사찬은 꼼수를 쓰고 있었다. 조금이라도 말을 하면서 시간을 벌어 내력을 다시 회복하려 하는 것이다. 그와 함께 준비해 둔 마지막 수로 현백과 승부를 내려 한 것이다.

현백은 지금 살짝 뒤로 물러나 있었다. 명사찬이 보기에 현백은 지금 전혀 지친 얼굴이 아니었다. 무표정한 얼굴로 그저 자신을 바라보고 있었던 것이다.

"끝낼 때가 된 것인가?"

"그러면 나야 고맙지."

문득 들려오는 현백의 말에 명사찬은 씨익 웃으며 말했다. 이미 현백은 자신의 의도를 알고 있었고, 충분한 시간을 주고 있었다. 이 한 수로 서로 간에 승부를 지을 것을 예상하며 말이다.

슷!

현백은 양손을 가슴께로 들어올리며 내력을 끌어올리기 시작했다. 언제 어느 방향으로 움직여도 좋을 만큼 현백의 양손은 가볍게 느껴졌다. 실전에서도 이미 그 신묘한 움직임을 충분히 눈으로 본 후였다.

한데 이번엔 조금 그 동작이 달랐다. 왼손은 위쪽으로 올리고 오른손은 아래로 내리기 시작했는데, 이어 반대로 움직이고 있었다. 호흡을 조절하는 것도 잊고 명사찬은 그것이 무슨 짓인가 싶었다.

그런데 그런 동작을 두세 번쯤 반복할 때였다. 갑자기 현백의 양손이 이상하게 보이기 시작했다. 마치 뚝뚝 끊겨진 것처럼 보였는데, 그것이 의미하는 것이 무엇인지 명사찬은 잘 알고 있었다.

내력이 와류(渦流)를 형성하고 있는 것이다. 그것이 한곳에 순간적으로 뭉쳐 이런 환영을 나타내고 있었던 것이다.

현백이 이 정도로 나온다면 그 역시 그냥 있을 수는 없었다. 명사찬은 양손을 좌우로 쭉 벌리며 주먹을 꽉 쥐었다. 그와 함께 허리를 한껏 숙인 채 양 발 뒤꿈치를 들어올렸다.

고오오오!

문득 현백의 눈에 기이한 광경이 보였다. 명사찬의 등에서 엄청난 기운이 솟아오른 것인데, 그 모양이 흡사 거대한 새의 날개와 같아 보였다.

일견하기에도 보통의 힘이 아닌 형상을 보며 현백은 살짝 허리를 낮추었다. 그야말로 단 한 수의 진검 승부가 펼쳐지는 순간이었다.

第二章

보여지는 현실

1

"저 바보 녀석이 정말!"

 장명산의 입에서 고함성이 터져 나왔다. 지금 명사찬이 보여주려는 것은 그야말로 비수(秘手) 중의 비수였다. 이곳에서 보여줄 것이 아니었던 것이다.

 솔사림의 고수들을 상대로 진영웅전에서 보여줄 것이었다. 비룡익포천(飛龍翼包天)이라는 초식명만 정해놓을 정도로 짧은 한 수지만 그 위력은 이루 말할 수 없었다.

 그래서 이 초식을 만들어놓고도 장명산은 다른 사람들에게 공표하지 않았다. 차기 방주로 지목되는 명사찬에게만 전수했던 것이다.

보여지는 현실

그런데 지금 이토록 사람이 많은 곳에서 명사찬은 쓰려 하고 있었다. 비밀의 제일요건은 아는 사람이 별로 없어야 하는 것. 이 점에서부터 비룡익포천의 한 수는 끝장난 것이었다.

그러나 역으로 생각해 보면 그리 나쁜 것도 아니었다. 남모르게 항룡십팔장(抗龍十八掌)까지 전수해 준 명사찬이 저 수를 꺼내 들어야 할 정도로 현백의 무공이 강하다는 뜻이다. 곧 용음십이수의 위력이 상상 이상이라는 뜻인 것이다.

실전된 줄 알았던 무공의 위력이 대단한 것이야 좋은 일이지만 장명산은 씁쓸했다. 이러한 무공을 가진 사람이 이젠 이 세상에 없다는 것이 말이다. 홍명. 새삼 그 녀석이 다시금 떠오르는 순간이었다.

"방주, 괜찮으시오? 이제 막 저 녀석들이 진심으로 할 모양이오이다."

"아, 대장로님. 그렇군요."

새삼스럽게 떠오른 지난날의 회한을 애써 털어내며 장명산은 눈으로 두 사람의 신형을 쫓았다. 어쨌든 지금은 앞만 보고 나아갈 때인 것이다. 그러나 마음속 한구석에 까맣게 잊어버린 한 제자에 대한 마음은 쉽게 누그러들지 않고 있었다.

단 한 번도 자신을 강하다고 생각해 본 적이 없었다. 현백과 같이 있었던 아홉 명의 충무대 사람들 중 현백은 가장 약한 사람이었다.

결과론적인 이야기지만 그가 혼자 살아남았기에 그냥 보기엔 현백이 제일 강하다고 말할 수 있을 것이다. 그러나 현백은 절대 그렇지 않다는 것을 스스로 잘 알고 있었다.

그렇다고 현백 자신이 무공에 천재적인 소질이 있는 것도 아니었다. 그러니 지금 명사찬의 모습을 보고 어떤 무공일지 짐작할 수 있는 것도 없었다. 하나 단 한 가지 현백이 잘하는 것이 있었다.

잊지 않는 것. 그가 본 것, 특히 경험한 것은 절대 잊지 않았다. 천재라서 그런 것이 아니라 자연스럽게 몸에 배어들었다. 그리고 운남에서의 그 습성이 바로 이 순간 빛을 발하고 있었다.

"……."

자신도 모르게 양쪽 어금니가 꽉 물리고 있었다. 온몸으로 지금 명사찬의 무공이 보통이 아니라는 것을 느끼고 있는 것인데, 현백은 숨을 참으며 겨우 숨을 고를 수가 있었다.

명사찬의 무공이 강해 두려워 이러는 것이 아니었다. 그만한 힘을 감지한 자신의 몸을 의식해 이러는 것이었다. 몸 안에 내재되어 있는 악마의 모습을 숨죽이며 참는 것이었다.

지금이 강호가 아니라 운남이라면 현백이 고민할 것은 없었다. 그러나 이곳은 강호였고, 이젠 소속되어야 할 문파로 돌아온 첫 대면이었다. 그럴 수는 없었다.

솔직히 자신의 무공을 다른 사람이 어찌 보든 그건 중요치 않았다. 그가 낼 수 있는 모든 힘을 다 풀어내 놓을 수도 있지만 그의 머릿속엔 한 사람의 형상이 스며들고 있었다. 그의 사부였던 칠군향, 그의 인자한 모습이 자꾸만 떠오르고 있었던 것이다.

칠군향을 생각한다면 절대 야차와 같은 모습을 보일 수는 없었다. 스멀스멀 기어오르는 귀수안을 꽉 내리누른 채 현백은 먼저 신형을 날렸다.

파아아앙!

단 한 번의 도약으로 근 이 장여를 날고 있었다. 대단한 도약력에 명사찬은 이를 악물며 같이 허공으로 몸을 띄웠고, 그의 양손이 크게 휘저어졌다.

크어어어엉!

명사찬의 손놀림에 등 뒤의 날개 같은 기운이 크게 휘몰아쳤다. 한순간에 그 힘은 확 오므라들며 현백의 신형을 휘감고 있었는데 현백은 그 압박감에 양손에 저절로 힘이 들어갔다.

두 사람은 마치 거대한 기의 구 속에 갇힌 꼴이었다. 도약력을 잃고 떨어지기 시작하자 두 사람은 서로의 신형에 신경을 집중했다.

함부로 손을 뻗을 수가 없었다. 이곳에서 섣불리 손을 쓰다간 한순간에 승부가 어그러질 수 있었다. 두 사람 다 승부는 양 발이 땅에 내려서는 순간이라는 것을 이미 알고 있었던 것이다.

양 발이 자유로워질 때, 그때가 서로의 진검 승부가 될 것이다. 누가 먼저랄 것도 없이 현백과 명사찬 모두 양 발을 땅에 내딛고 있었다. 그리고,

스파파파파팡!

두 사람의 신형이 순간 보이지 않았다. 명사찬의 손과 발이 모두 허공으로 빠르게 움직이고 있었고, 그와 함께 현백의 신형 역시 보이지 않았다. 이 정도의 움직임이라면 강호의 일류급 고수라 해도 과언이 아니었다.

보는 사람들이야 충분히 그렇게 말할 수 있었다. 하나 막상 손을 섞고 있는 명사찬의 생각은 전혀 달랐다.

미칠 것 같은 심정이었다. 분명 지금 현백은 나뒹굴어야 정상이다. 자신이 쳐낸 모든 내력을 고스란히 맞으면서 말이다. 그런데 현백은 전혀 그렇지 않고 있었다.

피하거나 흘러내고 있었다. 자신이 양 날개처럼 편 내력은 그냥 보기 좋으라고 흘린 것이 아니었다. 내력의 날개가 감싼 공간은 자신이 통제하는 공간인 것이다.

순(順)과 역(逆)의 차이. 이 공간은 그렇게 이야기할 수 있었다. 용천혈과 백회를 거쳐 밖으로 뽑아져 나온 명사찬의 내력은 뒤쪽에서부터 앞쪽을 향해 흐르는 것인데, 여기에 명사찬은 양손을 놀리며 내력을 실어 보냈다.

따라서 현백의 움직임은 맞받아오는 명사찬의 내력을 이겨야 하기에 엄청난 구속력을 가지게 되지만 지금 현백의 모습을 보면 전혀 그런 움직임이 느껴지지 않고 있었다.

쾅! 파쾅!

머리와 가슴, 그리고 배를 노리며 치고 들어갔건만 현백은 너무도 수월하게 이를 막고 있었다. 이러다간 정말 아무런 성과 없이 몸만 움직인 꼴이 될지도 몰랐다.

명사찬은 아랫입술을 살짝 깨물었다. 물론 이 대련의 성격이 생사를 건 싸움이 아니라 용음십이수를 보기 위한 비무이긴 하지만 엄연히 승부는 존재했다. 그리고 그 승부 속에서 패라는 것을 뒤집어쓰고 싶지 않았던 것이다.

"하압!"

과아아앙!

한순간 명사찬의 몸에서 더욱더 강한 기가 피어올랐다. 원형의 내력 공간 위로 거대한 두 개의 날개가 다시금 허공으로 솟아올랐던 것이다.

"……"

장명산은 할 말이 없었다. 설마하니 명사찬이 저 방법까지 사용할 줄은 몰랐다. 이 비룡익포천이면 승부가 날 것이라 생각했다.

그런데 현백의 움직임은 실로 놀라웠다. 기환(奇環)이라 명

명된 저 둥근 내력 속에서 움직이는 현백은 도무지 이해할 수가 없었던 것이다.

아마도 온몸이 어떤 보이지 않는 넝쿨 같은 것에 얽혀 있는 듯한 느낌일 터이다. 움직이면 움직일수록 점점 빠져드는 수렁 같은 느낌. 그것이 저 기환이었다.

그건 시전자가 의도하지 않아도 자연스럽게 나오는 것이었다. 정체되어 있는 내력이 아니라 흐르는 내력이기에 계속 밀려 나오는 원리였다. 즉, 저 안에서 상대편이 손이라도 든다면 그 아래로 강한 내력이 밀려 다시 팔이 내려오지 못하게 되는 것이다.

그런데 현백은 전혀 그 영향을 받지 않는 것처럼 보이고 있었다. 어느 정도 무공이 있다고 자신하는 장명산조차 어찌 된 일인지 알 수 없을 정도로 놀라운 일이었던 것이다.

"대단한 아이입니다. 초식에선 완전한 용음십이수라 할 수 없으나 그 내력의 흐름과 소통은 완전한 용음십이수입니다. 용음십이수의 가장 중요한 요소인 이류소(異類疎)의 원리를 완전히 터득하고 있군요."

문득 들려오는 목소리에 장명산은 고개를 돌렸다. 개방삼징로의 내장로인 토현 장로가 입을 열고 있었다.

"이류소란 다른 기운들을 통제하고 흘리며, 때론 끌어당기는 힘의 흐름을 아는 것입니다. 그것이 가능하기에 지금 현백이란 아이의 움직임이 가능한 것입니다."

"그렇습니다. 말로만 들었던 것이라 기억 속에서 희미한데 이제야 조금 기억이 나는군요. 틀림없는 이류소라 할 수 있겠습니다. 하나 그 공격은 약간 이해가 가지 않는군요."

또 한 명의 장로 양평산이 입을 열었다. 토현과 장명산은 동시에 고개를 끄덕였는데 그 말대로 공격력은 그리 강해 보이지 않았다.

아니, 사실대로 이야기하면 공격력이 강하지 않은 것이 아니라 공격하기 힘든 상황이라 하는 것이 옳았다. 그러나 상황은 급변하고 있었다.

"아니, 이 녀석이!"

장명산은 자리를 박차고 일어섰다. 그의 눈에 보이는 거대한 두 개의 날개. 명사찬이 무리하고 있었다. 아직 저 방법은 이론에 불과한 것이다.

스슷! 파아앙!

말려야 한다는 생각에 그는 온 힘을 다해 앞으로 달려나갔다. 하나 이미 명사찬이 만들어낸 날개는 그의 머리 위에서 하나로 합쳐지고 있었다.

"……!"

현백은 자신도 모르게 몸이 떨리는 것을 느꼈다. 이 정도의 힘이라면 정말 위험했다. 지금까지는 이류소의 원리를 통해 견디어낼 수 있었지만 이젠 달랐다.

지금 명사찬이 일으키는 힘은 피하거나 흘릴 수 있는 것이 아니었다. 게다가 주위를 둘러싼 기의 구체가 그 형상을 변화하고 있었다.

츠츠츠츠츠.

모두 현백의 뒤편으로 이동하고 있었다. 그렇다면 더 이상 뒤로 물러날 수는 없다는 뜻이었다. 이젠 현백도 결단을 내려야 할 시기였다.

콰아아악!

오른발을 힘껏 굴러 대청 바닥에 고정시킨 채 현백은 양손을 들었다. 그리곤 신형을 반대로 돌리더니 빠르게 양손을 휘돌리기 시작했다.

타타타탕!

빠른 연격이 터져 나오고, 뒤쪽으로 이동한 명사찬의 기운에 잔잔한 파장이 일기 시작했다. 하나 그 파장은 무시해도 좋을 만큼 적은 것이었다. 그런데,

퍼퍼퍼펑!

점점 그 소리가 달라지고 있었다. 바로 튕겨 나오는 반탄력을 이용하여 그 위력을 크게 만들고 있었던 것이다. 현백은 마치 벽이라도 두들기는 듯 미친 듯이 신형을 움직였다.

스파파파앙!

이젠 그 소리가 심상치 않았다. 점점 강해지는 반탄력을 느끼며 현백은 다시금 몸 안에서 그 기운을 돌렸다. 그러던 어

느 한순간 허리를 힘껏 틀며 오른손을 어깨까지 끌어 올렸다.

고오오오!

휘도는 현백의 주먹엔 강한 기운이 서려 있었다. 그 기운은 정확히 눈앞에 다가오는 기의 검을 향해 있었다.

두 개의 날개를 합친 형상. 그것은 결국 하나의 검이 될 수밖에 없었다. 명사찬은 이 내력의 검을 현백을 향해 쭉 밀어 내었던 것이다.

막을 수 있을 것이라 생각지 않았다. 아마도 허공으로 신형을 띄우리라 생각했건만 현백의 반응은 달랐다. 정면 돌파를 보여준 것이다.

"바보 같은!"

틀어야 했다. 지금 눈앞으로 날아간 기의 검을 옆으로 틀어야 현백이 살 수 있었다. 이건 맨손으로 막을 수 있는 것이 아니었다.

더욱이 이 수가 발동되면 눈앞에 보이는 것이 문제가 아니었다. 바로 이 뒤에 파생되는 보이지 않는 암격이 함께 동반되기 때문인데 그것을 눈치 채지 못한다면 현백은 죽은 목숨이었다.

한데 지금 현백은 전혀 알 리가 없었다. 그러니 방법은 명사찬 자신이 그 방향을 트는 수밖에 없었다. 한데,

쩌어어엉!

"……."

 명사찬의 눈이 부릅떠졌다. 자신이 내보낸 기의 검이 부서지고 있었다. 그것도 현백의 주먹 한 방에 말이다.

"큭!"

 강대한 위력이었다. 오른팔이 시큰거릴 정도로 명사찬이 보낸 기운은 대단했다. 그러나 막을 수 없을 것이라곤 생각지 않았다. 살짝 인상을 쓴 현백은 그 반탄력을 팔을 통해 빠르게 이동시켰다.

 바로 반대편 팔이 나가고 있었다. 의도적으로 하는 것이 아닌 자연스럽게 이루어지는 이동이기에 그 속도는 말로써 형용이 불가했다. 그 기운이 그의 양손에 폭풍처럼 몰아치기 시작했다.

 쩌저저저정!

 귀청을 찢는 소리와 함께 명사찬의 기운이 허공으로 흩어졌다. 현백은 긴 한숨을 쉬며 신형을 뒤로 젖히고 있었는데 그때 문득 그의 눈에 명사찬의 얼굴이 보였다.

"……."

 당황한 모습이었다. 하나 그 당황함은 자신의 기운이 다 깨어졌기 때문이 아니었다. 그 눈길이 머무는 곳이 자신이 아니었던 것이다.

 정확히 현백의 신형 삼 척 앞 정도를 바라보고 있었고, 눈을 내린 현백은 얼굴을 확 굳혔다.

우웅!

보이지 않는 기운이 느껴지고 있었다. 이 정도의 기운이라면 그 크기를 가늠할 수도 없었다. 이건 후폭풍이었다. 강한 양강의 기운이 치고 나간 그 공백을 따라온 음유의 진력이었던 것이다.

만일 이 진력이 현백의 몸을 통과한다면 그야말로 어떤 상황이 닥칠지 아무도 알 수가 없었다. 현백은 다급한 심정에 몸 안에 있는 그의 기운을 확 끌어올렸다. 그와 함께 그의 양손이 앞뒤로 길게 뻗아졌다. 그러자,

꽈자자자작!

"우욱!"

"큭!"

현백과 명사찬 모두 뒤로 튕기고 있었다. 하나 이내 억센 손아귀에 두 사람은 겨우 신형을 다잡을 수 있었다.

"바, 방주님!"

"멍청한 놈! 미완의 무공을 함부로 쓰면 어쩌자는 것이냐! 이것이 생사의 비무이더냐!"

"……."

어느새 다가온 장명산이었다. 그는 양손을 벌려 현백과 명사찬의 손을 잡자마자 신력을 보내 두 사람의 신형을 바로 세웠다. 그러지 않았다면 둘 다 기의 흐름에 땅에 곤두박질쳤을

것이다.

"…현백, 괜찮은가?"

조금은 조심스러운 목소리가 장명산의 입에서 흘러나왔다. 그는 현백을 보고 있었는데 현백은 고개를 약간 숙이고 있었다. 혹여 부상이 아닐까 하는 생각에 장명산은 고개를 내려 그의 혈색을 살폈다.

"괜찮습니다."

"……!"

장명산의 눈이 커졌다. 분명 현백의 눈이 변해 있었다. 그것도 흠칫 놀랄 정도로 두려운 모습으로 말이다.

눈. 그의 눈이 변해 있었다. 흐르는 안광은 장명산으로 하여금 귀신의 눈이라 생각할 정도로 두려운 형상으로 변해 있었다. 그러나 이내 그 눈빛은 사라졌다. 현백이 두 눈을 질끈 감아버린 것이다.

그리고 다시 현백이 고개를 들어 눈을 떴을 땐 이미 그 기운은 사라진 후였다. 현백은 평소의 평온한 신색 그대로였다.

하지만 분명 장명산은 보았다. 순간적으로 꿈을 꾼 것이 아닌가 하는 생각이 들고 있었는데 분명 환상은 아니었다. 환상이라면 그 혼자만 그런 생각을 하는 것일 테지만 눈앞에 있는 또 한 사람, 명사찬 역시 무언가를 느낀 듯한 표정이었다.

게다가 잡혀 있는 손도 살짝 떨리고 있었다. 그 떨림은 내력의 울림으로 인해 생긴 것이 아니었다. 인간의 마음속 깊이

숨어 있는 원초적인 공포심이었던 것이다.

비록 그 떨림은 곧 없어졌지만 분명 그의 손은 떨림을 기억하고 있었다. 헛것을 본 것이 아니었던 것이다.

일순 분위기가 이상해지고 있었다. 아무래도 마지막 순간 현백의 모습을 본 것은 그 혼자만이 아닌 듯했다. 화산의 예호검 화주청을 비롯해 개방삼장로까지 눈빛이 의혹으로 물들고 있었다. 한데 그때였다.

"자자, 돈들 이쪽으로."

"무슨 짓이야, 이 친구야? 조용히 좀 해!"

굵직한 목소리가 들려오며 한순간에 이목을 끄는 자가 있었다. 여기저기서 돈을 거둬들이는 지충표였는데 아무래도 두 사람의 대결에 내기를 한 것처럼 보였다.

"아, 사람들이 정말. 저게 어떻게 무승부야? 어서 돈 줘야지?"

"돈이고 뭐고 가만히 좀 있어! 누구 경 치는 것 보려고 이래?"

지충표의 말에 대답한 사내들은 하나같이 얼굴색을 하얗게 만들고 있었다. 그도 그럴 것이, 모두 다 일, 이결의 평제자들. 사결이 넘는 명사찬의 행보에 돈을 걸었으니 경을 칠 일인 것이다.

그러나 지충표는 꿋꿋하게 일어나 돈을 거뒀다. 그러다 주위의 이목이 한순간에 다 자신에게 모였음을 짐작했는지 겸

연쩍은 얼굴로 고개를 돌리며 말했다.

"그게… 강호를 떠돌다 보니 돈이 절실해서리……."

씩 웃으며 하는 말이 가관이었다. 대부분의 사람들은 어처구니없는 표정을 지었다. 잘못하면 경을 칠 일이지만 막상 당사자인 명사찬의 반응은 달랐다.

"크하하하! 역시 충표 자네의 생활력은 정말 대단하이! 그 돈으로 내 목 좀 축일 수 있을까?"

"그럼, 자네 덕분에 딴 것인데 뭐. 어어 이리 오게."

배분이 높은 고수들이 많은 자리에서 할 말은 아니었지만 지금 지충표가 왜 이렇게 어처구니없이 나서는지 대부분의 사람들은 다 알고 있었다. 현백에게 모이는 시선을 자신에게 돌리려 하고 있는 것이다.

무슨 일인지 모르지만 현백은 기이한 무공을 익힌 것 같았다. 여기서 그냥 현백을 앞에 세워두었다간 점점 난처해질 것 같아 그가 나선 것이다. 그리고 그 점을 이미 명사찬은 짐작했고 말이다. 그 역시 현백이 난처해지는 것을 원하지 않았다.

"눈앞에 술이 있는데 가긴 어딜 가나? 그냥 그 자리에서 마시게나. 고맙네, 현백. 자네로 하여금 우리 개방의 제자들이 모두 정신이 번쩍 들었어. 하하하!"

대충 상황을 짐작한 장명산 역시 호탕한 웃음으로 말을 마무리했다. 현백은 조용히 고개를 숙여 예를 취하고는 뒤로 신형을 돌렸다.

카릭.

한쪽에 놓아두었던 도를 들어 다시 허리로 돌리곤 그는 어디론가 움직였다. 아마도 조금 무리한 듯하니 쉬기 위해 이층으로 올라가는 것 같아 보였다.

"건방진 자가 아닙니까? 가면 간다고 이야기를 해야지. 그것이 화산에 적을 둔 자의 모습이겠지요."

"그리 딱딱하게 굴 필요 없다. 십여 년이 넘게 화산을 떠나, 아니, 중원을 떠나 있었던 사람이니라. 아직 예법이 제대로 길들지 못한 것이 정상이겠지."

이층으로 올라가는 현백을 바라보며 화산의 제자 몇몇이 볼멘소리를 내자 화주청이 조용히 입을 열어 그들을 달랬다. 설사 현백의 행동이 아주 잘못된 것이라고 해도 지금 이 순간 그 책임을 물을 수는 없었다. 지금은 개방의 사람들과 같이 있는 것이 우선이니 말이다.

"장문 사형의 말이 옳다. 모두들 그만 정신을 집중해라. 지금은 개방의 맹우들과 있어야 할 때이니라."

한쪽에서 양호검사 이격까지 이렇게 말하자 화산의 무인들은 바로 시선을 돌렸다. 이제 그들의 신경은 현백에게서 완전히 떠나 있었다.

그러나 그중 두 사람은 아니었다. 예호검 화주청과 양호검사 이격은 살짝 굳은 얼굴을 한 채 허공을 바라보고 있었다. 두 사람의 머릿속에서는 조금 전의 상황이 다시금 그려지고 있었다. 그리고 그 결론에 대해 각기 다른 결론을 도출해 내었다.

그러나 두 사람의 머릿속에 공통적으로 그려져 있는 것이 하나 있었다. 과연 지금 현백의 등장이 화산에 어떤 결과를 가져다줄 것인가 하는 것이었다.

현백이 누구의 편에 서는가에 따라서 화산은 달라질 수 있었다. 그 계산을 조심스럽게 하고 있는 것이다. 과연 끌어안는 것이 나은지 아니면 젖히는 것이 나은지를 말이다.

2

병기를 닦는 일은 참으로 지루한 일이다. 날마다 정성껏 닦는 일도 한두 번이지 사실 하루에 한 번 닦는 것도 쉬운 일은 아니었다. 아니, 그냥 이렇게 닦는 것을 보는 것조차 지루한 일이었다.

그런데 그 지루한 일을 매일 하는 사내가 있었다. 병기가 작은 것도 아닌데 길이만 팔 척에 이르는 장창을 눈앞의 사내는 매일 닦고 있었다.

그냥 가서 어깨를 툭 치며 주의를 끌면 좋으련만 병기를 닦고 있는 사내는 그런 행동을 용납하지 않았다. 자신이 아니라 당주라도 그냥 있지 않을 사람이었던 것이다.

뽀득.

창대까지 총 길이 칠 척에 이 촌에 달하는 두께를 지닌 창날이 달려 있었다. 창두 부분의 길이가 이 척에 달하는 전형적인 고대 창날에서 맑은 소리가 흘러나오자 사내는 호흡을 들이켰다. 이제야말로 지루한 창 닦는 시간이 끝난 것이다. 원래 마지막 손질로 돌려지는 수실 따윈 달고 다니는 사내가 아니니 말이다.

"암룡이 나섰다고 들었습니다. 한데 저도 가야 합니까?"

"…역시 알고 있었군. 일단 그에 대한 암격은 중지한 상태이네. 상대가 개방과 화산 쪽으로 들어간 상황이야."

차분히 기다리던 사내는 바로 제룡이었다. 작지만 정갈한 방 안에 들어와 이제껏 기다렸으니 방 주인이 모를 리 없었다. 방 주인은 잘 닦인 창날에 비단으로 된 집을 씌우고 있었다.

"그럼 정식으로 치고 들어가잔 말인데 그런 일이라면 저보다 패룡이 더 낫지 않겠습니까? 명성을 위해서라면 무슨 일이든 마다하지 않을 텐데요."

"하면 자네는 그렇지 않나, 창룡?"

방 주인은 바로 창룡이었다. 그는 일어서서 창대를 한쪽 벽에 세우다 신형을 멈추고 이어 하던 동작을 계속하고 있었다. 그리고는 조심스럽게 창대를 세우는 것을 멈추곤 신형을 빙글 돌렸다.

돌아선 창룡의 얼굴은 상당히 어려 보였다. 사십대의 제룡에 비해 그는 이십대 후반으로 보였다. 어찌 보면 얼굴 선이 고와 여자 같다고 느낄 정도였는데 특히 입술이 여인보다도 붉고 고왔다.

그 입술이 열렸다. 하나 고운 입술을 비집고 나온 소리는 완연한 남자의 목소리였다.

"같은 명성을 추구한다고 똑같이 취급하지 마십시오. 세속적인 명성을 쫓는다면 이곳에 있지도 않을 것입니다. 그리고 이 창룡이란 이름 역시 받지 않았을 것이고……. 모를 리가 없으실 텐데요?"

"물론이네, 창룡. 내 어찌 그 점을 모르겠나?"

제룡은 고개를 끄덕이며 앞으로 움직이고 있었다. 이어 방 한 켠에 마련된 작은 의자에 앉으며 손은 탁자 위로 올렸다.

"자네의 말, 분명히 기억하고 있네. 군주로 추앙할 만한 자가 나타난다면 언제든 이곳을 떠나겠다고 했던 말을. 하나 그 말이 정말 실행에 옮겨질 수 있을까?"

말의 내용을 보면 분명 비꼬는 논조였다. 그러나 눈앞의 제룡이란 자는 정말 대단한 화술을 지닌 자였다. 비꼬는 논조라도 그가 이야기하면 그렇게 느껴지지 않았던 것이다.

창룡은 그가 무슨 말을 하는 것인지 잘 알고 있었다. 지금 양명당주로 있는 고도간이란 인물은 군주로 추앙받을 만한 재목이 아니었다. 스스로 그렇게 생각하고 있는지 몰라도 적어도 창룡이나 제룡이 볼 땐 아니었다.

그럼에도 불구하고 창룡은 이곳에 남아 있었다. 말과 행동이 일치하지 않는 그의 모습을 단적으로 이야기한 것임을 잘 알고 있는 것이다.

"내 방에 와 할 이야기가 그것입니까?"

"물론 그럴 리가 있나? 자네가 나서주게. 패룡은 상대가 되지 않을 것 같아."

"……."

제룡의 이야기에 창룡은 눈을 반짝였다. 패룡이 상대가 되지 않는다라……. 이 제룡의 입에서 나올 만한 이야기가 아니었다.

그의 말은 마법과 같다. 더욱이 그 말과 함께 눈이 보통이 아니었다. 일단 그가 한 번 본 사람이라면 바로 그 사람의 모든 것이 제룡의 머리에 들어간다. 그만큼 사람 보는 눈이 출중했다.

패룡의 모든 것을 제룡은 안다. 그러하기에 제룡은 이런 일이 생기면 언제나 패룡에게 해야 할 방도를 일러주었다. 그렇게 된다면 질 일은 없었다. 그리고 그 방법이 오늘날의 양명당을 만들어낸 가장 큰 힘이었다.

그런 제룡의 입에서 패룡이 전혀 쓸모없다는 소리가 나왔다는 것은 상대가 정말 대단한 사람이란 뜻이었다. 문득 창룡의 귓가에 제룡의 목소리가 들려왔다.

"상대의 이름은 현백, 화산 사람이라는 것밖에 알려진 것은 없네. 그것도 복식에 매화나무 가지를 새기고 다니기에 그런 것이지 실제로 확인된 바는 없네."

"현백?"

"객잔 거리에 가면 허기평이란 놈이 있을 것이네. 아마도 암룡과 같이 있겠지만 암룡이야 보일 리 없겠지. 난 이만 가네."

할 말만 마치고 그는 움직였다. 창룡은 그저 멀어지는 그의 뒷모습만 바라보고 있을 뿐이었다.

잠시 동안 그는 말없이 서 있었다. 무엇을 어찌해야 할지 모르는 것은 아니었다. 제룡이 말한 이상 그는 따라야 했다. 그것이 양명당이란 조직을 제대로 이끌 수 있는 힘이었고, 아직 양명당이 그에게 필요한 이상 그는 그 말을 따라야 했다.

"…후!"

긴 한숨과 함께 이윽고 창룡이 움직이기 시작했다. 한쪽 벽면에 잘 놓여진 창날을 집어 들고는 움직였다. 제룡이 나간 방문을 향해 그 역시 바로 빠져나가고 있었다.

* * *

"고맙다, 충표."

"그 얼굴에 그런 인사는 안 어울린다. 그냥 아무 말 없이 있는 게 더 좋아."

"훗."

현백의 말에 지충표는 뚱한 표정을 지었다. 그러자 이도와 오유가 동시에 헛웃음을 터뜨렸다.

지충표의 표정은 심히 좋지 않았다. 그도 그럴 것이, 이유야 어쨌든 남의 잔치에 와서 비무를 보고 내기를 했다. 그것도 아주 당당히 말이다.

주인 된 도리로 그냥 있을 수 없었다. 그렇다고 지충표에게 물리적인 위해를 입힌 것은 아니지만 지충표는 차라리 그 편이 나을 것 같다는 생각을 했다.

개방삼장로 그들로부터 일장 연설을 들어야 했던 것이다. 장장 반 시진 동안이나 세 사람에게 둘러싸여 갖은 소리를 다 들어야 했으니 그 고통이 장난이 아니었다. 하나 이런 결과를 예상하고 한 일이기에 그저 입 꾹 다물고 참는 수밖에 없었다.

"이야! 그나저나 지 형님, 참 잘 참으시데요? 반 시진 동안 그 정신 공격을 어찌 버텼어요?"

"그러게요. 저나 이도 같은 경우라면 바로 엎드려 빌었을 거예요. 나가게 해달라구요."

"안 참으면? 그 자리에서 손을 쓰리? 해봤자 뻔한데? 그리고 난 그리 싸가지없는 인간이 아니다."

사뭇 근엄한 표정을 지으며 지충표는 입을 열었지만 그 말을 곧이곧대로 들어주는 사람은 아무도 없었다. 표정이 전혀 어울리지 않았으니 말이다.

하지만 확실한 것은 하나 있었다. 생각 외로 지충표는 자신의 말처럼 싸가지없는 인간은 아니었다. 개방의 입장에서도 초청한 손님이 한 일이니 어쩔 수 없는 일인 것이다.

"그나저나 대형은 정말 대단해요! 설마 명 사숙님과 동수를 이룰 줄은 몰랐어요. 특히 마지막에 쓴 것은 정말 놀랍던데 그게 무슨 무공이죠?"

"그래요. 그렇게나 멀리 떨어져 있었는데 한순간 가슴속이 서늘해지는 기분이 들 정도였어요. 무공 이름이라도 알 수 있을까요?"

"……"

이도와 오유는 확실히 어린 사람들이었다. 아직까지 상황 판단을 잘하지 못하고 있었는데, 그 무공 때문에 지충표가 괜히 나섰음을 모르는 모양이었다.

가르쳐 주고 싶어도 솔직히 가르쳐 줄 수가 없었다. 무공의 이름도 모르거니와 무공이라 부르기도 좀 그랬다. 그건 그냥 내력의 운용과 그에 따른 움직임이라 하는 것이 옳았던 것이다.

게다가 결정적으로 그는 웬만하면 그 무공을 쓰고 싶지 않았다. 평상시에 다른 여러 가지 무공으로 대처하는 것이 그 이유였던 것이다.

"요놈들아, 난처한 질문만 골라서 하느냐? 쓸데없는 소리 말고 나가서 명사찬이나 찾아봐. 한잔 내기로 했으면 내야지."

"이씨, 아저씨는 어째 맨날 술타령이오? 차라리 주점을 차리지 그래요?"

"아쭈! 꼭 쓴맛을 봐야 알겠냐? 그리고 또 아저씨냐?"

짐짓 지충표가 화난 척하고 이야기하자 오유와 이도는 살짝 몸을 빼며 문 쪽으로 움직였다. 그리곤 혀를 살짝 내밀며 지충표에게 말했다.

"그거야 우리 맘이죠. 어차피 곧 개방 회의가 시작될 터이니 가야 돼요. 술은 그 다음에 하시라구요."

"이따 봬요!"

한마디씩 하며 두 사람은 방문을 닫고 사라져 버렸다. 지충표는 그 모습에 잠시 황당한 모습을 보였다. 나이는 이십대의 녀석들이 하는 짓은 거의 십대였던 것이다.

아마도 개방 내에서도 따로 놀았기에 더욱더 저리 살갑게 구는지 모르지만 지충표는 그것이 싫지는 않았다. 그 역시 가문에서 살갑게 굴어온 사람이 아니니 말이다.

잠시 그렇게 두 녀석에 대해 생각을 하던 지충표는 다시 고개를 돌렸다. 그리곤 현백을 향해 입을 열었다.

"그나저나 이젠 어떻게 할 거냐? 아까 보니 화산 사람들의 눈이 별로 좋지 않은 것 같던데. 환영하는 눈빛은 장문인뿐이던데?"

"……"

지충표의 말에 현백의 낯빛은 살짝 어두워졌다. 확실히 지충표가 본 것처럼 화산 무인들의 표정이 그리 좋지 않았다. 아마도 자신의 존재가 그리 반갑지 않은 것이리라.

물론 그들의 입장도 이해할 수는 있었다. 자신의 아랫사람도 아니고 윗사람으로 받아들여야 하는 입장이 대부분인지라 충분히 그럴 수 있었지만 문제는 그 눈빛이었다. 단순히 귀찮다는 빛이 아니었던 것이다.

과연 저 사람이 어느 쪽으로 갈까 하는 그런 의구심이 드는 눈빛이었다. 화산이 둘로 갈라졌다는 것이 사실인 듯싶었던 것이다.

"내 생각엔 너도 느꼈을 것 같은데… 둘로 갈라진 느낌이 너무 많이 들지 않더냐? 이건 정말 우리 가문 이야기 같아서 말이야."

"……"

가문의 이야기라……. 문득 현백은 그의 가문을 생각해 내었다. 현단지가의 후손인 그는 자신의 가문도 둘로 갈라졌다고 했다.

"황당한 이야기야. 현단지가가 그렇게 갈라지지만 않았어도 지금 세인들의 입에 가볍게 올려지진 않았겠지. 다들 비웃고 있으니 말이야. 그놈의 무공이 뭐기에 다들 그렇게 눈에 불을 켜고 난리인지……."

머리 아프다고 하지 않던 가문의 이야기가 나오고 있었다. 현백은 조용히 그의 말을 경청했다.

현단지가가 둘로 갈라지게 된 것은 아주 사소한 일 때문이었다. 현단지가의 불세출의 영웅이었던 두 명의 무인 때문이었는데 지한(地漢)과 지용호(地龍號)라는 사람이 그 주인공이었다.

두 사람 다 강호에서 강유수주(剛柔手主)와 예봉수(銳鋒手)라 불리며 상당한 명성을 쌓고 있었다. 현단지가는 이 둘의 출현으로 말미암아 그 이름을 천하에 울릴 수가 있었다.

그러나 그 기쁨은 오래가지 않았다. 그들의 스승이자 아버지였던 지완무경(地完務京)이 세상을 떠나자 본격적으로 서로간의 충돌이 시작된 것이다.

지한은 예전부터 몸 바깥에 흐르는 기운으로 세상을 돌린다는 이타(以他)의 힘을 익혀왔고, 지용호는 반대로 몸 안의 기운으로써 세상을 바꾸는 이여(以余)의 힘을 익혀왔다. 바로 그 점이 싸움의 시작이었다.

이타와 이여의 공존. 그건 아비였던 지완무경의 입장에선 흐뭇한 일이었다. 각기 보여지는 장단점으로 인해 현단지가는 더욱더 발전할 수 있었으니 말이다. 그러나 결과는 정반대. 가문의 분열을 부추기고야 말았다.

현단지가에서 예봉수 지용호가 나오게 된 것이다. 그는 본가에서 채 십여 장도 떨어지지 않은 곳에 또 하나의 장원을 세웠다. 그리곤 장자인 자신의 위치를 사용, 장원의 이름 역시 현단지가로 칭해 버린 것이다.

"그럼 지금 현단에는 두 개의 지가가 있는 것인가?"

"웃기지만 사실이야. 믿고 싶지 않은 것은 지금도 마찬가지지만."

씁쓸한 미소를 지으며 말하는 지충표의 말에 현백은 조금 의아한 느낌이 들었다. 들어보니 그건 서로 싸울 것이 아니었다. 한데 왜 갈라서야 했는지 도무지 이해가 안 되었던 것이다.

무공이야 서로 가지고 있는 분야를 키우면 되니 그리 중요한 일이 아니었다. 서로 간에 다른 해석을 보이는 무공이 있다면 그 결과를 보고 판단하면 되는 일이었다. 이렇게 싸울 일이 아닌 것이다.

그럼 결론은 다른 쪽으로 도출될 수 있었다. 이건 무공에 관한 일이 아니었다. 뭔가 다른 이유가 있다고 말할 수 있는 것이다.

"큭, 보니 너도 눈치 하난 정말 빠르구나. 그래, 사실 무공이 전부가 아니야. 그 뒷이야기가 있지. 하나 정말 개인적인 것이라 말하기가 쉽지 않아. 이거야 원 어디서부터 이야기해야 할지⋯⋯."

지충표는 잠시 눈을 찡그리며 생각을 정리하는 것 같았다. 그러던 그가 막 입을 뗄 찰나였다.

"대형, 아니, 현 대협, 어서 좀 나와보셔야겠습니다."

웬일인지 호칭까지 바꾸어 이도가 입을 열며 방문을 열어젖히고 있었다. 회의를 한다 하더니 아마 호칭 문제 때문에 좀 야단을 맞은 모양이었다. 대협이란 말을 현백이 하지 말라고 했는데도 입에 담는 것을 보니 말이다.

어쨌든 이도의 얼굴은 살짝 굳어 있었는데 그 옆에 있던 명사찬 역시 마찬가지였다.

"⋯무슨 일이지?"

사태가 조금 심상치 않다고 여긴 현백이 묻자 이도가 양손을 꽉 쥐며 입을 열었다.

"그 얼마 전에 만났던 놈 기억하시나요? 제송강이란 놈과 같이 있던 놈 말입니다."

"뭐야? 그 허기평이란 이름을 가진 느물거리던 놈 말이냐? 그놈이 왜?"

말을 한 것은 현백이 아니라 지충표였다. 그러자 이번엔 명사찬의 목소리가 들려왔다.

"그놈이 누군가를 데리고 왔어. 그리고 이걸 현백 자네에게 전해주라는군."

말과 함께 명사찬은 작은 목판 하나를 내밀었다. 받아 든 현백은 내용을 확인하고는 바로 신형을 일으켰다. 일어서는 그의 얼굴도 명사찬의 그것처럼 굳어 있었다.

"뭐야? 무슨 일인데 지금 이런……!"

덩달아 지충표도 일어섰는데 역시 그의 얼굴도 굳어지고 있었다. 현백이 나가면서 지충표에게 목판을 건네주었던 것이다.

"비무첩… 창룡……."

명사찬이 가장 주의해야 할 사람이라 이야기했던 자. 바로 오룡일제 중 창룡이었다. 그가 현백에게 당당하게 비무첩을 건넨 것이다.

"제길! 아주 쉴 틈을 안 주는구먼. 대체 뭐 하는 놈들이야?"

버럭 화를 내며 지충표 역시 현백의 뒤를 따랐다. 점점 그의 마음속에 양명당이란 이름이 지독한 놈들의 집합소로 굳어지는 순간이었다.

"하지만 오늘 그가 보여준 것은 기껏해야 개방의 무공일 뿐입니다. 그 무공 하나로 저희 화산의 사람이라 속단하기는 이르다고 생각합니다."

"그렇습니다, 장문인. 진정 화산의 사람이라면 화산의 무공이 어느 정도인지 봐야 합니다. 그래야 저희들도 납득할 수 있을 것입니다."

"……."

생각보다 격한 움직임에 화주청은 두 눈을 지그시 감았다. 현백을 다시 화산의 품으로 안는 일은 생각처럼 쉽게 되지 않을 듯했던 것이다.

노골적인 반대 의사를 보이는 이들은 갈라진 문파의 영향을 전혀 받지 않았다. 배분이 낮은 자들이 모두 이처럼 이야기하고 있었던 것이다.

문제는 자신의 중추 세력인 매화이십사수 역시 그러한 반응을 같이 보이고 있다는 것에 있었다. 적어도 이들은 그의 생각에 따를 줄 알았는데 정반대의 결과가 나올 줄이야…….

"아무리 세상이 변한다 하지만 해도 너무하는구나! 현백이 화산의 사람이 아니라고 생각하느냐? 하면 십이 년 전 내가 기억하는 현백은 대체 누구란 말이냐?"

갑자기 노한 음성이 튀어나오자 화주청은 시선을 돌렸다. 그곳엔 한 명의 제자가 서 있었다. 현백과 동년배인 듯한 청년이었는데 장호익(長好益)이란 자였다.

다부진 입술에 날카로운 눈매를 가진 그는 매화이십사수 중에서도 세 손가락 안에 드는 사람이었다. 십화일섬(十花一閃)이라는 외호를 가진 그가 소리치자 모두들 한순간에 입을 꽉 다물었다. 하나 모든 사람들이 다 그런 것은 아니었다.

"그렇게 소리칠 일이 아니다. 이 문제는 작은 것이 아니야. 물론 내가 기억하는 현백이 지금 우리 눈앞에 나타난 사람인 것은 맞긴 하나 여러 사형제들의 말처럼 마냥 받아들일 수도 없다. 심지어 이곳으로 오는 길에 양명당과 마찰까지 있었다고 들었다."

비표검수(秘標劍手)라 불리는 양진(楊鎭)이 입을 열자 여기저기서 고개를 끄덕였다. 양진은 장호익과 동년배로 이격의 편에 서 있었다. 장호익과 함께 세가 갈라진 대표적인 사람이었던 것이다.

"그럼 지금 당장 가서 그 현백에게 화산은 너를 받아들일 수가 없다고 이야기할까? 명문정파의 이름을 쓰고 어찌 우리 사람을 포용하지 못할까?"

"명문정파이기에 더 더욱 조심하자는 것이다. 어릴 때부터 우리와 같이 컸다면 그 심성이 제대로 잡혔겠지만 충무대라는 이름으로 전장에서 뒹굴다 온 자이다. 그런 자가 어찌 화산의 이름을 쓸 수 있는가!"

한 치도 물러서지 않는 두 사람이었다. 또다시 분란의 조짐이 보이자 화주청은 미간을 찌푸렸다. 그때였다. 굵직한 목소리 하나가 들려왔다.

"모두들 그만하면 되었다. 화산도 아니고 이곳은 개방과 같이 있는 곳이다. 어찌 이리 언성이 높은가?"

"……."

"……."

양호검사 이격의 목소리였다. 그는 태사의에 앉은 화주청과 나란히 그 옆에 같은 의자를 놓고 앉았는데 잠시 생각하던 그가 입을 열었다.

"일단 모든 문제는 그의 사부를 만나야 할 것이다. 분명 그는 화산의 제자였고 사부가 있다. 마침 칠 사제가 도서 구입 문제로 이 근처에 와 있기에 내 이미 연통을 넣었다. 모든 일은 칠 사제가 온 후에 결정해야 할 것이다. 어떻습니까, 장문 사형?"

"자네의 말이 옳은 것 같으이. 이 문제는 일단 그렇게 하기로 하지."

간만에 편한 소리를 들었다는 듯 그는 고개를 끄덕이며 입을 열었다. 마침 이 근처에 그의 사부인 칠군향도 와 있다니 더욱더 다행스런 일이었다. 현백에 대한 문제는 이 정도면 된 듯싶었다.

가뜩이나 화산 자체의 상황도 그리 좋지 않은데 이런 일까지 터지니 그는 정신이 없었다. 하긴 현백에 대한 일 때문에 여태껏 반목하던 모습이 보이지 않아 그건 기분 좋은 일이지만 말이다.

일단 그는 쉬고 싶었다. 이제 완전히 해도 지고 더 이상 할 일도 없었다. 그렇게 생각하며 막 태사의에서 일어나려던 순간이었다.

"장문인, 말씀드릴 것이 있습니다!"

뒤쪽에서 누군가 외치고 있었다. 화주청은 무슨 일인가 싶었는데 그곳엔 제자 하나가 상기된 얼굴을 하고 있었다. 이어 그의 입이 열렸다.

"양명당의 창룡이란 자가 현백… 이란 사람에게 비무첩을 보내고 자신도 이곳으로 왔답니다. 뒷마당에서 비무가 벌어질 모양입니다!"

"뭐라!"

처음으로 화주청의 입에서 노성이 튀어나왔다. 아무리 현백이 그들과 좋지 않은 관계를 가지고 있다 해도 이 자리에 있는 사람들의 얼굴을 무시하는 처사였다. 남의 문파가 통째로 머무는 곳에서 비무 신청이라니…….

"양명당의 사람 중 가장 경계해야 할 인물이 이곳에 왔다라……. 아무래도 가보지 않을 수가 없군 그래."

차분히 이야기하며 이격은 앞으로 나가고 있었다. 장문인의 재가 따윈 필요도 없다는 듯이 보였는데 확실히 두 사람 간의 골은 분명히 존재하고 있는 듯싶었다.

"우리도 가보자꾸나, 얼마나 대단한 인물이기에 이리도 경우없이 구는지."

"예, 장문인."

화주청의 말에 매화이십사수는 모두 고개를 숙이며 입을

열었다. 이윽고 그들의 신형도 대청을 빠져나가고 있었다. 한순간 꽉 차 있던 대청 안은 어느새 썰물 빠지듯 텅 빈 모습을 보여주고 있었다.

第三章

창룡 주비

1

"……."

 기이한 사내였다. 아무런 말도 없이 그저 현백을 바라보기만 할 뿐 여타의 행동조차 없었다. 비무첩을 들고 왔으면 의당 그에 해당하는 이유가 있어야 할 텐데 사내는 그저 멀거니 서 있기만 하는 것이다.
 하지만 말이 없다고 해도 그의 눈까지 그냥 있는 것은 아니었다. 현백의 이곳저곳을 모두 훑으면서 나름대로 판단을 하고 있는 것처럼 보이고 있었다.
 "얼래? 저자는 대체 뭐 하는 거지? 비무를 하러 왔다면서 그냥 보고만 있을 건가?"

"그러게요. 최소한 본명이 뭔지 정도는 이야기할 줄 알았더니……."

지충표의 말에 이도는 고개를 끄덕이며 입을 열었다. 벌써 서로가 마주 보기 근 일각째. 이쯤이면 네가 뭔데 내게 덤비냐부터 시작해서 이 비무가 끝나면 사람 구실하긴 글렀다는 등의 유치한 이야기도 나와야 정상이었다.

말로서 일단 상대를 제압하려는 것. 물론 짖지 않는 개가 무는 법이라고, 말없이 조용한 것도 무섭기는 했다. 그러나 아무리 조용히 한다고 해서 이름까지 밝히지 않는 것은 조금 그랬던 것이다.

티티틱!

뒷마당 여기저기엔 이미 개방의 제자들이 가져다 놓은 화로들이 군데군데 있었다. 세 개의 긴 나무를 겹친 후 중간 부위를 묶어 그 위에 철제 화로를 올려놓은 것인데 대낮처럼 밝다고는 말할 수 없었지만 사람의 얼굴을 알아 보기에는 전혀 무리가 없었다.

"한데 꼭 여자 같네? 진짜 남자인가?"

상대를 보고 오유가 중얼거린 말이었다. 그 말처럼 정말 현백의 상대로 나온 사람은 여인 같은 얼굴을 하고 있었다. 입술부터 얼굴 선까지 모두 말이다. 그러나 이어 터진 그의 음성은 역시 그가 완연한 남자라는 것을 보여주고 있었다.

"당신이 현백인가?"

"……."

현백은 조용히 고개를 끄덕였다. 비무첩에는 창룡이라고만 쓰여 있을 뿐 그 외에 아무것도 적혀 있지 않았다. 물론 현백 앞에 보낸다고 쓰여 있기는 했지만 말이다.

"훙! 곧 네놈이 피를 토하는 모습을 보게 될 것이다. 그때 가서 본 당을 건드린 것이 얼마나 큰……."

"쓸데없는 소리 말고 저 뒤로 물러나. 저자보다 너부터 베어지는 수가 있다."

"아! 예, 예!"

창룡의 옆에서 쌍심지를 돋우며 소리치던 허기평은 바로 꼬리를 내리며 뒤로 물러나고 있었다. 하지만 물러나면서도 현백을 향해 독한 눈초리를 날려주는 것을 잊지 않고 있었는데 정작 현백은 전혀 신경 쓰지 않았다. 그의 신경은 온통 이 창룡이란 자에게 모여 있었다.

스륵.

창룡은 손을 움직여 자신의 병기를 씌웠던 천을 뽑아내었다. 섬뜩한 예기가 서린 창날이 보이자 그 모습에 현백은 이채를 띠었다.

상당히 오래전의 것인 모양이었다. 지금은 잘 볼 수 없는 고대 창이었는데 그 두께가 두 치가 넘고 창날의 길이만 이 척가량 되었다.

과거, 철의 제련 기술이 좋지 못했을 땐 창날을 얇게 만들 수가 없었다. 그건 주조라는 기법을 사용했기 때문인데 강도는 좋은 만큼 큰 충격엔 산산이 부서져 버렸던 것이다.

같은 주조라도 이를 두들겨서 단단하게 만드는 담금질을 해야 하는데 지금 창룡이 들고 나온 무기는 그 이전의 형태였다. 그러니 그 두께가 두꺼워질 수밖에 없었던 것이다. 부러지지 않기 위해서 말이다.

한데 아무리 그렇다고 해도 정도가 지나칠 정도로 두꺼운 형상이었다. 이건 요즘 나오는 창날에 비하면 거의 몽둥이 수준이니 말이다.

"나는 창룡이라고 한다. 현재는 양명당 소속으로 주군의 명을 받들고 왔다. 물론 나를 꺾으면 더 이상 너와 우리 양명당의 갈등은 없어질 터이다. 우리 당주님을 제외하고 날 이길 수 있는 사람은 없으니."

현백에게 차분히 중얼거리면서도 그는 내력을 끌어올리고 있었다. 언제 출수해도 될 만큼 이미 상당한 양의 기운을 모으고 있었는데, 현백은 왼 어깨를 앞으로 내밀며 조용히 모로 섰다.

왼발을 축으로 오른발을 살짝 뒤로 내밀며 무게 중심을 육대 사 정도로 왼발에 두었다. 뒤의 오른발은 언제든 차고 나갈 수 있도록 도움의 역할을 할 수 있는 자세였다.

"그러니 최선을 다……."

창룡은 더 말을 하려 하다가 얼굴을 확 굳히며 입을 닫았다. 이미 현백의 모습에서 비무가 시작되었음을 알 수 있었던 것이다. 만일 여기서 한마디만 더 한다면 그 순간 현백은 덤벼들 터이다.

 전혀 생각하지 못한 상황이었다. 육선을 쓰러뜨렸다고 하기에 어느 정도 겉멋이 든 자의 행동인 줄 알았다. 육선의 시신을 보고 오지 못한 것이 실수였던 것이다.

 실전. 사내의 모습에선 진한 피비린내와 함께 수많은 실전의 모습이 보이고 있었다. 마치 거대한 피의 벽이 서 있는 듯했다.

 그리고 그 한순간 벽이 통째로 움직이고 있었다. 움직인다고 생각한 순간 이미 일 장여 공간을 남긴 채 다가오고 있었다.

 "차압!"

 볼 것도 없었다. 창룡은 지금 현백의 전술을 너무도 잘 알 것 같았다. 지금까지 수많은 비무를 거치면서 당했던 것. 창을 상대하는 사람은 그 거리를 주는 것이 아니었다.

 그건 진리와도 같았다. 그리고 창룡 역시 많은 경험이 있기에 한 걸음 뒤로 물러서며 창대를 휘돌렸다. 창대의 중간 정도를 잡고 휘두르는 공격이기에 충분히 사거리가 맞는 공격이었다. 대부분 이런 상황이라면 바로 뒤로 몸을 빼거나 혹은 옆으로 움직이기 마련이었다.

 그리고 그때 창대를 길게 잡으며 좌우로 빠르게 그어버리면 상대는 공중으로 뜨든지, 아니면 허리를 숙이게 되어 있었다. 아무리 빠른 신형도 그럴 수밖에 없었다.

후우우웅!

역시나 그의 생각대로 현백은 움직이고 있었다. 빠르게 허리를 틀며 창룡은 원심력을 사용해 그의 허리춤을 베었다. 이제 현백이 반응할 차례였다.

아래로 숙인다면 자신의 원앙퇴가 작렬하게 될 것이고 위로 움직인다면 더 좋았다. 휘도는 창대의 방향을 틀어 아래에서 위로 쳐올리면 될 터이니 말이다.

공중에선 신형이 자유롭지 못했다. 이건 세상 누구라도 그렇게 되니 당연히 공중으로 움직이는 것은 피하는 것이 상식이었다. 그래서 창룡은 발뒤꿈치를 살짝 들며 원앙퇴를 쓸 준비를 했다.

한데 그때였다. 뭔가 달라지고 있었다. 아래로 가 있어야 할 현백의 신형이 보이지 않았다. 그렇다고 위로 눈을 들어도 역시 보이지 않는 것은 마찬가지였다. 그의 예상을 전혀 빗나가고 있었던 것이다.

"……."

바로 옆, 어느새 이 척 앞에 있었다. 창대를 피한 것이 아니라 휘도는 창대에 바짝 붙어 앞으로 다가온 것이다. 창대를 타고 흘러왔다고 해야 하나?

어쨌든 황당한 경우였고, 이렇게 빠른 신형은 창룡으로서도 처음이었다. 이를 악물며 창룡은 신형을 왼편으로 기울여 허공으로 몸을 띄웠다. 그리곤 양손 가득 내력을 담아 휘돌리기 시작했다.

스스스승!

무식한 창날이라고는 믿을 수 없을 만큼 창대가 빨리 회전하고 있었다. 보이는 것이라곤 창날의 환영뿐이었다. 불빛에 반사된 창대의 반사광은 그저 둥근 붉은 원처럼 보이고 있었는데, 찰나의 순간 다섯 개의 둥근 원이 생겨나고 있었다.

그 원은 모두 현백을 겨냥하고 있었다. 거리가 짧아졌다 길어지면서 어떻게 하는 것인지 모르지만 원호가 점점 커지고 있었다. 하나하나 모두가 다 현백의 몸을 가르고 있었던 것이다.

파파파파팟!

땅바닥에 다섯 개의 상흔이 패였다. 마치 검압 같은 기운이 흘러나와 이런 현상을 보이게 된 것인데, 이것이 보인다는 것은 현백이 무사함을 이야기하고 있는 셈이었다. 현백은 다섯 개의 고리를 모두 피해내고는 다시금 창룡에게 덤벼들었다.

타타탓!

단 세 걸음 뒤로 물러났을 뿐인데 근 일 장여의 공간이 빨리듯 뒤로 사라지고 있었다. 확실히 상당한 무위를 지니고 있는 것은 확실했다. 현백이 보기에 이 창룡이란 자는 양명당과는 어울리지 않는 사람이었다.

유유상종이라고 하는데 창룡의 몸에선 상당한 정기가 흘러나오고 있었다. 그간 보여주었던 양명당의 모습과는 전혀 다른 모습이었던 것이다.

멋지고 대단한 초식이 있어야만 좋은 무공은 아니었다. 운남에서 느낀 창술의 오묘함은 가장 단순하고 빠른 동작에 있었다. 이 창룡은 그 장점을 아주 잘 살리고 있었던 것이다.

승부를 냄에 있어서 가장 중요한 것은 자신이 유리한 고지에 서 있어야 했다. 그것이 내력이든, 혹은 병기의 우위든 여러 가지 방법이 있지만 결국 요점은 그것을 유지하는 것이 중요했다.

창룡은 침착한 사람이었다. 현백의 움직임에 현혹되지 않고 자신의 장점을 계속 두각시키려 노력하고 있었다. 바로 이런 점들이 현백으로 하여금 본능적으로 창룡을 경계하게 만들고 있었다.

쉬이이잉!

또다시 거리를 한껏 늘리며 창룡이 창대를 뒤로 길게 빼내었다. 충분히 거리를 벌린 후의 연속 찌르기인 듯 보였는데 현백은 양손을 꽉 쥐었다. 일단 첫 번째 승부처는 바로 지금이었다.

"후우우우."

작은 한숨과 함께 현백은 내력을 끌어올리기 시작했다. 그와 함께 현백의 눈에서 정광이 한층 짙어지고 있었다.

"양명당의 힘이 저 정도였나? 이거 놀랍기 그지없구려!"

"형님의 말이 옳습니다. 저 창룡이란 아이, 나이에 걸맞지 않는 실력이군요. 실전 경험이 보통이 아닌 듯싶습니다."

토현과 양평산은 조용히 입을 열었다. 어느새 지충표 일행 근처로 온 개방삼장로는 눈앞의 결과를 주의 깊게 바라보고 있었는데, 창룡의 무위에 놀라는 중이었다.

강호를 살면서 창의 고수는 그리 많이 본 적이 없었다. 창이란 무기 자체가 그리 흔하게 쓰이는 것이 아니었다. 병기의 장점을 통해 이득을 보지 않겠다는 강호인들의 생각이 은연중에 창을 등한시하게 하고 있었다.

그러나 창은 대단히 유용한 무기였다. 오죽했으면 창날을 바꾸어 수많은 병기가 나오겠는가? 전장에서 쓰이는 가장 편리한 무기가 바로 창대이니 말이다.

"장로님, 저자의 창술이 그리 대단한가요? 현 대… 협은 무난하게 피하는 것 같은데요?"

대형이라 부르려다 협 자로 바꾼 후 이도는 토현 장로에게 물어왔다. 한데 그 대답은 명사찬이 했다.

"이놈아, 현백이니까 피하는 것이지 보통 사람이면 이미 당했다. 저 창룡이란 자의 휘돌려지는 창대의 속도는 보통 무림인보다 서 푼 이상 빨라. 저리 무거워 보이는 창대를 그렇게 빨리 휘두르려면 어느 정도의 노력이 필요할 것 같으냐?"

"…아!"

이도는 그제야 알 수 있었다. 초식은 그리 대단할 것이 없었다. 베고 휘두르고 찌르는 것. 그러나 그 모든 것이 일반적인 속도를 벗어나 있었던 것이다.

그렇다면 충분히 위협적이고 무서운 일이었다. 자신이 상대했다면 이미 한군데 정도는 상처를 입었을 테니 말이다.

"흔히들 눈을 속이는 초식이나 기묘한 초식으로 승부를 보려 하는데 그것은 극히 잘못된 것이다. 가장 기본적인 것들을 얼마나 극성으로 끌어올리느냐가 더 중요한 것이다. 신묘한 초식들은 그 후에 익혀도 늦지 않는다. 물론 기본적인 것이 저토록 빠른 사람이라면 신묘한 초식 따윈 없어도 되지만 말이다. 홀홀!"

모인 장로의 목소리가 들려왔다. 가장 기본적인 것을 중요하게 생각한다라……. 충분히 생각해 볼 문제였다. 하지만 그것이 어떤 역할을 하는지는 아직까지 잘 알 수 없었다.

"하면 현 대협이 지금 도를 사용하지 않는 것은 무엇이지요? 그것 역시 기본이 아닌가요? 현 대협은 권사(拳士)가 아니라 도수(刀手)일 텐데요?"

가만히 듣고 있던 오유가 입을 열고 있었다. 아닌 게 아니라 현백은 도를 사용하는 자. 여태껏 도를 뽑지도 않고 있다면 그건 기본을 보여주는 것이 아니었다. 상대를 업신여기는 것이다.

"예끼, 이 녀석아! 어찌 그런 생각을 하느냐? 도수이든 검사이든 모두 무공을 하는 사람들. 그 사람들에게 있어 기본이란 몸의 움직임이다. 게다가 지금 현백이 도를 뽑고 싶지 않아서 그런 것 같으냐? 현백의 움직임을 잘 보거라. 창룡과는 아주 다른 점이 하나가 있다."

"예?"

역시 모인의 목소리였다. 대관절 무슨 이야기인지 오유는 알 수 없었는데, 확실한 것은 솔직히 오유와 이도의 눈엔 두 사람의 신형이 잘 보이지도 않는다는 점이었다. 그러니 무얼 알겠는가?

"쯧쯧, 이 녀석들, 아직 멀었구나. 현백은 지금 기회를 노리고 있다. 그리고 빠름에서 승부를 보려는 창룡과는 달리 지금 완급을 조절하고 있어. 네 녀석들 눈에도 현백의 신형이 언뜻언뜻 보이지 않더냐?"

"……!"

이도와 오유는 동시에 눈을 크게 떴다. 확실히 지금 빛무리를 달고 다니는 창룡과 달리 현백은 언뜻언뜻 보이고 있었다. 한데 그것이 의도된 것이라니…….

"그냥 빠르기만 한 것은 위험하긴 해도 두려울 것은 없다.

그러나 현백처럼 완급을 잘 조절한다면 정말 힘들지. 한번 해 본 사람의 이야기이니 확실하다."

명사찬이 입을 열자 이도와 오유는 동그란 눈을 깜박였다. 뭔가 알 듯하면서도 그게 쉽지 않았다. 실전에서 완급 조절 따윌 할 여력은 없어 보였던 것이다.

"만일 지금 너희들이 그 원리를 안다면 이번 진영웅전의 개방 대표 중의 하나가 되어 있을지도 모르지. 잘 생각해 보거라."

"……."

명사찬은 그 말을 마지막으로 입을 닫았다. 상황은 더 이상 한가롭게 말을 할 분위기가 아니었다. 창룡의 창날이 그 궤적을 현란하게 바꾸고 있었던 것이다.

모든 사람들이 입을 꽉 닫은 채 현백과 창룡을 보고 있었지만 지충표는 아니었다. 뭔가 골똘히 생각에 잠겨 있었다.

인정할 것은 인정해야 했다. 현백은 상당한 고수였고, 이 승부는 어찌 될지 알 수 없다. 물론 상대가 자신보다 강하다고 해서 창룡 스스로 질투심에 눈멀지는 않는다.

그는 그의 무공, 자신은 자신의 무공을 펼칠 뿐이었다. 아직 보여주지 않는 수도 많았으니 급할 것은 없었다. 다만 이쯤에서 한번 작은 승부를 내야 했다.

타타탓! 위이이이잉!

강대한 위력을 담은 창대가 좌우로 빙글빙글 돌려지기 시작했다. 창대의 끝을 잡고 돌리는 것이기에 반경이 일 장여가 훨씬 넘는 크기였다. 그 궤적을 좌측 대각선과 우측 대각선 방향으로 맞추었다.

마치 사냥을 하듯 상대가 좌우로 도는 것을 막았던 것이다. 그리곤 그 범위를 점점 좁힌다. 그러면 상대의 좌우 움직임을 막을 수 있다.

마침 현백의 바로 뒤엔 화로가 놓여 있었다. 이 정도로 몰아붙였으니 이젠 한 수를 날릴 때였다. 창룡은 손을 뒤로 돌리며 창대를 깊게 빼내었다. 그리곤 단숨에 앞으로 내밀며 연속적으로 찌르기를 가했다.

스파파파파팡!

오른손이 뻐근해질 정도로 빠르게 왕복시키며 현백의 신형을 압박했다. 정면을 찌르는 것같이 보이지만 실은 그 주위를 찌르는 것이었다. 단순히 휘도는 창날로는 그의 신형을 잡을 수가 없었다.

예상했던 대로 현백은 그의 창끝을 모조리 피하고 있었다. 하지만 피하는 동작은 무리가 갈 수밖에 없었다. 인간은 누구나 두려움을 가지고 있고, 그 두려움 때문에 어깨만 틀어도 될 것을 몸 전체를 틀게 되는 것이다.

그 작은 한순간이면 족했다. 그리고 창룡이 노리던 그 순간이 지금 닥쳐왔다. 허리가 조금 깊게 틀어졌다고 생각하는 순간 창룡은 창대를 아래로 길게 내리며 뒤로 잡아당겼다.

콰가가가각!

바닥에 놓여진 화강암에 깊은 골이 파이고 있었다. 내력도 상당함을 보여주는 한 수였는데, 창룡은 그 상태로 뒤로 창대를 빼내고 있었다. 순간적으로 창대가 초승달처럼 확 휘어졌다.

그리고 창날이 화강암을 모두 긁어내며 앞으로 튕겨진 순간 창룡은 왼발을 힘껏 내밀었다. 그리곤 양손을 모두 내리며 현백의 정수리를 겨냥했다.

쩌어어어엉!

강한 충격이 손에 느껴지고 있었다. 내력을 다해 쏜 것은 아니지만 두터운 창두가 반 정도나 바닥에 박힐 정도로 강대한 위력이었다. 한데 창룡으로서는 불만스러운 순간이었다.

이런 느낌이 아니었다. 적어도 무언가 스치는 듯한 느낌은 들어야 했다. 그런데 전혀 그런 느낌이 들고 있지 않았다.

그가 눈을 들었다. 눈앞엔 여전히 현백의 신형이 있었다. 현백은 창룡을 향해 그저 모로 서 있을 뿐이었다.

"다… 보였나?"

"……."

창룡의 목소리에 현백이 조용히 고개를 끄덕였다. 이미 어느 정도 수를 예상하고 있었다는 뜻이다. 물론 믿기지 않는 일이지만 말이다.

방금 전 휘어진 창의 탄력까지 같이 내밀었기에 그 속도는 형언 불가였다. 이 정도 거리에선 도저히 피할 수 없었던 것이다.

게다가 창대의 움직임은 일직선이 아니었다. 시전하는 창룡조차 양팔이 떨릴 정도로 강대한 흔들림인데 그것을 정확히 알고 피한다는 것은 불가능에 가까웠다. 말이 안 되는 것이다.

하나 더 이상 창룡은 놀라고만 있을 수 없었다. 이어 들린 현백의 목소리 때문이었다.

"…내 차례군."

오른손을 내려 허리춤에 있는 도병을 쥐며 현백이 말하자 창룡은 등골에 식은땀이 흐르는 걸 느꼈다. 아직 승부가 난 것은 아니었다.

"찻!"

콰아악!

땅에 박힌 창대를 뽑으려는 순간 억센 발 하나가 창을 밟고 있었다. 바로 현백의 발이었는데, 창룡은 낼 수 있는 모든 내력을 다 끌어올렸다. 그리곤 양손에 힘을 불끈 주었다.

꽈아악!

여린 듯한 손이었지만 순간적으로 불끈 솟아올랐다. 아주 비정상적으로 보일 정도로 확연한 팔이었는데 기어이 땅에 꽂힌 자신의 장창을 뽑아내고 있었다.

콰아앙!

폭음과 함께 발로 밟고 있던 현백의 신형이 공중으로 떠오르자 창룡은 눈을 살짝 좁혔다. 이것이야말로 그가 고대하고 고대하던 순간이었다. 아직 몸이 자유롭지 않을 때 쳐야 했다.

부우우웅!

올려지는 창날을 그대로 뒤로 돌리다가 앞으로 내밀었다. 그리고는 아래에서 위로 힘차게 그어 올렸다.

"이야아압!"

과아아앙!

내력이 서린 일격이었다. 검기처럼 멋진 모양새는 아니지만 보이지 않는 무형의 기운은 전방에 일자로 크게 뻗어나가고 있었다. 한데,

스릉!

귓가에 들릴 듯 말 듯한 소리가 들려오고 있었다. 도집에서 도를 빼는 소리. 분명 그 소리였다. 하지만 이젠 늦은 순간이었다. 공중에선 어찌할 도리가 없는 것이다.

꽈앙! 파지직!

치고 올라간 창룡의 창은 앞에 놓여 있던 화로를 반쪽으로 가르며 올라가고 있었다. 화로의 불씨가 창룡의 내력에 모두 빨려 올라가고 있었다. 비무만 아니라면 일대 장관이라 불러

도 손색이 없는 상황이었다.

그러나 진짜 장관은 이후에 일어나고 있었다. 귀청을 찢는 소리와 함께 말이다.

쩌어어어엉! 좌아아아앗!

"크윽!"

손목에 전해지는 강대한 충격에 창룡은 자신도 모르게 신음성을 흘렸다. 그러나 그러면서도 그의 눈은 놀람으로 물들어 있었다.

한순간, 두 사람의 격돌이 있던 바로 그 순간 그는 보았다. 일 장여에 이르는 반월형의 회전을 말이다.

다섯 개의 반월형의 기운이 오각형으로 배치되어 있는 형상. 그 형상과 자신의 창날이 부딪치자 엄청난 기운이 일었다. 떨리는 손목을 잠재우기 위해 애쓰면서도 그는 그 형상을 잊지 않고 있었다.

그리고 지금 생각하니 그 형상이 무엇인지 알 수 있었다. 허공에 휘날리는 불씨들은 아직도 현백이 남겨놓은 기운에 그 형상을 유지하고 있었다. 그것은 하나의 거대한 매화였던 것이다.

"저것은?"

화주청은 자신도 모르게 소리쳤다. 그만큼 그는 놀라고 있었다. 설마 저 거대한 매화를 자신이 볼지는 몰랐다.

분명 화산의 매화꽃이었다. 그러나 일반적으로 손목을 틀어 작은 매화를 그리는 화산의 검과는 사뭇 다른 것이었다.

손목을 틀어 매화꽃을 만든다는 것은 아주 단순한 이야기였다. 그만큼 빠른 손목의 놀림으로 상대의 예봉을 꺾는다는 것인데 그러한 화산의 무공 중에서 중검에 가까운 무공이 하나 있었다.

그것이 바로 저 거대한 매화였다. 크기만 일 장에 조금 못 미치는 거대한 매화. 이는 손목의 놀림으로 하는 현 화산의 무공과는 전혀 다른 것이었다. 거대한 검의 기운을 남김으로써 이루는 형상이었던 것이다.

그는 그 이름을 알고 있었다. 그러나 아무리 노력해도 이룰 수 없는 것이었다. 도저히 이해할 수 없는 구결이었고, 불가능한 일이었다. 그런데 지금 현백이 해내고 있었다.

젊었을 적 그토록 해내고 싶었던 화산의 중검. 한데 그것이 눈앞에서 펼쳐지고 있었다. 십이 년간 잊혀졌던 한 문도에 의해서 말이다.

"매화… 칠… 수!"

넋을 놓는 듯한 그의 목소리에 화산 사람 모두의 눈이 커지고 있었다. 화산 사람들 중 그 이름을 들어보지 못한 사람은 아무도 없으니 말이다.

2

"정말 놀라운 친구구나! 소문으로만 듣던 매화칠수를 보게 될 줄이야……!"

이미 한 번 본 지충표는 그리 놀랄 일은 아니었지만 처음 본 사람들의 눈엔 놀랄 만한 일이었다. 매화칠수는 소문으로 듣던 그 이상의 위력이었던 것이다.

거대한 기의 벽이었다. 그 벽을 온 힘으로 때린 창룡이 뒤로 튕겨 나올 정도로 강대한 위력이었다. 저런 무형의 기운을 허공에 남길 정도라면 확실히 현백은 고수 중의 고수였다.

물론 고수들의 수준은 아주 작은 것에서 차이가 난다. 그 차이가 두드러지는가 아닌가에 따라 결정되기는 하지만 이런 측면에서 생각한다면 현백은 지금 개방삼장로와도 어깨를 나란히 할 수 있었다. 어쩌면 그 이상일지도 모르지만 말이다.

물론 지금 당장 개방삼장로가 현백에게 진다는 것은 아니었다. 아니, 비단 개방삼장로가 아니더라도 현백에게 이길 수 있는 사람은 이 자리에 꽤 있었다. 근소한 차이이기는 하지만 말이다.

하나 현백이 십이 년간 중원을 떠나 있었음에도 불구하고 저 같은 위력을 보이는 것을 모인은 이해할 수 없었다. 피나는 훈련에도 불구하고 현백의 반도 못하는 것이 현실이었다. 실로 이해할 수 없는 일인 것이다.

"흐음……."

어쨌든 정말 흥미로운 친구인 것이다. 왠지 일반적으로 보는 무림인 같지가 않은 그런 친구가 바로 현백이었다.

"화산의 고수였군. 미처 알아보지 못했네."
"굳이 알 필요는 없다."
꽤나 놀란 가슴을 진정시키기라도 하는 듯 창룡은 차분한 목소리로 입을 열었는데 그 말에 대응이라도 하듯 현백은 담담한 어조로 대꾸했다. 그러자 창룡의 입가에 작은 웃음이 걸렸다.

마주 보는 현백의 입가에도 슬며시 여린 웃음이 걸리고 있었다. 허기평과 제송강 때문에 양명당이란 이름이 그리 좋지 않게 와 닿고 있었는데 그곳에서도 사람 같은 자는 있었다.

마음에 드는 친구였다. 기존에 봤던 양명당의 사람들과는 많이 다른 듯한 느낌이 들었는데 현백은 자신의 의문을 바로 밝혔다.

"너야말로 양명당과 어울리지 않는 것 같군. 사정이 있나?"
"……."
현백의 말에 창룡의 얼굴이 살짝 어두워졌다. 그 모습은 누가 봐도 어느 정도 사정이 있다는 것을 쉽게 짐작할 수 있었는데, 창룡은 숨을 살짝 크게 들이쉬며 입을 열었다.

"길가의 이름없는 무덤에도 다 이유는 있지. 굳이 내가 이야기해야 할 필요는 없다고 보네."

스륵! 캉!

그 말과 함께 그는 한 걸음 앞으로 나왔다. 장창을 오른손만으로 든 채 땅에 내려놓았는데 왠지 그 소리가 상당히 가볍게 느껴졌다. 흡사 창대가 빈 것처럼 느껴졌던 것이다.

"……"

현백은 미간을 살짝 좁히며 긴장하기 시작했다. 서로 간의 거리는 삼 장여. 좁히고자 한다면 순식간에 좁힐 수가 있었다. 더구나 지금 보여주는 창룡의 자세는 그로선 처음 보는 것이었다.

장창의 기본 자세는 두 손으로 굳건히 잡는 것에서 시작한다. 횡으로 베는 것이 아니라 찌르기가 기본이 되는 공격이기에 가장 큰 타격을 주기 위해 두 손으로 꽉 움켜쥐게 된다.

여기에 움직이는 탄력을 같이 가하게 되면 그것이 바로 장창의 최대 공격이었다. 그러나 지금 보고 있는 이 창룡의 자세는 절대 찌르기로 끝날 것이 아니었다.

뭔가 있었고, 이러한 창술은 한 번도 본 적이 없었다. 문득 현백의 귓가에 창룡의 목소리가 들려왔다.

"정식으로 다시 인사하지. 나는 창룡으로 불리는 사람일세. 이름은 주비(周飛)라 하지."

"……"

창룡 주비. 그것이 사내의 진짜 이름이었다. 현백은 새삼 그가 본명을 가르쳐 주는 것이 못내 의아했는데 더 이상 그 이유를 생각할 필요가 없었다. 말이 끝나자마자 주비는 왼발을 뒤로 빼며 현백과 창, 그리고 자신의 몸을 일자로 만들고 뭔가를 준비했던 것이다.

"유성을 막는 것이 화산의 검이라면……."

주비의 입에서 나직한 목소리가 흘러나왔다. 그와 함께 주비의 몸 주위에 옅은 기운이 일렁이고 있었는데 일견하기에도 심상치 않았다.

"난 대지를 가르는 창이 될 것이오!"

파아앙!

주비의 신형이 앞으로 빨리듯 움직이며 순식간에 현백을 향했다. 현백은 빠르게 뒷걸음을 치며 상황을 살폈다. 문득 그의 눈에 주비의 오른손이 움직이는 것이 보였다.

좌우로 손목을 틀고 있었는데, 그에 땅과 마찰을 일으키던 주비의 창이 대지를 파고들어 가고 있었다. 두터운 날의 예리함이 이루 말로 표현하기 어려웠다.

콰가가가가!

마치 해일이 일어나듯 그의 두터운 창날이 단단한 화강석이 깔린 대지를 가르며 나오고 있었다. 그 기세가 정말 대단했는데, 현백은 뒤로 계속 물러나며 상황을 살폈다.

하나 앞으로 달리는 것보다 뒤로 달리는 것이 빠를 수는 없었다. 게다가 이 주비라는 자의 창술은 이미 수준급 이상이었고, 현백만큼이나 강한 자였다. 삽시간에 창날은 현백의 발 앞까지 와 있었다.

"심해를 가르는 창의 마음을 담아……."

찌이이잉!

기묘한 소리가 나고 있었다. 소리의 진원지는 창두 부근. 현백은 자신도 모르게 신형을 낮추고 있었다. 그건 본능과도 같은 것이었다.

"창천을 향해 그 이상을 펼친다!"

카랑! 콰아아앙!

귀에 거슬리는 소리가 들리며 현백의 발 앞에 깔린 화강석이 푹 패일 정도로 큰 충격이 일었다. 그리고 그 희뿌연 먼지 속에서 십여 개의 반사광이 번뜩였다.

"심원통천참(心願通天斬)!"

내력을 실어 외치는 소리였다. 쩌렁한 울림이 세상을 포효하는 가운데 주비는 오른발을 치켜들었다. 가슴께로 끌어 올려진 오른발 무릎은 바로 다시 내려가고 있었다.

그 발이 땅에 닿는다. 화강석 위로 힘차게 내디뎌진 순간 거대한 진각이 세상을 뒤흔들었다.

쩌어어엉!

"섬(閃)!"

스파파파파팟!

지금까지 보여주었던 주비의 공격과는 엄청난 차이가 있었다. 꽤나 두터운 주비의 창날은 도저히 보이질 않았다. 그저 현백으로서는 눈뜨고 당할 수밖에 없는 순간인 것이다. 이건 그의 능력 밖의 속도였으니 말이다.

적어도 주비는 그렇게 생각했다. 심원통천참이라는 무공을 익히며 더딘 연성 속도에도 불구하고 포기하지 않았던 이유가 이것에 있었다. 그는 이 한 수에 자신의 승리를 믿어 의심치 않았다.

그러나 그건 자신만의 생각이었다. 늘어난 창대의 환영만큼 현백의 신형도 움직이고 있었다. 주비의 창날은 모두 허공을 갈랐던 것이다.

"……!"

주비는 이를 악물었다. 도무지 믿어지지 않는 상황이 펼쳐진 것이다. 물론 현백이 모두 피했을 것이라곤 생각지 않았다. 자신의 손끝에 전해진 느낌은 몇 개의 공격이 먹혀들었음을 알려주었다. 하나 그 느낌은 그리 크지 않았다. 타격을 주었다고 말할 수 있을 정도가 아닌 것이다.

이대로는 아무것도 안 될 것 같은 생각에 주비는 오른 손목을 잡아챘다. 가슴께까지 잡아당긴 후 왼손을 창대의 끝에 살짝 대었다.

단단하게 고정해 놓았던 오른발을 들어올렸다. 그리고는 힘껏 왼손을 앞으로 밀며 한 걸음 더 내디뎠다.

"차앗!"

쩡!

또 한 번 화강석을 찢으며 진각의 울림이 허공에 울렸다. 주비의 창은 한줄기 빛이 되어 현백의 신형을 향해 쏟아졌는데 주비는 온 신경을 날카롭게 세우며 현백의 신형에 집중하기 시작했다.

그러던 한순간 현백의 신형이 흐릿해지고 있었다. 그러자 주비의 오른 어깨가 앞으로 나가고 있었다. 날아가던 창대를 어깨로 살짝 밀자 그 궤적이 바뀌고 있었다. 흔들리는 창두의 움직임은 현백이 아니라 주비 자신이라도 피하지 못할 만큼 심한 변화를 주고 있었던 것이다.

성공을 확신하며 그는 왼손에 더욱더 큰 힘을 주었다. 그러나 곧 이를 악물어야만 했다.

쩌어어엉! 카카카칵!

마치 철로 된 벽을 치는 것 같은 느낌이었다. 도저히 믿을 수 없는 커다란 힘에 주비는 두 눈을 크게 떠야만 했다.

창대는 마치 부러질 듯 커다란 궤적을 그리며 휘어진 상태였다. 창끝은 현백의 도면에 닿아 있었는데 현백 역시 왼 어깨를 사용하여 힘을 낼 수 있었다. 도파는 오른손이 단단히 잡고 있었고 도면엔 왼 어깨가 닿아 있었던 것이다.

더 놀라운 것은 현백의 눈이었다. 그는 두 눈을 감고 있었다. 애당초 보지 않고 감으로 움직이고 있는 것이다.

주비의 눈에 현백의 모습이 보였다. 몸 이곳저곳에 상당한 자상을 입고 있었지만 피가 흐르는 곳은 몇 군데 되질 않았다. 누가 봐도 명백하게 자신이 유리한 상황이 아닌 것이다.

자연스럽게 주비의 눈이 현백의 얼굴로 향했다. 치켜 올린 도의 칼날 위로 현백의 굳게 감긴 눈이 보였다. 문득 그의 귓가에 현백의 담담한 목소리가 들려왔다.

"괜찮군."

"……!"

말과 함께 서서히 눈을 뜬 현백을 보며 주비는 서늘한 감정을 느끼고 있었다. 현백의 두 눈은 그저 담담한 표정이었다. 그러나 그 눈 주위로 보이는 인광은 마치 야수의 그것과도 같았다.

"저 창룡이란 자, 보면 볼수록 대단하구나. 강호에 어찌 이름이 알려져 있지 않았는지 이해가 안 갈 정도로 말이다."

고개를 갸웃거리며 토현은 입을 열었다. 그러자 여기저기서 고개를 끄덕이고 있었는데, 그 말처럼 지금 보이는 저 창룡의 창술은 어디서나 그저 쉽게 볼 수 있는 것이 아니었다.

흔히들 십일창(十日槍), 백일극(百日戟), 천일도(天日刀), 만일검(萬一劍)이라 하며 검을 만병지왕으로 꼽는다. 물론 사람에 따라 십일창이나 백일극 따윈 이야기조차 안 하는 사람이 많다.

그러나 그건 아주 잘못된 이야기였다. 무공을 연성한 고수에 있어서 병기의 구분은 별로 없었다. 하지만 그중에서도 창의 고수를 상대하는 것은 아주 까다로운 일이었다.

창은 기본적으로 찌르는 무기였다. 그만큼 거리를 벌리며 싸우는 병기로 가장 시전자를 안전하게 만든다. 승부를 내기가 쉽지 않은 것이다.

"저만한 창을 저리 자유롭게 다루다니……. 창의 진짜 고수가 한 명 중원에 나타났구먼. 물론 그 고수를 상대로 여유롭게 싸우는 신진고수도 있지만."

양평산은 슬쩍 웃으며 입을 열었다. 그의 말처럼 지금 현백의 무위는 대단한 것이었다. 저 정도의 창술이라면 여기 있는 거의 모든 사람들은 뒤로 물러서기 바빴을 것이다. 그러나 현백은 그렇지 않았다.

기껏 물러나 봐야 두 발자국? 그리고 그 좁은 공간 안에서도 저 대단한 창술을 모두 피해내었다. 물론 몸 이곳저곳에 생채기가 났지만 그 정도를 가지곤 위험하다 할 수 없으니 말이다.

"훌, 그놈 거, 진짜 보면 볼수록 물건일세. 대관절 어디서 뚝 떨어진 놈인지……."

모인은 싱긋 웃으며 입을 열었는데, 이어 다른 사람들의 반응을 살폈다. 예상대로 화산은 놀라워하고 있었고, 개방의 사람들 역시 같은 반응이었다. 단 한 사람만 빼고 말이다.

"넌 그리 놀랍지 않나 보다?"

"나야 이전에 더한 꼴도 봤으니 놀랄 게 없지요. 근데 저놈은 좀 이해가 안 가는데요?"

"응."

지충표가 퉁명스런 목소리를 내자 모인은 그의 시선을 쫓았다. 그러자 한쪽 구석에 어떤 사내가 보였는데 바로 창룡을 데리고 온 허기평이란 자였다.

"저자가 왜?"

모인이 보기엔 그다지 이상할 것이 없었는데 지충표는 다른 생각을 하고 있는 듯했다. 그는 허기평에게서 시선을 떼지 않으며 입을 열었다.

"저 허기평이란 놈, 어느 정도 현백의 무위를 아는 놈입니다. 벌써 몇 번째 현백의 모습을 봤기 때문이지요, 그런데 그런 놈의 얼굴이 오늘 제일 편안해 보입니다. 자기 목숨 소중히 여기며 바쁘게 도망가는 놈치고는 이상한 일이지요."

"……"

텁수룩한 수염 사이로 흐르는 지충표의 말에 모인은 이채를 띠었다. 확실히 이 지충표란 사람은 겉보기엔 그저 무식해 보이지만 실은 그 반대였다. 누구보다도 날카롭고 눈치가 빨랐던 것이다.

"호오, 그럼 설마 뭔가 따로 준비한 것이 있으려냐? 설마 우리 앞에서?"

암습을 이야기하는 것이라면 거의 불가였다. 솔직히 저 창룡이란 자의 무위는 대단했고, 현백이 이길 수 없을지도 몰랐다. 그러면 잘 해결될 수 있는데 왜 그렇게까지 독하게 나가겠는가?

더욱이 이곳에서 암습을 날린다는 것 자체가 불가능했다. 이곳은 지금 고수가 하수보다 더 많은 곳이라 설사 성공한다 한들 그대로 잘 빠져나갈 도리가 없었다. 바로 잡힐 것이 뻔한 것이다.

개방의 안방에서 암습을 한다……. 개방을 무시해도 보통 무시하는 것이 아니었다. 이런 상황이라면 개방은 대회 따윈 문제가 아닌 것이다.

"하긴 그렇지요. 제놈이 무슨 수로 이 많은 사람들 앞에…응?"

지충표는 동의를 표하다 미간을 살짝 찌푸렸다. 뭔가 대기중에 알 수 없는 냄새가 살짝 퍼졌던 것이다.

약간 시큼하면서도 뒷골을 확 잡아당기는 냄새. 아주 미량이지만 그는 잘 알 수 있었다. 저 운남에서 가끔 맡아봤던 것이다.

"이건……."

"왜 자꾸 그래? 정신 집중이 안 되잖아."

한참 현백이 싸우는 것에 정신이 팔렸는지 명사찬은 인상을 찌푸리며 지충표를 향해 입을 열었는데 지충표는 아랑곳

없었다. 오히려 앞으로 한 걸음 나서며 현백을 향해 커다랗게 외쳤다.

"현백! 조심해라! 암습이다!"

"뭣!"

사람들은 일순 모두 황당한 표정을 지었다. 무슨 암습을 해 온다는 것인지 알 수 없었는데, 바로 그 순간이었다. 모두의 귓속에 아주 작은 소리가 공명되어 들려오고 있었다. 정확히 현백을 향해 날아오는 것들이 말이다.

쩌저저저정!

현백의 도가 춤을 추었다. 매화칠수라는 검법은 최고의 수비 초식이지만 그거야 사람에 따라 용도가 다른 법이었다. 지금의 현백처럼 말이다.

마치 팽이가 돌 듯 현백의 허리는 좌우로 빠르게 휘돌려지고 있었다. 주비는 창을 좌우로 틀며 막아내고 있었는데 그건 일순간의 임기응변일 뿐이었다.

현백의 도세는 그 위력이 점점 강대해지고 있었다. 본래의 매화칠수가 가진 내력의 힘을 공중에 남기는 것을 자제하고 일 도 일 도가 반복될수록 그 힘이 더욱 가중되고 있었다. 막아내기가 힘들어지고 있는 것이다.

한번 수세에 몰리면 더욱 힘든 것이 승부의 관건이었다. 현백은 그 점을 잘 알기에 이번의 한 수로 승부를 내려 했다. 그는 지금 용음십이수의 내력 운용을 잘 연결하여 사용하고 있었다.

점점 힘이 가중되며 주비의 방어막이 더 옅어지고 있었다. 그리고 어느 한순간 현백은 허리를 더욱더 틀며 일도를 날렸다.

쩌어엉!

"크윽!"

답답한 신음이 나올 정도로 대단한 일격이었고, 당연한 일이었다. 용음십이수의 반탄력을 축적하는 기술은 아마도 강호 제일일 터이다. 견딜 수 없으리란 것은 이미 예상한 것이다.

아주 살짝 더 벌어진 창대의 방어막이지만 이 정도면 충분했다. 현백은 앞으로 한 걸음 나서며 아래에서 위로 도를 힘차게 쳐올렸다. 둥근 기의 족적을 남긴 채 말이다.

아마 막을 수는 있어도 더 이상 주비가 공격해 오진 못할 터이다. 이 한 수가 승부의 마지막이었던 것이다.

"……!"

한데 그 순간이었다. 현백의 뇌리 깊숙한 곳에서 위험 신호를 보내오고 있었다. 한두 개가 아닌 여러 개의 무엇인가가 그를 향하고 있었던 것이다.

문득 지충표의 목소리가 들린 것도 같았다. 그리고 그와 함께 주비가 의외의 반응을 보였다. 주비는 피할 수 없을 것을 직감하고 막으려 하고 있었다. 그런데 그냥 막는 것이 아니었다.

타라라락! 찌리리잉!

"승부닷!"

주비의 외침과 함께 창대가 두 개로 분리되고 있었다. 한쪽은 그냥 몽둥이의 형태이고 또 한쪽은 단창의 모습을 하고 있는 것이다.

그는 한쪽으로 현백의 공격을 막으며 또 한쪽으로는 창날을 내밀어 현백을 향해 밀어내었다. 삽시간에 현백의 눈앞까지 단창이 밀려오고 있었다.

"……."

절체절명의 순간이었다. 앞은 주비, 뒤편에선 보이지 않는 암기의 출현이었다. 현백은 어금니를 꽉 깨문 채 다음 초식을 결정했다. 가장 간단하면서도 가장 효과적인 초식, 힘으로 이 모든 것을 밀어내는 것뿐인 것이다.

고오오오오!

한순간 현백의 몸 주위로 희뿌연 연기가 피어올랐다. 아니, 어디선가 알 수 없는 대단한 기운이 현백에게 들어간다는 것이 옳은 표현이었다. 현백은 가진 모든 힘을 끌어올리고 있었던 것이다.

두두둑!

현백의 온몸에 핏줄이 확 돋아나고 있었다. 혈관을 타고 흐르는 피의 순환이 순간 배 이상 빨라지는 것을 느끼며 현백은 왼손을 갈고리처럼 만든 채 허공으로 높이 들어올렸다.

쩡! 쩌정!

"크읏!"

단창과 단곤이 한꺼번에 하늘로 튕겨 오르고 있었다. 무엇을 어찌할지 모른 채 한순간 창날 부위를 쥔 양손이 한꺼번에 풀어질 정도로 현백이 보여준 한 수는 정말 대단한 위력을 담고 있었다. 그저 손을 쳐올리는 단순한 동작이지만 실려 있는 힘이 대단했던 것이다.

승부는 이미 났다. 물론 진짜 병기는 자신이 두 개의 창대로 장창을 분리한 후 보여지는 무공들이지만 그렇게까지 구차하게 굴고 싶진 않았다. 깨끗이 승복할 셈인 것이다.

"대단한……!"

뒤로 한 걸음 물러서며 말하던 그의 눈이 커졌다. 현백의 신형이 여전히 움직이고 있었다. 그것도 눈에 보이지 않을 정도로 빠른 속도로 말이다.

따다다당! 파파파파팍!

기이한 소리들이 허공에 울리고 보이지 않던 현백의 신형은 어느새 다시 눈앞에 나타나 있었다. 이건 그가 지금껏 보던 현백의 움직임이 아니었다. 만일 지금 이런 움직임으로 자신을 상대했다면 한 수조차 제대로 받지 못했을 테니 말이다.

피이이이이!

기이한 소리 하나가 들려왔다. 그건 허공에서 들려오고 있었는데 주비는 손을 앞으로 내밀었다. 그러자 그 손 위로 무언가 툭 떨어졌다.

한쪽이 살짝 뭉개진 구형의 철물이었다. 그 철환이 무엇인지 주비는 아주 잘 알고 있었다. 이건 그가 몸담고 있는 양명당에서 사용하고 있는 것이니 말이다.

"비화포(飛火砲)! 너 이놈!"

순간적으로 신형을 돌리며 허기평을 쳐다보았는데 그의 얼굴엔 웃음이 만연해 있었다. 현백은 허리를 숙인 채 한쪽 무릎을 꿇고 있었던 것이다.

"감히 이곳에서 암습을! 모두 암습자를 찾아라!"

허공에 제걸신권 장명산의 노성이 울려 퍼지고 부산한 발걸음 소리가 흘러나오는 가운데 주비는 이를 악물었다. 지금의 심정 같아선 허기평의 명줄을 틀어쥐고라도 누가 시킨 것인지 물어보고 싶었다.

그런데 갑자기 제송강의 얼굴에서 웃음이 사라지고 있었다. 그의 눈이 휘둥그레지며 믿을 수 없다는 표정이었다. 그에 신형을 돌린 주비의 눈에 서서히 몸을 일으키는 현백의 모습이 보였다.

왼쪽 옆구리 부근에서 피가 흘러나오고 있었다. 몇 발이 쏘아진지는 모르지만 비화포에 당한 것이 분명했다. 지금도 피가 샘솟듯이 흘러나오고 있었는데 현백은 지혈할 생각도 하지 않고 있었다.

"현백, 괜찮나? 지금 이 일은……!"

현백에게 다가가려던 주비는 그 자리에서 우뚝 멈추어 섰다. 갑자기 폐부를 찌르는 강렬한 기운이 흘러나오고 있었던 것이다.

그리고 그 기운의 주체는 바로 현백이었다. 현백은 고개를 숙인 채 양손에 힘을 꽉 주고 있었다.

"현백, 내가 하려는 말은……."

"비… 켜……."

"…응?"

현백의 입에서 나온 말은 뜻밖이었다. 갑자기 도망이라니? 무슨 의미로 이야기하는 것인지 알 수 없었는데, 현백은 다시금 입을 열었다.

"비켜… 비켜서!"

"무슨 말이지, 그게?"

도망치라는 현백의 말이 못내 이해되지 않는 그였지만 이내 그 말을 이해할 수가 있었다. 현백이 고개를 든 순간 말이다.

"……!"

야수. 그건 인간의 눈이 아니라 완전한 야수의 것이었다. 검은 밤하늘 아래 붉게 타오르는 두 개의 눈동자는 인간의 눈이라 볼 수 없었다.

그리고 그 눈이 움직였다. 움직인다고 생각한 순간 현백의 신형은 이미 코앞으로 다가오고 있었다.

"헛!"

콰아아아! 부우우욱!

그저 왼손이 스쳤을 뿐인데도 주비의 가슴팍이 찢겨져 나가고 있었다. 주비는 놀라 뒤로 한껏 빠졌는데, 그때였다.

콰아악! 파아아앙!

허리를 트는 것과 동시에 땅에 도를 찍어내고 그 탄력으로 쫓아오고 있었다. 간격은 불과 이 척. 장창이 유용한 거리가 아니었다.

스파아아아앗!

번개와 같은 섬광이 눈앞을 스친다. 주비는 허리를 한껏 틀며 겨우 그 공격을 피했지만 그것이 다가 아니었다. 이어 섬광이 목을 향해 떨어지고 있었다. 너무도 빠른 반사 신경이었던 것이다. 그리고 그 순간이었다.

쩌어어엉!

"정신 차리거라, 현백!"

흰 도복을 입은 노인이 검을 날려 그 섬광을 틀어지게 만들고 있었다. 예호검 화주청이 나온 것이다.

터턱! 좌아아앗!

"잠시 뒤로 물러나 있게. 그리고 가지 말고 기다렸으면 하네. 아무래도 자네와 이야기를 좀 해야 될 것 같으이."

"……"

넘어지는 주비의 신형을 손동작 하나로 슬며시 일으켜 세운 이는 개방의 모인 장로였다. 개방을 지탱하는 세 명의 장로 모두가 그의 뒤에 있었다. 그들은 이내 앞으로 나아가 화주청과 함께 현백을 둘러쌌다.

"정신 차리지 못할까! 지금 네 상태는 거의 주화입마이니라!"

"화 장문, 아마 못 알아들을 것입니다. 일단 제압부터 해야 할 것 같군요."

다시금 소리치는 화주청을 향해 모인 장로는 나직이 입을 열었다. 아무래도 그것이 우선 같았다. 지금 보여지는 저 현백의 기운은 이미 인간의 그것을 넘어서고 있었으니 정신이 온전할 리 없었다.

"크으으으으……!"

기괴한 목소리가 현백의 입에서 흘러나오고 있었다. 그와 함께 다시금 현백의 주위로 기의 구름이 모여들었다. 문득 현백의 오른손이 허공에 올려졌다.

기이이이이!

현백의 도가 울고 있었다. 검강처럼 형체를 갖춘 것이 아니라 그저 일렁이는 정도였지만 그 범위가 문제였다. 오 척에 이르는 범위가 모두 일렁이고 있었던 것이다.

일렁이는 기도와 함께 현백은 앞으로 움직이기 시작했다. 현백을 둘러싼 네 명의 노고수들은 긴장하기 시작했다. 지금 보여지는 현백의 모습에서 오랜 세월 최고수로 불려왔던 그들로서도 충분히 긴장할 정도로 강한 기운을 느낄 수 있었던 것이다.

第四章

야수

1

찌르르륵! 찌르륵!

풀벌레 우는 소리가 진하게 나는 밤이었다. 얇은 요 하나 걸친 채 밤을 새우려던 하추평은 왠지 그 소리가 너무나 거슬리고 있었다.

"아직 여름이 시작되지도 않은 것 같은데 벌써부터 이 난리군요. 올해는 정말 시끄러운 한 해가 되겠습니다."

"……."

슬쩍 돌아본 하추평의 눈에 그의 의제가 보이고 있었다. 사마종이 작은 술병 두 개를 들고 나타난 것인데, 내미는 병을 받아 한 모금 들이마셔 보니 상당한 독주였다.

"크음, 좋은 술이군. 확실히 술은 독해야 한다는 자네 말이 맞는 것 같으이."

"……."

거의 술꾼 같은 그의 말에 사마종은 걱정스런 웃음을 지었다. 그가 아는 하추평은 이런 사람이 아니었다. 매사에 정확하고 술은 거의 입에 대지도 않는 사람이었다. 진평표국의 수많은 표두들 중에서도 성실하기로 소문난 사람이었던 것이다.

한데 그런 사람이 지금 망가져 가고 있었다. 사마종은 그 이유를 너무나 잘 알고 있었는데, 이번 운남 표행 때문이었다. 비록 이문은 엄청나게 남긴 셈이지만 잃은 것도 꽤 있었던 것이다.

일단 쟁자수들이 거의 없었고, 표사들 역시 거의 남지 않았다. 운남국 공주의 호송을 맡았지만 그녀 일행은 중원에 들어오자마자 다른 일이 생겼다며 돈을 주곤 가버렸다. 제대로 된 표행으로 얻은 수입보다 십여 배 이상 남는 금액이었다.

그렇게 모든 일이 마무리 지어지나 싶었는데 문제가 생겨버렸다. 그 문제는 다름 아닌 이 하추평이었는데, 하추평은 왠지 표국으로 돌아가려 하지 않고 있었던 것이다.

"한데 형님, 이제 그만 표국으로 들어가야 할 때가 아닙니까? 이러다 표사들 사기가 떨어질까 두렵습니다."

"표사들? 아, 얼마 안 남은 친구들 말인가? 허허허, 그래.

생각나는 김에 같이 한잔들 하지. 우리의 일도 이제 몇 군데 남지 않았으니 말이다. 표행의 마무리는 지어야 하지 않겠느냐?"

넉넉한 웃음과 함께 그는 입을 열었지만 그 웃음 뒤에 숨겨진 모습은 너무나 쓸쓸해 보였다. 사마종은 입술을 질끈 깨물다 이내 입을 열었다.

"형님, 우리의 표행이 성공적이진 않았어도 실패 역시 아닙니다. 우리에겐 여분의 자금도 들어왔고, 그 자금만 가지고 가도 국주께선 다 이해해 주실 겁니다. 저희들이 맡은 일도 다른 표두들이 지니고 가게 될 것이고 말입니다. 하니 이만……"

"우리의 표행이 성공이라……. 나 살자고 수많은 사람들을 죽게 놔두었는데 그것이 어찌 성공인가? 솔직히 난 두렵네. 그 사람들의 가족들이 날 향해 보내는 원망스런 눈초리가 말일세."

이윽고 토로해 낸 그의 심정은 이미 짐작하고 있는 문제였다. 표행에서 죽은 사람들의 가족들. 물론 그들에게 돈푼이야 쥐어줄 수 있지만 그것으로 다 끝나는 것은 아니었다.

마음의 짐. 자신의 일행을 스스로 죽음의 구렁텅이로 몰아넣었다는 그 자책감에 지금 하추평은 자학하고 있는 것이다. 하나 이해할 수 있어도 이젠 그 도가 너무 지나쳤다.

"살아남은 표사들은? 그리고 살아남은 쟁자수들은 어찌하실 겁니까? 이러다 저들도 죽습니다. 다들 도망치고 싶어하는 눈치입니다."

사마종은 결국 자신의 가슴에 담았던 말을 토해내었다. 이렇게 자학한다고 변하는 현실이 아니었다. 일은 이미 일어난 것이고 되돌릴 수 없었다. 산 사람은 살아야 하지 않겠는가?

"형님, 이젠 제발……."

"의제, 잠시만……."

갑자기 하추평의 목소리가 낮아지자 사마종은 반사적으로 등 뒤의 도파에 손을 올렸다. 하추평이 이런 소리를 내면 십중팔구 주변에 적이 있기 때문인데, 아직까지 사마종의 이목엔 아무것도 걸리는 것이 없었다.

"형님, 무슨 일입니까?"

"너무나 조용하네, 의제. 그 시끄럽던 풀벌레 소리조차 들리지 않아."

"……!"

과연 하추평의 말대로였다. 사위가 조용하니 무언가 꼭 일이 벌어질 것만 같은 느낌이 들고 있었던 것인데, 아니나 다를까. 그들의 눈앞에 일단의 무리가 나타났다.

"누구냐! 본 표국의 깃발을 보고서도 이곳으로……!"

"표국의 깃발을 보았기에 온 것입니다. 벌써 저희들을 잊으셨나요?"

담담한 목소리에 사마종은 눈을 동그랗게 떴다. 남자의 걸걸한 목소리가 아니라 여인의 교태로운 목소리였는데 잊을 수가 없는 그 음성이었다. 바로 북경으로 간다던 미호공주였던 것이다.

 호위무사들과 함께 그녀는 사마종과 하추평의 앞으로 다가오고 있었다. 사마종은 혹 허상인가 싶어 눈을 비볐지만 확실히 그녀의 모습이 맞았다. 허깨비처럼 나타난 것이다.

 "북경에 가 있어야 할 사람들인 줄 알았건만 어찌하여 이 사람 앞에 다시 나타난 것이오? 앞으로 서로 볼일은 없다 하지 않으셨소?"

 다소 딱딱한 하추평의 목소리가 흘러나오자 미호는 살짝 웃었다. 곱고 하얀 치아가 밤하늘에 빛나는 광경은 너무나 고혹적이었다.

 "하 표두께서는 왠지 저에게 감정이 많으신가 봅니다. 피차간에 서로 할 일을 한 것뿐이지 않나요?"

 "그래서 하는 이야기요. 서로 할 일이 끝났으면 각자 갈 길을 가야 하는 것 아니오? 한데 왜 이곳에서 우릴 찾는 것이오?"

 슬며시 아랫도리가 서는 것을 느끼며 입맛을 다시던 사마종은 하추평의 목소리에 재빨리 머리를 흔들었다. 지금은 이럴 때가 아닌 것이다.

 한데 그 모습을 미호가 본 모양이다. 그녀는 다시 한 번 미소를 지으며 이번엔 사마종에게 다가오고 있었다. 체구는 작지만 균형있는 몸매로 엉덩이를 살랑이는 모습은 정말 뭇 사내깨나 울릴 만한 모습이었다.

"아이, 무서워라. 아무래도 하 표두보다 사마 대협께 먼저 물어봐야겠는걸요? 혹 저의 물건 하나 보지 못하셨나요?"

"무, 물건이라니오?"

사마종은 엉덩이를 뒤로 슬쩍 빼며 말을 더듬었다. 미호가 엉덩이를 하초 부근에 착 달라붙이며 이야기하는 바람에 얼굴까지 벌게진 것인데, 미호는 미소를 잃지 않으며 입을 열었다.

"말 그대로 저희 물건입니다. 작은 서책 하나인데 아무래도 표물과 같이 섞인 것 같아요. 허락하신다면 한번 찾아봐도 될는지요?"

말은 허락을 요구하는 것이지만 사실은 요구가 아니었다. 이런 상황에서 거절하는 남자는 사실 세상에 없을 것이라고 사마종은 생각했다. 순간적으로 이 여인을 위해서라면 무엇이든 해주리라 하는 마음이 슬며시 고개를 들고 있었던 것이다.

그러나 그런 마음은 이내 싹 사라졌다. 내력을 실어 고함치는 하추평의 목소리 때문이었는데 그의 목소리는 완전한 노성이었다.

"갈! 무슨 말을 하는 것이오! 표물을 뒤지다니! 이 하추평은 절대 용납할 수 없소이다!"

아무리 고혹적인 미소라도 하추평에겐 소용없는 일인 듯싶었다. 미호는 갑자기 표정을 싹 바꾸었다. 고혹적인 미소는 어디론가 사라지고 순식간에 찬바람이 이는 표정을 한 것이다.
 "꼭 피를 봐야만 하는 자들이 세상엔 있기 마련이지. 찾아라!"
 "옛!"
 뒤쪽에 서 있던 건장한 사내들이 움직이기 시작하자 하추평은 손을 움직여 검파에 가져갔다. 그러나 거기서 더 이상 움직일 수가 없었다.
 "표두는 잠시 저를 보시지요."
 "무엇을 본단……!"
 하추평의 온몸이 뻣뻣하게 굳었다. 마치 못 볼 것이라도 본 표정이었는데, 사마종은 한 걸음 떨어지며 미호에게 고개를 돌렸다.
 "호호호! 사마 대협도 보시겠습니까?"
 "그게 무슨… 헛!"
 사마종 역시 헛바람을 들이켜고 말았다. 미호의 눈. 두 개가 아니었다. 미간 바로 위에 또 하나의 눈이 나타나고 있었던 것이다.
 꿈인지 생시인지 모르지만 분명 삼목(三目)이었다. 그리고 그 눈을 보는 순간 몸이 굳어 아무런 행동도 취할 수 없었다. 그건 자신이나 하추평 역시 마찬가지였다.

"무슨 짓이냐! 썩 물러……!"
"닥쳐라!"
스파아아앗!
표국의 무사들은 하나둘씩 쓰러지고 있었다. 미호의 호위무사들은 대단한 실력을 가지고 있었다. 웬만한 하급무인 이상인 표국의 무사들을 대번에 다 쓰러뜨리고 있었다. 삽시간에 주위가 피로 흥건해진 대지로 변했다.
"무슨 짓이야? 표사들이 무슨 죄가 있다고… 크으윽!"
소리치던 하추평은 고통스러운 듯 신음 소리를 내었다. 머리가 깨질 듯이 아파와 그런 것인데, 양손을 움직일 수 있다면 머리를 감싸 쥐고 싶을 정도였지만 아쉽게도 그럴 수가 없었다.
"그러게 처음부터 쉽게 이야기하면 될 일이었습니다. 모든 것은 하 표두의 아집 때문이지요."
"이… 요망한 년! 우욱!"
고통이 더욱더 심해지고 있었다. 누군가 머리 위에서 송곳으로 찌르는 듯한 느낌이 들었지만 어찌해 볼 도리가 없었다. 마지 넝쿨에 얽혀 버린 듯 도저히 움직일 수가 없었던 것이다.
콰각! 콰지지직!
표차가 박살나는 소리가 들려왔다. 호위무사들이 표물을 헤집고 있었는데, 한참을 뒤적이던 그들 중 한 명이 다가왔다.

"죄송합니다. 아무래도 여기엔 없는 것 같습니다."

"…흐음……."

살짝 눈을 좁히며 미호는 생각에 잠기는 듯했다. 그녀는 작은 손으로 턱을 괴고 있었는데, 이윽고 생각이 끝난 듯 입을 열었다.

"아무래도 두 분께서 도와주셔야 될 것 같습니다만……. 저희 물건이 어디에 있지요?"

"요망한 년, 대체 무슨 소리를 하는 것이야! 무슨 물건을 우리에게 맡겨놓았다고 그래!"

두 눈에서 핏줄이 터졌는지 하추평은 붉은 눈을 하고 있었다. 하긴 자신의 수하들이 죽는 데도 손 하나 까딱할 수 없으니 당연한 노릇이긴 했다.

"그렇지 않고선 없어질 이유가 없습니다. 아무래도 두 분 중 누군가 장난을 하신 것 같은데 누구시죠?"

여유롭게 묻고 있지만 그녀의 눈에선 살기가 뚝뚝 흘러오고 있었다. 사마종은 그 모습에 모골이 송연했지만 그 역시 모르긴 마찬가지인지라 아무런 말도 할 수가 없었다.

"아무래도 사마 대협은 정말 모르는 눈치군요. 하면 필요가 없다는 뜻이 되지요."

슷! 사앗!

"……."

사마종은 눈을 동그랗게 떴다. 턱을 괴고 있던 그녀의 섬섬

옥수가 움직이더니 자신의 왼쪽 가슴을 파고들었던 것인데 전혀 느낌이 없었다.

마치 환영인 듯했지만 이내 격렬한 고통을 느끼기 시작했다. 소리조차 지르지 못하고 사시나무 떨 듯 온몸을 떨기 시작했다.

"의, 의제!"

그 모습을 보는 하추평은 이를 악물었다. 미호는 손을 움직여 사마종의 심장까지 밀어 넣고 있었다. 이미 피가 흐를 대로 흘러 사마종의 얼굴은 순식간에 하얗게 변해갔다.

"호호호! 일단 깨끗이 죽여 드리지요."

우두두둑! 파아아악!

미호는 손을 잡아챘다. 그러자 작은 손 안에 더 작은 무언가가 길게 딸려 나오고 있었는데 그건 사마종의 심장이었다. 그녀는 그 심장을 사마종의 눈앞에 들이대며 이야기했다.

"심장을 보고 죽으니 원은 없겠군요. 세상에 자신의 심장을 보면서 죽는 사람은 거의 없답니다."

콰각! 푸아악!

작은 심장이지만 힘주어 터뜨리니 엄청난 피가 사방으로 튀었다. 미호 역시 고스란히 그 피를 뒤집어썼지만 그녀는 눈 하나 깜짝하지 않았다.

"그럼 이제 하 표두님의 차례로군요. 어디로 보내셨죠?"

"의제! 의제!"

하추평의 정신은 오로지 쓰러지는 사마종에게 향해 있었다. 잠시 그 모습에 짜증스런 얼굴이던 미호는 이내 다급한 신색을 띠었다.

"아니, 이런! 이 바보 같은 작자가!"

"의제… 의제… 의제……."

하추평은 미쳐 가고 있었다. 일견하기에도 온몸의 기혈이 역류하는 것이 보이고 있었는데, 미호는 재빨리 그에게 걸린 금제를 풀었다. 그러자 하추평은 사마종에게 달려가 그를 안고 울기 시작했다.

"흐엉엉! 흐엉!"

"……."

미호는 고개를 좌우로 흔들었다. 이래선 아무것도 되질 않았다. 자신의 삼목 안에 걸리고도 소리칠 정도의 정력을 갖고 있기에 금제를 좀 많이 가했더니 결국 미쳐 버린 모양이다.

"아니, 이놈이……!"

"놔둬라. 말해봤자 소용없다. 미혼심안(迷魂心眼)에 심하게 걸린 자가 제정신으로 돌아오는 것은 불가능한 일이다. 그냥 죽여라."

"옛!"

말이 끝나자마자 한 사내가 앞으로 나섰다. 그는 땅에 떨어진 사마종의 대감도를 들어올리더니 이내 벼락같이 내려쳤다. 물론 목표는 하추평의 목이었다.

　파아아아앗! 털썩!

　하추평은 그대로 신형을 떨구었다. 떨어진 목은 데굴데굴 굴러 어디론가 향하고 있었는데 하필 미호의 발 앞이었다.

　툭!

　미호는 발을 들었다. 굴러오는 하추평의 목을 살짝 눌러 잡았다. 그러더니 들었던 발을 내리기 시작했다.

　우두두둑!

　하추평의 목이 땅을 파고들었다. 반쯤 파묻어 버리곤 미호는 만족스런 웃음을 지었다. 그리곤 시립해 있는 무사들을 향해 소리쳤다.

　"이번 표행의 일행을 하나도 남김없이 조사한다! 나는 진평표국으로 갈 터이니 각자 흩어져 정보를 모아라! 쓸모없는 것 하나라도 모두 조사해야 한다!"

　"예, 알겠습니다."

　사사사삿!

　일사불란한 행동이었다. 어느새 그녀의 뒤에는 한 사람만 남아 있었다. 커다란 덩치에 굳은 인상을 가진 그를 향해 그녀는 바싹 다가서며 입을 열었다.

　"하아! 지저분한 날이야. 어때, 오늘 기분 좀 내볼까?"

　"영광입니다, 사자님."

"쯧, 여기선 그리 부르지 말라니까. 자, 나 좀 움직이고 싶은데……."

그녀의 말이 떨어지자마자 사내는 미호의 신형을 안아 들었다. 그리곤 가까운 숲으로 달리기 시작했다. 곧 다가올 열락의 기쁨이 떠오른 사내의 표정 뒤로 을씨년스러운 풍경이 대조적으로 다가오고 있었다.

*   *   *

툭… 툭…….

관통당한 옆구리에서 피가 흘러내리지만 현백은 꼿꼿이 신형을 세우고 있었다. 그의 표정은 그대로였지만 둘러싸고 있는 사람들의 표정은 각양각색이었다.

그러나 그들의 얼굴에 공통적으로 떠오른 하나의 표정이 있다면 그건 당혹스러움이었다. 그 당혹스러움엔 여러 가지 종류가 있었는데, 우선 상대에게 최대한의 힘을 다 쓸 수가 없는 것에 있었다.

상대는 현백. 어찌 되었든 현재 화산의 사람이다. 게다가 자신이 원해서 그런 것이 아니라 무공을 하다 주화입마에 빠져든 것처럼 보였던 것이니 함부로 해할 수가 없었다.

게다가 오늘은 개방과 화산이 친교를 맺는 첫째 날이었다. 더 더욱 그리할 수 없었던 것이다.

그리고 문제는 또 하나가 더 있었다. 현백의 무공. 도무지 견디기가 힘들었다. 신형을 쫓는 것도 그렇지만 그 움직임이 사람의 움직임이 아니었던 것이다.

 야수의 광포함과 함께 예측할 수 없는 방향으로 움직이고 있었다. 그냥 움직임만 대단하면 그거야 어찌해 볼 수 있겠지만 문제는 위력이었다. 현백의 몸 주위로 이글거리는 기이한 기운들을 깰 수가 없었던 것이다.

 개방삼장로에 화산의 장문 예호검 화주청까지 모두 네 명이 현백을 둘러싸고 그를 잡으려 했지만 수포로 돌아갔다. 하나 이젠 정말 현백을 잡아야 했다. 그렇지 않으면 현백 자신에게도 위험한 상황인 것이다.

 이미 바닥의 화강석은 상당한 넓이로 붉게 물들어 있었다. 피를 많이 흘렸음에도 그는 계속 저항하고 있었다. 그야말로 한 마리 상처 입은 야수였던 것이다.

 "흐으… 흐으……."

 귓가에 들리는 것은 현백의 거친 신음 소리였다. 무인이라면, 그리고 무공을 어느 정도만 해도 저런 신음 소리는 내지 않는다. 저런 상황이 되면 호흡 자체가 불가능해지는 것이다.

 호흡이 불가능해지는 것은 내력과 많은 관련이 있다. 내력이 충실하지 못한 증거가 바로 탁기가 들어가게 되는 것인데, 지금 현백처럼 거친 호흡을 한다면 탁기가 들어간다는 뜻이었다.

 자칫하면 단전이 망가질 수 있는 상황이었다. 네 사람 다 서로 말은 없었지만 그와 같은 결과를 누구나 다 예상할 수 있었다. 이젠 시간이 없는 것이다.

 "제가 앞에서 시선을 끌겠습니다. 세 분께선 힘드시더라도 현백을 잡아주십시오."

 "알겠습니다. 화 장문께서는 조심하십시오."

 결국 화주청이 앞으로 나섰다. 그는 검을 슬며시 늘어뜨린 채 현백의 앞에 서 있었는데 한 발 한 발 앞으로 다가서고 있었다.

 "흐으… 흐으……."

 현백은 은연중에 그 힘을 느끼고 있는지 뒤로 물러서고 있었다. 그러나 여전히 몸에 강한 기운을 뿜어내고 있어 접근이 쉽지 않은 상황이었는데, 한순간 화주청은 검을 쭉 뻗으며 나아갔다.

 "섬화(閃花)… 탄(彈)!"

 스피리리리리!

 화려한 소리가 들리며 화주청의 손이 움직이고 있었다. 손목을 살짝 틀며 전형적인 화산 검사의 모습을 보여주고 있었는데 빠르게 움직이는 그의 검끝에서 빛의 매화가 형성되고 있었다.

 그 매화꽃은 현백을 향해 빠르게 다가오고 있었다. 말이 좋아 매화꽃이지 실제론 검기를 짧게 맺은 형태였는데, 단 한 개만 적중해도 현백의 몸은 갈기갈기 찢어질 것이지만 이곳에 있는 사람들 중 그 누구도 현백이 다칠 것이라곤 생각지 않았다.

이미 몇 번 본 것이다. 현백의 몸에 가까이 이른 섬화는 그 궤적을 잃고 있었다. 무슨 이유인지 몰라도 정말 독특한 호신강기를 보여주고 있는 것이다.

타탓! 콰가가가각!

공중에서 공간이 일그러지며 역시 섬화들이 튕겨 나가고 있었다. 그러자 화주청은 재빨리 공중에 신형을 띄웠다. 살짝 허리를 숙이며 현백이 밀리는 바로 그 순간이었다.

"철화(鐵花)! 태압(太壓)!"

우우우우웅!

강렬한 일격이었다. 마치 거대한 산이 내리누르듯 보여지는 공간 모두가 한꺼번에 일그러지고 있었다. 이 정도의 힘이라면 거의 십성에 가까운 내력이었다.

일파의 장문인의 공격이었다. 거기다 검으로선 조종이라 불리는 무당만큼이나 유구한 역사를 자랑하는 화산의 무예였다. 일격은 고스란히 현백에게 적중하고 있었다.

현백의 허리는 조금씩 더 꺾이고 있었다. 저 정도라면 이번엔 현백이 움직이지 못할 것 같았는데 때를 같이해 개방삼장로가 빠르게 현백을 향해 짓쳐들었다.

두 명이 현백의 양손을 잡고 한 명은 뒤에서 옥침혈을 점혈할 모양인 듯 뒤로 돌아가는 토현 장로의 오른손이 쭉 뻗고 있었다. 그 순간,

"크아아아아!"

지이이이잉!

거대한 울림이 허공에 울렸다. 현백이 낮게 신형을 숙인 채 왼발을 축으로 회전하기 시작했다. 그러자 주위에 흐르던 기운이 일변했다.

꽈자자작!

강대한 기운의 충돌이 시작되고 있었다. 내리누르는 화주청의 힘을 이겨내며 현백의 회전이 점점 빨라지고 있었는데, 이윽고 현백의 허리가 쫙 펴지는 순간이었다.

"크아압!"

파아아앙!

현백의 신형이 허공으로 떠올랐다. 휘도는 신형 그대로 공중에 띄운 것인데 바로 위에선 화주청이 검을 내려치고 있었다. 현백은 오른손에 든 도를 그대로 위로 쳐올렸다.

"갈!"

화주청은 내력으로 일갈을 쳐내며 내리누르는 동작을 그만두지 않고 있었다. 모두가 지켜보는 가운데 이윽고 두 사람의 격돌이 이루어졌다.

쩌어어어엉! 꽈르르룽!

"우욱!"

"크아악!"

양쪽 다 좋지 않은 소리를 내고 있었다. 기운의 충돌 여파는 대단했는데 현백이 만들어낸 기의 회오리는 완전히 죽지 않았고, 내려서던 화주청을 다시 위로 튕겨 올릴 정도로 대단한 위력을 보여주고 있었다.

반대로 현백은 빠르게 내려오고 있었다. 양손으로 도파를 꽉 쥔 채 떨어져 내리고 있었는데 이러다간 등짝부터 단단한 화강석 바닥에 떨어질 판이었다.

그냥 부상으로 끝날 것 같지 않은 상황이었다. 위에서 내리누르던 화주청조차 아차 싶은 순간이었다. 하나 그라고 별수 없었다. 이 정도의 힘을 내지 않았다면 당하는 것은 자신이었다.

팔성을 넘어 구성에 달하는 내력을 사용한 순간이었다. 중검을 이기고 치고 올라올 줄은 정말 꿈에도 생각하지 못했다. 내리 떨어지는 탄성까지 같이 쳐 내린 공격을 현백이 이겨낸 것이다.

공중에서 기력을 조절하며 화주청은 허리를 틀었다. 수려한 공중제비를 돌며 검을 검집으로 되돌리려 한 순간이었다. 갑자기 그의 눈이 커졌다.

휘릭! 쩌어엉!

마치 고양이처럼 몸을 뒤집는 현백이었다. 양 발이 화강석

판을 다 부수어 버릴 정도로 강렬한 힘을 받았음에도 그는 쓰러지지 않고 있었다. 아니, 양 무릎을 굽히고 허리를 굽혀 충격을 최소화하고 있었다.

문득 현백은 오른손을 앞으로 뻗었다. 어느새 도를 거꾸로 쥔 그는 이 척 정도 앞에 내리꽂고 있었다.

콰아아악!

단단한 화강석이 두부라도 된 듯 일 척 이상 박혔다. 이어 현백의 오른팔에 힘이 불끈 들어간다고 생각한 순간 현백의 신형은 다시 한 번 빛살이 되고 있었다.

스파아아앙!

"……!"

화주청은 이를 악물었다. 아직 땅에 내려서기도 전 그는 달려들고 있었다. 물 찬 제비처럼 대지를 스치며 박혀 있는 도까지 빼어 든 채 말이다.

솔직히 망연자실한 순간이었다. 이전 반응은 정말 생각해 본 적도 없었기에 일순 그는 어찌할지 결정을 내리지 못하고 있었다. 그저 본능적으로 검을 들어올릴 뿐이었다.

그러나 이 싸움은 화주청 혼자만 하는 것이 아니었다. 화주청은 들어올린 검을 바로 내려치려다 움찔했다. 그 앞에 세 명의 노인이 나타난 것이다.

"허어! 정녕 죽고 싶은 게냐!"

우우웅!

개방의 토현 장로가 양손 가득 내력을 실으며 소리치고 있었다. 장력으로 따진다면 개방이 아니라 무림에서도 손가락 안에 들어 사람이 바로 그였다. 오호십장절(五虎十掌切)이라는 그의 외호에서 알 수 있듯 빠르고 위맹한 장력을 가진 사람인 것이다.

그가 정말 힘을 쓴다면 현백은 죽음 외엔 없었다. 하나 그 역시 손을 멈출 수밖에 없었는데, 눈앞의 누군가가 이미 현백을 맞아나가고 있었다.

모인 장로였다. 조공과 금나수 하나로 세상을 오시하는 그는 붕천벽수사(崩天劈水士)란 외호로 불리었다. 양손을 구수(鉤手)로 만든 채 달려가며 외치고 있었다.

"형님, 제 오른 어깨 위로 장력을 날리세요! 어서!"

"알았네! 차아압!"

우우웅!

그의 말에 오호십장절 토현의 오른손이 허공으로 움직이고 있었다. 팔을 쭉 편 채 손바닥을 쫙 펴고 있었는데 한순간 그 손이 꽉 쥐어지며 일갈이 터져 나왔다.

"일호단파(一虎斷波)!"

쩌어어엉!

맑은 울림과 함께 꽉 쥐어진 그의 주먹에서 강한 기운이 발출되었다. 그 위력이 소림의 백보신권에 맞먹는다는 오호단권(五虎斷拳)이었다.

과아아아앙!

삽시간에 강기가 허공으로 빨려 나갔고, 정확히 모인의 오른 어깨 위로 향하고 있었다. 순간 다시금 모인의 목소리가 흘러나왔다.

"삼제, 내 왼발 무릎 부근으로. 어서!"

"갑니다! 하압!"

찌이이잉!

귀를 멍하게 만드는 소리가 들려왔다. 삼제라면 바로 일지신개(一指神丐) 양평산을 이야기하는 것이었다. 지법에선 따라올 사람이 없다는 양평산의 교섬지(巧閃指)가 발출되고 있었다.

두 개의 기운을 뒤쪽에 달고서 모인은 현백을 향해 짓쳐들고 있었다. 현백과 자신이 반 장도 남지 않았을 때 모인은 공중에 신형을 살짝 띄웠다.

탓!

작은 소리 하나 나지 않을 만큼 유려한 움직임 속에서 모인은 허리를 뒤로 확 젖혔다. 그러자 그의 가슴 위로 토현의 권력이 스치듯 지나갔다.

"크아아!"

쩌어엉!

힘차게 오른손의 도를 휘두르며 현백은 이를 튕겨내고 있었다. 이어 오른발을 살짝 들면서 교섬지까지 피해내었다. 그때였다. 올라온 현백의 발을 모인의 두 손이 잡아채고 있었다.
"이제 그만 하는 것이 좋을 것 같구나. 하압!"
피리리릭!
진정 눈으로 보면서도 놀라운 움직임이었다. 마치 끈이 달린 천처럼 그는 현백의 다리를 휘감고 있었다. 단 한순간에 현백의 뒤로 착 달라붙은 그는 왼손으로는 현백의 목을, 오른손으로는 현백의 오른손 팔꿈치 관절을 누르고 있었다.
"크큭!"
현백의 오른손이 점점 내려오기 시작했다. 제아무리 현백이라도 지금은 별수없었다. 사람이라면 누구나 힘이 빠지는 곳이 바로 팔꿈치 관절이었다.

"후우!"
지충표는 작은 한숨을 쉬었다. 상황이 이제야 제대로 자리를 잡아가고 있는 듯 보이자 그만이 아니라 다른 사람 모두 안도의 한숨을 쉬고 있었다.
저렇게 혈을 계속 눌리게 되면 정신을 잃을 수밖에 없다. 그럼 현백의 난동은 끝이 날 것이다. 지충표는 잠시 주위를 둘러보았다.
"……."
전쟁터도 이렇지는 않았다. 뒷마당은 완전 초토화되어 있고 현백 주위 약 삼 장여 부근이 심하게 박살나 있었다. 치우러면 아주 한참 걸리게 생긴 것이다.

  한두 사람이 달라붙어 할 일이 아니라고 생각할 때였다. 작은 돌 하나가 굴러가고 있었다.

  데구루루루.

  구르는 것을 보니 현백 쪽으로 가고 있는 것 같은데, 이렇게 다 움직인다면 치우긴 편할 것 같다는 생각이 들었다. 한데 그 순간이었다.

  툭… 투툭…….

  "…응?"

  구르는 것은 돌뿐만이 아니었다. 주위의 풀잎, 심지어는 나뭇가지까지 모두 현백을 향해 하나둘씩 모이고 있었는데, 한순간 그 속도가 대단히 빨라지고 있었다.

  시잉! 시시시싱! 후우우우웅!

  "뭐, 뭐야, 이건?"

  옆에 있던 명사찬은 비명과도 같은 소리를 질렀다. 삽시간에 흐르는 바람 같던 것은 광풍이 되고 있었다. 그리고 그 광풍의 가운데는 현백이 있었다.

  "또 무슨 일이야?"

  소리치다 현백을 바라보던 지충표는 두 눈을 크게 떴다. 현백의 신형이 움직이고 있었다. 축 처지던 오른손의 도가 점점 하늘로 들리고 있었던 것이다.

"이, 이게 무슨……?"

믿을 수가 없었다. 그의 나이 팔십이 넘었다. 그간 쌓아왔던 수많은 경험이 한꺼번에 망가지는 순간이었다.

현백은 지금 쓰러져야 했다. 온몸에 힘이 다 빠진 상태에서 말이다. 그런데 상황은 그 반대였다. 점점 현백의 몸에서 강한 힘이 느껴지고 있었던 것이다.

우두두둑!

"……"

게다가 현백의 몸이 커지고 있었다. 점점 커진 현백의 몸은 느낌이 아니라 이제 육안으로 확연히 구분될 정도였고 그와 함께 현백과 자신의 주위로 하얀 기의 구름이 형성되고 있었다.

스스스스스…….

그 구름이 모두 현백의 몸 안으로 들어가고 있었다. 딱히 어디로 빨린다고 이야기할 수 없을 정도로 빠르게 사라지고 있었는데 아마도 모공을 통해 들어가는 것 같았다.

두두둑.

"이런!"

결국 현백의 오른손에 들린 도는 하늘로 치솟았다. 강철과도 같은 자신의 금나수를 이런 식으로 무식하게 풀어낼 줄은 정말 생각도 못했던 것이다.

"으아아아아!"

콰아아아아!

현백의 입에서 괴성이 흘러나왔다. 모인은 이를 꽉 물며 현백의 신형을 잡았지만 그의 손은 이제 현백의 신형을 잡지 못했다. 이러다간 현백의 손에 자신이 죽게 될 판이었다.

 씨시싱! 씨시시시싱!

 문득 귓가에 엄청난 바람 소리가 들려오자 모인은 눈을 들어 현백을 바라보았다. 현백의 몸 주변엔 강기의 소용돌이가 치고 있었다. 마치 일진광풍이 휘도는 것을 보는 듯한 착각이 일고 있었던 것이다.

 파각! 파가각!

 그 광풍의 위력에 현백의 주변은 거의 초토화가 되어가고 있었다. 곳곳에서 잘게 부서지는 화강석이 눈에 들어왔는데 난감한 것은 그것만이 아니었다.

 파지지지지!

 "……."

 놀라운 일이었다. 현백의 도에 뇌전의 기운이 모이고 있었다. 대관절 어떤 무공이 이러한 효과를 낼 수 있는지 모인은 짐작조차 할 수 없었고 그럴 시간도 없었다. 뇌전의 힘은 도에서 끝난 것이 아니라 점점 몸 전체로 그 영향을 주고 있었던 것이다.

 이대로 그냥 있을 수는 없었다. 마지막 상황이라 생각한 모인은 재빨리 왼손을 풀었다. 그리고는 손을 말아 구수를 만들었다.

어쩔 수 없는 상황이었다. 정말 힘 조절을 잘해야 되겠지만 등 뒤 옥침혈을 향해 구수를 날리는 것만이 유일한 희망이었다. 그렇게 모인이 이를 악물며 손을 한껏 뒤로 빼는 순간이었다.

"…응?"

갑자기 현백의 신형이 움직이질 않고 있었다. 힘은 주고 있지만 꽉 잡고 있던 자신의 오른손을 풀려는 동작을 더 이상 하지 않고 있었던 것이다.

"무슨 일……?"

눈을 돌려 현백의 앞을 보자 한 노인이 보였다. 깡마른 체형에 아무런 말도 없이 그저 현백의 이마를 손으로 짚고 있었다. 야수처럼 빛나는 현백의 눈이지만 노인은 전혀 두렵지 않은 모양이었다.

"허허허, 녀석. 그대로구나. 이 성정, 이 얼굴……. 그대로야."

"아… 아……!"

노인의 작은 목소리에 현백은 그저 이상한 소리만 낼 뿐이었다. 이윽고 현백의 몸에서 기운이 빠지기 시작했다. 역시 옅은 운무가 현백의 모공을 통해 빠지고 있었다.

스륵… 턱!

오히려 쓰러지려는 현백의 몸을 모인이 지탱하고 있었다. 현백은 왼손을 들어올렸다. 피범벅이 되어 있는 왼손을 이마로 가져가 노인의 손을 살며시 잡고 있었다.

어느새 현백의 눈에선 야수의 광택이 사라지고 있었다. 평소의 담담한 눈으로 돌아선 현백의 눈엔 작은 눈물이 일렁이고 있었다.

콱!

쓰러질 것 같은 신형을 자신의 도로 지탱하며 현백은 노인의 앞에 섰다. 모인은 그의 신형을 놓아주었고, 현백은 그대로 두 무릎을 땅바닥에 꿇었다. 그리곤 작은 목소리로 입을 열었다.

"사, 사부님, 제자 현백… 이제 돌아왔나이다……."

"……!"

현백의 목소리에 모인은 두 눈을 휘둥그렇게 떴다. 이 힘없어 보이는 노인이 바로 현백의 사부였다. 칠군향이 온 것이다.

"그래, 잘 왔느니라. 나도 네가 보고 싶었단다."

현백의 뺨을 감싼 칠군향의 쪼글쪼글한 손 위로 눈물이 흐르고 있었다. 입은 꽉 다물고 있지만 현백은 아이처럼 눈물을 흘리고 있었다.

"사부… 니… 임……."

털썩!

"이봐, 현백! 현백!"

결국 현백은 땅에 쓰러져 버렸다. 모인은 재빨리 그의 신형을 들쳐 업은 채 내당으로 달리기 시작했다. 이미 현백은 너무 많이 다쳐 있었다. 그대로 두면 생명이 위독했다.

걱정스런 모습으로 현백의 뒷모습을 바라보는 칠군향을 놔둔 채 그는 그렇게 사라지고 있었다. 그토록 그리던 사부와의 만남은 긴 기다림에 비해 너무도 짧은 순간이었다.

2

"허허헛, 녀석. 또 볼이 부어 있구나. 이 사부가 무공을 못하는 것이 그리도 싫으냐?"
"…이게 싫어서 부은 볼인가요?"
소년은 퉁명스런 목소리로 말을 받고 있었다. 소년의 앞엔 이제 흰머리가 희끗한 장년인이 서 있었는데 그는 그저 웃을 뿐이었다.
하나 소년의 얼굴을 보면 사실 웃기는 힘들었다. 바람이 잔뜩 들어간 볼이 아니라 맞아서 부은 얼굴이었다. 꽤나 퉁퉁 부었던 것이다.
"흠, 너 또 대연무장으로 간 모양이구나? 그곳엔 가지 않아도 된다고 내 이야기했지 않더냐?"
"사부님, 전 무공을 배우고 싶습니다. 정말이에요. 한데 왜 전 안 된다는 것이지요?"
"허어."
노인은 난감한 신색을 만들었다. 아직 설명해 주기엔 너무나 어리다고 생각했건만 소년은 얼굴을 똑바로 들고 묻고 있었다. 하지만 아직 소년이 이해할 만한 사항이 아니었다.

한 문파의 사부를 정하는 것은 장난이 아니었다. 일단 한번 정해지게 되면 절대로 바뀔 수가 없었고, 바뀌는 상황은 단 한 가지뿐이었다. 아직 어린 제자를 두고 죽었을 때뿐인 것이다.

하나 그 상황도 장성한 제자가 있다면 굳이 사부를 두지 않았다. 문제는 그 사부가 무공을 하지 않는다면 무공을 배울 수 없었다.

"이 사부는 아는 무공이 하나도 없단다. 아니, 있기는 하지만 그건 네가 더 커야 가르쳐 줄 수 있단다. 알겠느냐?"

"……."

똘망한 눈망울로 노인을 바라보는 아이는 말은 없었어도 또 그 이야기인가 하는 표정이었다. 점점 어른이 되어가고 있는 것이다.

"헛헛헛, 이제 그만 하고 좀 씻자꾸나. 옷부터 갈아입어야 하나?"

남루한 옷은 이곳저곳 흙이 묻어 있어서 그런지 더욱더 거지 같아 보였다. 대연무장으로 갔다가 들어오지 못하는 곳이란 말에 울컥한 결과였던 것이다.

"치이! 꼭 가르쳐 주셔야 돼요? 꼭요?"

"그래, 염려 말거라. 꼭 가르쳐 주마."

노인은 작은 목소리로 말하며 소년의 등을 떠밀었다. 소년은 자신도 모르게 앞으로 걷기 시작했는데 이상한 일이 일어나고 있었다. 걸으면서 점점 자신의 키가 커지는 듯한 느낌이 들고 있었던 것이다.

"……."

놀라 할 말을 잃은 채 앞으로 걷기만 하는 소년은 이제 소년이라 불릴 몸이 아니었다. 육 척에 가까운 키에 커다란 덩치는 아니지만 단단한 몸매를 지니게 되었다. 그리고 어느 순간 오른손에 이상한 감각이 들고 있었다.

"……."

문득 시선을 내려본 소년은 두 눈을 크게 떴다. 그곳엔 기형도 하나가 들려 있었다. 마치 자신의 손과 딱 붙은 듯 꽉 쥐어져 있었는데, 청년은 고개를 들어 앞을 내다보았다.

"……!"

어두웠다. 세상 그 어디보다도 어둡다는 생각이 들었는데, 분명히 빛이 있어 사물을 알아볼 수 있었다. 청년은 반사적으로 손을 휘저었다. 그러자 어둠이 서서히 걷히기 시작했다.

하나 어둠이 걷혔음에도 날은 여전히 어두웠다. 하지만 새로 나타난 풍경은 충분히 알아볼 수 있었다.

시체. 시체의 대지였다. 이곳저곳 누워 있는 것은 모두 사람의 시신이었고, 청년은 그 한가운데 서 있었다.

"아!"

너무 놀라 말이 나오지 않았다. 게다가 순식간에 온몸에 끈적임이 느껴진다. 청년은 양손을 눈앞으로 들어올렸다.

"으아!"

피. 그건 홍건한 피였다. 어느새 온몸에 피를 흠뻑 뒤집어쓴 채 청년은 떨고 있었다. 문득 그의 뒤에서 누군가의 목소리가 들려왔다.

"허허허, 이런 이런. 힘을 가지게 되었구나. 축하한다, 현백아."

"사부님!"

그의 뒤에 나타난 사람은 이제 완전한 백발이 된 칠군향이었다. 언제나 맞아 부어 있는 자신을 달래던 칠군향이었던 것이다.

"아닙니다, 사부님. 이게… 이게 아니에요!"

현백은 부르짖었다. 그가 원하는 힘은 이런 것이 아니었다. 칠흑 같은 어두움에 둘러싸인 파괴적인 힘이 아니었던 것이다.

사람을 돕는 힘, 협사로서 세상을 살아가는 그런 힘이었다. 이런 암흑의 힘이 아닌 것이다.

"녀석, 그것 역시 힘이거늘 무에 다를 바 있느냐? 이 사부는 이제 필요없겠구나. 허허허."

"사부님! 사부님!"

현백은 소리쳤지만 칠군향은 사라지고 있었다. 또다시 자신은 혼자가 되었고, 시체의 들판에서 유일하게 살아 있는 사

야수 153

람이었다.

"…이……."

어금니를 악문 채 신음성이 흘러나왔다. 부릅뜬 두 눈에선 눈물 대신 핏물이 흘러나오고 있었다. 현백은 가슴속의 답답함을 세상에 토해내었다.

"크아아아아아아!"

그러나 흘러나온 소리는 야수의 그것이었다.

"…후……!"

자신도 모르게 한숨이 나왔다. 뭐가 뭔지 머릿속이 뒤죽박죽이 되고 있었다. 현백은 그저 눈만 감았다 뜨기만 반복하고 있었다.

잘 엮은 지붕이 보이고 있었다. 정성스레 엮은 것을 보니 여염집은 아닌 것 같았는데 어디인지 짐작이 가질 않았다. 현백은 다시금 눈을 감았다.

그리고 다시 눈을 떴을 땐 무언가 다른 것이 보였다. 둥근 형상을 한 것. 그건 사람의 얼굴이었다.

"우와! 현 대형! 정신이 들어요? 아저씨, 이리 와봐요! 현 대형이 정신을 차렸어요!"

이도였다. 고개를 돌리며 커다랗게 소리를 지르자 쿵쿵거리는 소리가 들려왔다. 그리고 다른 얼굴들이 시선 속에 들어왔다. 텁수룩한 수염에 술이 묻어 있는 장한. 지충표였다.

그리고 낯선 얼굴이 보였다. 작고 귀여운 얼굴의 여인이었는데 현백은 그 얼굴이 낯설면서도 낯익은 이상한 느낌이 들었다. 문득 그 여인의 목소리가 들려왔다.

"현 대형, 내 말 들려요? 저 오유에요, 오유!"

"……"

오유라는 말에 현백은 안력을 집중했다. 그가 아는 오유는 이런 얼굴이 아니었다. 선머슴 같은 얼굴이었던 것이다.

"봐라, 이 자식아. 현백도 못 알아보잖아. 왜 갑자기 여자 행세를 하고 그래?"

"여자니까 여자 행색이지! 불한당 같은 아저씨 보기 좋으라고 한 거 하니니까 그만 닥쳐욧!"

아주 뾰족한 소리가 허공을 울리자 지충표는 찔끔한 표정을 지으며 뒤로 물러났다. 본전도 못 찾은 것이다.

이들이야 어쨌든 일단 자리에서 일어나야 했다. 현백은 어깨와 허리에 힘을 주기 시작했다. 그리곤 양팔로 침상을 밀어냈다.

"으음!"

"어? 아직 일어나면 안 돼요! 의원이 최소한 세 달은 꼼짝도 말라고 했어요."

아직 일어나면 안 된다는 말은 듣지 않아도 잘 알 수 있었다. 온몸이 다 끊어질 듯이 아파왔다. 하지만 그냥 있으면 안 되는 것을 현백은 잘 알 수 있었다. 이런 경험을 처음 하는 것이 아니니 말이다.

현백은 버둥거렸다. 어떻게든 일어나려 애썼고, 그런 모습이 지충표에겐 안쓰러워 보였나 보다.

"거 진짜 황소 고집이네. 알았어, 알았다구. 끙차!"

지충표는 현백이 고집을 피우자 아예 손을 써 그를 앉혔다. 그러자 온몸을 관통하는 거대한 충격이 전해졌다. 어금니를 꽉 문 채 참으려 했지만 신음성은 자동으로 나오고 있었다.

"크으윽!"

현백은 인상을 한껏 구겼다. 그리고 그 인상과 비례해 엄청나게 표독스런 음성이 흘러나왔다.

"이 양반이 진짜! 아, 사람 죽이려고 작정을 했어요?"

"그러게요! 너무한 거 아니에요?"

"이것들이 미쳤나? 왜 이래, 정말!"

지충표는 소리를 꽥 질렀다. 세 사람은 그렇게 아옹다옹하기 시작했고, 현백은 일단 그들에게서 신경을 껐다. 우선 상세부터 봐야 했다.

온몸에 감긴 목면 천이 보였다. 특히 옆구리 부근에 두텁게 감겨 있었는데 화창에 당한 부분이었다. 이곳에선 비화포라 불렸던가?

중원에서 화창을 볼 줄은 생각도 못했다. 남만에선 교역을 통해 구입되어 가끔 본 적은 있는데 그리 대단한 무기는 아니었다. 위력에 비해 명중률이 형편없었던 것이다.

그런데 기억을 더듬어본 상황에선 상당히 정확하게 날아왔었다. 순간적으로 온 힘을 다 끌어올린 것까지는 기억이 났는데 그 후의 기억은 거의 없었다.

그리고 한 편의 기억이 더 생각났다. 백발의 노인. 비록 모습은 많이 변했지만 그 따스함은 여전했다. 양 볼에 남아 있는 따스한 기억이 말이다.

"…사부님… 사부님은?"

현백은 눈을 돌려 아직도 아웅다웅하는 사람들에게 물었다. 그러나 대답은 엉뚱한 곳에서 들려왔다.

"칠 도장께선 다른 화산파의 사람들과 소림으로 향하셨네. 몸이 나으면 그곳으로 오라 하더군. 그게 벌써 보름 하고도 일주일 전의 이야기야."

"……"

황당한 노릇이었다. 스무 날이 넘게 누워 있었다니……. 그제야 방 안의 풍경이 모두 들어왔다. 객잔의 작은 방 안에는 침상 하나와 탁자 하나가 전부였다.

세 명은 탁자에 있었고 말을 한 노인은 한쪽 구석에 의자를 놓고 앉아 있었다. 그는 개방의 붕천벽수사 모인이었다.

"그런 눈으로 보지 마라. 난 그 쓸데없는 영무지회보다 네가 더 궁금해 이곳에 있는 사람이니. 정신은 좀 든 것이냐?"

현백은 고개를 끄덕였다. 이 정도라면 충분히 정신을 차린 셈이었다. 문득 현백이 모인에게 물었다.

"장로께서 절 멈추게 하셨습니까? 그렇다면 죄송스럽습니다."

"홀! 그런 인사를 받기는 쑥스럽구나. 난 널 멈추게 하지 못했다. 네 사부가 그리했지. 한데 본인이 폭주한 것은 알긴 하느냐?"

모인의 날카로운 질문에 현백은 쓴웃음을 지었다. 이렇게까지 이야기가 나왔으니 자신의 이야기를 안 할 수가 없었다. 물론 현백은 첫 경험이 아니었다.

"어차피 조금 있으면 저녁 참이니 곧 밥이 들어오겠지. 그 전까지 이야기나 하자. 우선 말이다… 넌 대체 누구냐?"

"에? 장로님, 무슨 질문이 그래요? 현 대형이지 누구예요?"

이도는 황당하다는 듯 입을 열었는데, 세 사람은 이제 더 이상 싸우지 않았다. 나란히 탁자에 빙 둘러앉아 호기심 가득한 눈으로 현백을 바라보고 있었다.

"쯧, 녀석아. 좀 조용히 해봐라. 이건 아주 고차원적인 질문이야."

뭐가 고차원인지 모르겠지만 현백은 그 의미를 알 것 같았다. 자신이 폭주했을 때를 이야기하는 것 같았다. 물론 그 이야기를 하긴 쉽지 않았고 말이다.

"질문이 이상하다면 다시 이야기를 하자. 다른 무공들은 대부분 다 이해가 간다. 저 녀석의 말을 들어보니 네가 구파일방의 절기들을 알고 있다던데 그건 충무대로 간 다른 사람들로부터 얻을 수 있었겠지. 한데 그 근본이 달라도 너무 다르다."

"장로님, 부탁인데 좀 쉽게 말해주세요."

이번엔 오유의 방해였다. 모인은 인상을 한번 벅벅 쓰곤 다시 현백에게 눈을 돌렸고, 이어 잠시 생각하다 입을 열었다.

"좋아. 가장 의문스러운 것부터 물어보지. 넌 무공을 시전하는 방법이 우리완 너무 다르다. 흡기(吸氣)를 배운 것이냐?"

"……."

현백은 잠시 할 말을 잃었다. 그러고 보니 지금 모인이 하는 말이 마음에 와 닿고 있었다. 흡기라…….

현백이 잠시 입을 다문 사이 모인은 조금 난처한 상황에 처해 있었다. 역시 이번에도 지충표, 이도, 오유 이 세 사람 때문인데 그게 무슨 말이냐는 초롱한 눈동자로 바라보고 있었다. 모인은 한숨을 푹 쉬며 입을 열었다.

"보통 사람들은 축기라는 방법을 쓴단다. 몸 안에 기운을 축적하는 것이지. 한데 현백은 조금 달라. 그 기운을 거의 축적하지 않는 것 같다."

"그래서요?"

"……."

당당하게 물어오는 이도의 말에 모인은 머리가 지끈거리기 시작했다. 하나 결국 자신의 사손들을 위해 입을 열기 시작했다.

무공을 한다는 것은 단전을 사용하는 것을 말한다. 아주 기본적이며 기초적인 것인데 계속 무공을 연성하며 그 크기를 늘리려 노력한다. 그리고 고수라 불리는 사람들은 상당히 크기가 넓어져 있다. 보통 사람은 절대로 이와 같은 크기를 가질 수 없는 것이다.

그런데 현백은 다른 방법을 사용하고 있었다. 현백이 쓰러졌을 때 잠시 진맥을 해본 바로는 말도 안 되게 작은 단전을 가지고 있었던 것이다.

거의 삼류고수 수준의 단전이기에 그런 것인데, 그래서 생각한 것이 흡기였다. 몸 바깥에서 순간적으로 많은 힘을 끌어당기는 것인데 아무리 생각해도 그것밖엔 말이 되지 않았다.

그래서 현백에게 물어본 것인데 아직 현백이 답을 하지 않고 있었다. 만일 현백이 흡기라 답한다면 그건 심각한 문제였다.

흡기는 사공으로 간주된다. 보통 흡기의 대상이 다른 무공을 하는 사람들을 지칭하기에 그런 것인데, 다른 사람들이 좋게 볼 리 없었다. 물론 무림 역사상 그런 흡기무공은 나온 적도 없고 말이다.

"나온 적이 없다는데 왜 물어보셨어요? 나온 적이 없다는 것 자체가 불가능하기에 그런 것 아닌가요?"

모인의 말을 들은 후 오유는 당차게 묻고 있었다. 모인은 왠지 말싸움이 되어간다는 생각을 하면서도 계속 답했다.

"그러니 물어보지. 만일 그렇게 된다면 그건 큰 문제야. 잘못하면 무림공적으로 몰릴 수도 있단다."

"에에! 그런 게 어디 있어요?"

이도는 말도 안 된다는 듯한 표정이었다. 이미 이도, 오유, 지충표는 완전히 현백의 편이었다. 더 이상 말해봤자 아무런 이득도 없는 것이다.

그리고 때마침 논쟁에 종지부를 찍는 말이 나왔다. 현백의 입이 열린 것이다.

"연천기… 연천기란 무공입니다."

"…연… 천기?"

강호의 노고수답게 모인의 견식은 대단했다. 그는 이 강호상에 있는 대부분의 무공을 다 알고 있다 해도 과언이 아니었는데 그런 그의 머릿속에서도 연천기란 이름은 들어본 적이 없었다.

모인의 표정을 보며 현백은 그의 생각을 읽을 수 있었다. 이전에 알고 있는 것인지 아닌지를 대조하는 것인데 알 리가 없었다. 중원의 것이 아니니 말이다.

"중원의 무공이 아닙니다. 운남 쪽에서 알게 된 무공이지요."

"운남의 무공?"

역시나 흥미가 도는 모양인지 모인은 바로 의자를 끌어당기며 현백의 앞에 앉았다. 아마도 더 이상을 요구하는 것 같았는데 실은 현백도 거의 알려줄 것이 없었다.

"자연의 기운을 받아 유형화시키는 기술입니다. 사실 무공이라 할 수도 없지요. 그냥 그대로의 이론일 뿐입니다."

"이론일 뿐이라면 너에게 일어난 일은 설명할 수가 없겠지. 분명 무언가 있어. 연천기라……. 더 들을 수 있겠느냐?"

모인은 좀 더 많은 것을 듣고 싶겠지만 현백은 더 이상 이야기할 수 없었다. 이건 약속이었다. 그와 아홉 명의 충무대원 간의 약속인 것이다.

"죄송합니다. 더 이상은 말씀드릴 수가 없습니다. 그것이 먼저 간 충무대원들의 부탁이었습니다."

"……"

점점 들을수록 의혹이 서린 이야기였다. 대체 무슨 무공이기에 충무대원 전체가 다 연관되어 있다는 것인지 알 수가 없었는데, 일단 이 정도만 해도 만족이었다.

모인의 입장에선 많이 알게 된 것이다. 운남의 무공이라는 것도 그렇지만 기운을 모아 유형화하는 것. 단순하게 현백은 이야기하지만 절대 단순한 것이 아니었다.

이건 우물과도 같은 것이다. 기의 우물을 한없이 퍼다 쓸 수 있는 것이고, 결국 사람이 다치게 될 뿐이다. 현백의 폭주는 그렇게 생각할 수밖에 없었다.

"지금 네 힘을 측정할 수 있겠느냐? 어느 정도의 연천기를 소화할 수 있느냐?"

역시 늙은 생강이 맵다는 말은 그냥 나온 것이 아니었다. 단숨에 현백의 말을 알아들은 것인데, 현백으로선 고개를 흔들 수밖에 없었다. 최대한의 힘을 모르니 어느 정도인지 알 수 없었던 것이다.

"정신을 잃지 않을 정도로 최대한 끌어올린다면… 그래도 장로님께는 안 될 것입니다."

"흐음, 이 늙은이가 듣기 좋으라고 하는 이야기면 별로 달갑지 않구나. 창룡과 일전을 하는 것을 보니 이미 내 상대로 손색이 없던데?"

슬며시 웃으며 이야기하지만 정확한 판단이었다. 창룡과 싸우는 것이 최대라면 아직은 현백의 위였다. 물론 폭주를 제외하고 말이다.

"그럴 리가 있겠습니까? 아무리 저의 칼이 빠르다 한들 장로님께는 안 될 겁니다. 방어만 한다면 모를까 공격이 불가능할 것입니다."

냉정한 판단이었다. 확실히 모인 역시 그런 생각을 하고 있었는데, 뭐, 급할 것은 없었다. 다시 소림사로 이동하려면 시간이 있으니 천천히 더 물어보면 될 일인 것이다.

"뭐, 그건 그렇다 치고, 그래, 창룡이란 놈은 어찌할 것이냐? 승부 중에 비겁하게 방수를 썼는데… 이번엔 네가 가 볼 터이냐?"

슬쩍 화제를 돌려 모인은 현백의 의중을 물었다. 현백은 주저하지 않고 바로 입을 열었다.

"싸움엔 정석이라는 것이 없습니다. 제가 운남에서 느낀 것은 그런 것입니다. 방수를 두든 어떻든 승부는 승부입니다. 그를 탓할 마음은 없군요."

"……."

생각 외였다. 보통 사람이라면 길길이 날뛰어야 할 일을 아주 담담히 이야기하고 있었다. 생각보다 도량이 넓은 인물인 듯싶었던 것이다.

"관심없습니다. 이곳까지 오면서 부딪쳤기에 상대한 것일 뿐 소림사로 가야 하는 목표가 있기에 가지 않을 생각입니다."

"킁! 그거야 네 생각이고 그놈 생각은 전혀 다른 것 같더라. 한번 봐."

"……."

현백은 지충표가 건네는 비단천을 받아 들었다. 슬쩍 펴보니 그건 창룡 주비의 글씨였다. 꽤나 서예에도 일가견이 있는 듯 상당히 멋진 필체였다.

특별히 내용이랄 것은 없었다. 절대 자신의 의도가 아니니 상세가 나으면 꼭 다시 오기를 바란다는 내용이었다. 물론 그렇게 할 생각은 없지만 말이다.

대수롭지 않게 현백은 가슴속에 비단 조각을 넣었고, 이어 눈을 돌렸다. 탁자 위에 놓인 자신의 도와 옷을 본 것이다.

지금은 그냥 하의만 갖추고 있어 상의가 필요했다. 현백은 옷을 입으려다 소매에 눈길을 던졌다.

"……."

없었다. 깨끗한 새 도복엔 있어야 할 매화가 없었는데, 문득 그의 귓가에 지충표의 목소리가 들려왔다.

"이런 말 하긴 뭐하지만 그 화산 사람들, 진짜 무지 싸우더라. 너를 화산의 제자로 맞아야 한다, 아니다로 말이야."

"……."

조금은 의외의 상황이었다. 그는 솔직히 돌아오면 모든 것이 해결될 줄 알았다. 이제 화산의 무인으로서 당당히 그 역할을 할 수 있을 줄 알았던 것이다.

"장문인 예호검은 너를 다시 받아들이고 싶어했어. 그런데 다른 사람들이 상당히 반대하더군. 특히 양호검사 이격을 중심으로 한 패거리들은 노골적으로 반대하던데?"

둘로 갈라진 화산. 그 한 축에서 자신을 받아들이지 않으려 한다는 말에 현백은 솔직히 섭섭했다. 이건 화산과 자신의 약속이었다.

젊은 시절 충무대로 갔다 오면 무공을 배울 수 있는 것과 동시에 정식 무제자로 인정한다는 것이 약속이었다. 그래서 현백의 옷엔 매화 한 송이가 그려져 있었다.

"진짜 별의별 이야기가 다 나왔어요. 괴물을 어떻게 두냐는 둥, 화산에 해가 될 것이라는 둥, 하다못해 대형의 사부님과 대형이 사용하는 도에 대한 이야기까지 하던데요 뭐."

이도는 입을 비죽 내밀며 말했다. 도에 관한 것이야 이미 생각한 것이었다. 검을 숭앙하는 문파에서 도를 쓰는 사람은 그리 달가운 존재가 아니었다. 하나 사부에 대한 것은 전혀 다른 이야기였다.

"화산의 전통이라던데요? 스승이 무인이 아니면 제자 역시 무인이 될 수 없다고. 칠군향 도사님이 좀… 힘이 없으신 분 같았어요."

"……."

현백의 어금니가 꽉 깨물려졌다. 아직도 이런 식이라니……. 세월이 흐르면 좀 달라질 줄 알았건만…….

비록 힘없는 사부이지만 현백에겐 세상 그 누구보다 중요한 사람이 칠군향이었다. 자신이 아니라 사부를 걸고넘어간다는 이야기를 듣자 절로 양손에 힘이 들어갔던 것이다.

"흠, 그거야 문파의 일이니 우리가 상관할 것은 아니지. 일단 좀 쉬게. 아무래도 밥이 늦는 모양이네."

자리에서 일어나며 모인은 세 사람을 의자에서 일으켰다. 이젠 쉬어야 할 시간이었다. 좀 더 쉬면서 기력을 회복해야 떠날 수 있을 것이다.

"그럼 오늘은 이만 쉬고 기력을 회복하게나. 그래야 떠나지. 바로 소림사로 향할 것이야."

"알겠습니다."

현백은 짧은 대답과 함께 다시 침상에 몸을 뉘었다. 그러자 아쉬운 표정을 짓던 세 사람은 퉁명스런 눈빛을 모인에게 보내며 방을 나섰다.

"이잉, 놈들. 눈치없기는."

툭 한마디 하곤 모인까지 나가자 텅 빈 방 안엔 현백 혼자뿐이었다. 현백은 다시 몸을 일으켜 침상 위에 앉았다. 그리곤 잠시 생각에 잠겼다.

몸이 아픈 것이야 나으면 되었다. 그러나 마음이 아픈 것은 어찌할 수가 없었다. 지금 현백은 마음이 더 아팠다.

칠군향. 그의 사부에 대한 것 때문이었다. 스무 살도 안 된 젊은 나이에 그는 독단으로 장문인께 말하고 충무대로 가버렸다. 인사조차 제대로 하지 못했던 것이다.

제일 먼저 만나면 그것부터 이야기하고 싶었건만 그렇게 하지 못했다. 그것이 마음에 짐처럼 남아 있었거늘…….

"후!"

긴 한숨과 함께 현백은 두 눈을 감았다. 일단 모인의 말처럼 회복이 먼저였다. 빨리 회복해야 화산 사람들을 따라잡을 수 있는 것이다.

"큭!"

내력을 돌리자 고통이 밀려왔지만 현백은 멈추지 못했다. 결가부좌를 튼 채 그는 계속 내력을 돌렸고, 이윽고 어느 정도 소통이 되기 시작하자 고통은 조금 가셨다.

그 이후는 일사천리였다. 곳곳에 막힌 혈도를 뚫으며 원활한 혈행을 돕자 내력이 모이기 시작했다. 모인이 흡기라고 이야기한 바로 그 기운이었다.

쉬이이이이이!

보이지 않는 기운이 현백의 몸 안으로 빨려들고 있었다. 현백은 그렇게 점점 잡념을 떨치며 운기를 시작했다. 현백의 얼굴 양 눈 옆으로 길게 드리워진 야수의 기운만이 적막한 방 안을 휘돌고 있었다.

第五章

진평표국

1

"창룡은 아직도 그 상태요?"

"그 친구 성격은 잘 알고 있지 않은가? 꽤나 오래갈 것 같으이."

소룡의 말에 제룡은 쓴웃음을 지으며 이야기했다. 집무실에서 서류를 끄적이던 그는 찾아온 소룡을 향해 고개를 돌렸다.

소룡은 예의 조소를 얼굴 가득 띠고 있었는데, 왠지 그는 창룡이 별로 마음에 들지 않는 듯 보였다. 그는 제룡의 탁자 맞은편에 앉으며 입을 열었다.

"고상한 친구라 어쩔 수 없는 것인가? 애당초 우리완 어울리지 않는 자이긴 하지만 이건 너무하군."

"모든 것은 암룡이 온 후에 알아봐야겠지. 일단 지금은 나서지 말고 조용히 있는 것이 상책일세."

살짝 여유로운 웃음을 지으며 제룡은 입을 열었지만 지금 양명당이 처한 현실은 그리 좋지 않았다.

화산과 개방, 이 두 거대 문파로부터 찍힌 상태였다. 어쩌면 이번에 생긴 이 일이 양명당이 창립된 이래 가장 위험한 순간일지도 몰랐던 것이다.

화산이야 현백이란 놈이 화산 사람이었다니 화나는 것이 당연했다. 그러나 둘로 갈라진 화산은 그리 위협적이지 못했다. 양호검사 이격과 뒷거래를 하는 것으로 조용히 끝낼 수가 있었다.

물론 예호검 화주청 쪽은 워낙 강경해 아무런 말도 못했지만 이격에게 성공했으니 신경을 꺼도 되었다. 앞으로 이격이 막아줄 터이니 말이다.

문제는 개방이었다. 장소가 개방의 숙소라 거의 침입받은 것처럼 생각하고 있었던 것인데 아직까지 제대로 이야기해본 적도 없었다. 다행히 지금은 다른 일로 바빴다.

영무지회가 코앞인지라 요즘 강호의 화두는 온통 그것이었다. 개방도 예외는 아니라서 다들 그쪽으로 이동하는 상태였다. 그래서 거의 두 달이 다 되도록 조용히 있을 수 있었던 것이다.

그 대회가 끝나는 것과 동시에 개방의 추궁은 시작될 터이다. 그럼 정말 시끄러울 수가 있으니 잘 대비해야 했다. 일단은 개방에 관한 것은 무조건 다 양보를 해야 하고 말이다.

우선 제룡도 상황을 좀 알아봐야 할 것 같은데 웬일인지 암룡이 나타나질 않았다. 며칠만 있으면 그 일이 있은 지 근 한 달이 다 되어가는 데도 암룡의 근황은 알 수 없었던 것이다.

비화포수들은 모두 돌아왔다. 갔을 때처럼 멀쩡히 돌아와 일단 한숨 돌리게 만들었는데, 그들을 인솔한 암룡이 오질 않으니 답답한 노릇이었다.

"그래, 그나저나 요즘 강호엔 별일없소이까?"

"별일이 뭐가 있겠소? 사람 사는 것이 다 그렇지."

소룡은 툭 던지듯 입을 열었는데 사실은 그게 아니었다. 할 말이 없으면 나타나지 않는 사람이 소룡이었던 것이다.

"하남성 진평표국이 하루아침에 다 도륙당했소이다. 아직까지 그 흉수가 누군지 모르나 진평표국과 끈이 닿아 있는 소림이 이 일을 조사하기 시작했소."

"진평표국?"

조금은 의외의 발언이었다. 강호의 소문에 대한 진위를 캐고 그에 관한 진실을 들려주는 것이 이 소룡의 장점이자 특기였다. 그래서 제룡에게 도움될 때가 상당히 많았다.

한데 대부분 강호의 문파에 관한 것이라 일개 표국의 일에까지 신경을 쓰진 않던 소룡이었다. 그렇다면 무언가 있었다.

아니나 다를까, 소룡은 계속 입을 열었다.

"흉수가 아무래도 우리 손님들인 것 같소. 미호란 여인이 그곳에 나타났는데 그녀의 호위무사들이 그따위로 일을 벌인 것 같더군."

"뭐라?"

생각지도 않은 일에 제룡은 자신도 모르게 큰 소리가 흘러나와 버렸다. 이건 정말 생각지도 못한 일이었는데 어딜 갔나 싶었더니 이런 강호의 흉사를 만들며 다니고 있었다. 제룡으로선 미칠 것 같은 노릇이었던 것이다.

"말이 나왔으니 말인데 대체 그 여자는 누구요? 손님이라는 것만 알 뿐 그 외엔 아무것도 모르오."

소룡은 여전히 웃는 얼굴이지만 그 웃음은 잔인한 살소였다. 눈앞에 미호가 있다면 당장이라도 요절낼 듯이 보였던 것이다.

왜 아니겠는가? 피땀 흘려 건설한 양명당이었다. 하루아침에 멸문될 수도 있는 빌미를 자꾸 만들고 있는데 그냥 둘 리 만무했다.

"정확히는 나도 모르오. 그저 당주님께서 그리하라고 하셨으니 말입니다. 정확한 것을 알고 싶으면 당주님께 여쭈시오."

"당주님이?"

의외라는 듯 소룡은 잠시 생각을 거듭하다 자리에서 일어났다. 오는 것도 그렇지만 가는 것도 빠른 소룡이었다. 대부분의 행동을 저 밖에서 하는 사람이 바로 그였으니.

"알겠소이다. 일단 오늘은 그냥 가겠소. 하나 이런 일이 반복된다면 같이 당주님께 가봅시다."

"그립시다. 그럼 멀리 나가지 않겠소."

간단한 인사를 마치고 소룡은 휑하니 집무실을 나갔다. 제룡은 머리가 아픈지 이마를 감싸고 있었는데 앞으로 어떻게 해야 할지 고민을 거듭할 때였다.

"팔자 좋으시군, 제룡. 난 목숨을 걸고 뛰고 있는데……."

"암룡 자네, 대체 어떻게 된 것인가?"

갑자기 들려온 목소리에 화들짝 놀라며 제룡은 신형을 뒤로 돌렸다. 그곳엔 한 사내가 서 있었다. 칠흑 같은 흑의에 두 눈만 내놓은 채 복면을 하고 있는 사내는 상태가 심상치 않아 보였다.

흑의 이곳저곳이 반짝이고 있었는데 그건 피였다. 일견하기에도 최소한 서너 군데 이상 깊은 상처를 입고 있었던 것이다.

"큭, 개방이란 벌집을 들쑤셔 놓았는데 이 정도는 당연한 일이지. 그 빌어먹을 노인네들, 정말 대단하더군. 권력과 지풍에 하마터면 황천 갈 뻔했어."

"권력과 지풍? 설마 자네, 오호십장절과 일지신개에게 쫓긴 건가?"

재빨리 사내를 자리에 앉히며 제룡은 놀라 입을 열었다. 암룡이라 불린 사내는 고개를 끄덕이며 긍정의 몸동작을 보였는데 제룡은 머리가 어지러워지고 있었다.

"자네, 미친 건가? 아무리 당주가 하라고 했지만 상황을 보고 움직여야 할 것 아닌가? 대체 왜 비화포를 쓴 것인가?"

제룡은 미치기 직전이었다. 정말 당이 박살나려 하는지 여기저기 들쑤셔 놓은 사람이 한둘이 아닌 것이다. 그러나 이어 들려오는 암룡의 말에 눈을 크게 떠야 했다.

"나라고 목숨이 소중하지 않을 것 같나? 내가 그 현백이란 놈을 죽이고 싶을 이유가 있나? 우리 당의 떨거지 몇 명 죽였다고 함부로 나서지 않아."

"……."

이상한 일이었다. 하긴 암룡이 그렇게 어거지로 공격을 했다는 것에 내내 이상한 기분이 들었는데 무언가 있음이 분명했다. 제룡은 찬찬히 암룡의 대답을 기다렸다.

"위쪽에서 연락이 왔다. 다른 것도 아니고, 현백의 확실한 죽음을 원하니 난들 어쩌겠나? 한 번 해보는 수밖에."

"뭣!"

제룡은 그답지 않게 작은 비명을 질렀다. 암룡의 대답은 그만큼 놀라운 일이었다. 위쪽에서의 연락은 처음이었던 것이다.

"잊지 않았겠지, 제룡? 우린 키워진 놈들이다. 위에서 명령이 내려온다면 반드시 해내야 해. 그런데 연락이 왔으니 그럴 수밖에."

"으음!"

위쪽에서 연락이 왔다면 솔직히 이 작은 양명당 따윈 아무런 상관 없었다. 자신과 암룡, 그리고 창룡은 위에서 심어놓은 사람. 어디까지나 소속이 달랐다.

"그러니 자네도 준비를 하게. 한번 떨어지기 시작한 명령이니 어떻게 될지 몰라. 끄으응."

"어딜 가나, 그 몸을 해가지고?"

옆구리 어림을 꽉 잡으며 암룡은 일어서고 있었다. 제룡은 그를 붙잡으려 했지만 암룡은 고개를 흔들며 입을 열었다.

"당분간 잠적해야지. 내가 여기 있다간 양명당은 박살난다. 또 난 척하는 창룡 그놈도 보기 싫고."

"……"

떠나는 암룡을 제룡은 잡지 못했다. 일단 그의 말이 옳은 셈이니 잡을 수가 없는 것이다. 암룡은 지금부터 이곳과 적을 끊어야 했다.

"연락하겠네."

"훗, 찾을 수 있으면 그리하게."

스스슷.

그 말과 함께 암룡은 시선에서 사라지고 있었다. 나타날 때처럼 그는 유령처럼 사라졌고, 그가 왔다는 것은 의자에 묻은 핏자국뿐이었다.
 "이제… 때가 된 것인가…….”
 조용히 읊조리는 그의 목소리만이 작은 방 안을 휘돌 뿐이었다.

*　　　*　　　*

 스으읏.
 오른손의 도를 들어올린다. 두근거리는 가슴을 느끼며 현백은 고동 소리에 맞추어 올리는 도의 각도를 점점 크게 만들었다.
 한순간 또 한순간이 지날 때마다 손에 들어가는 힘이 느껴지자 현백은 작은 호흡을 내뿜었다.
 "후우우우!”
 기식이 안정되며 몸 안에 힘이 느껴지는 순간이었다. 일순 현백은 그 힘을 몸 구석구석으로 고루 퍼뜨렸다. 그러자 현백의 주위 공간에 작은 일렁임이 생겨나며 허연 기류가 휘돌기 시작했다.
 휘류류류! 화악!
 그리고 일순간 기류는 전부 현백의 몸으로 들어갔고, 현백은 눈을 치떴다. 그와 함께 현백의 신형이 움직였다.
 사사샷! 파아아앗!

좌우로 흔들리는 신형이 보이는 듯하더니 일순 현백의 전방 반 장여 공간에 반월형의 빛의 고리가 보였다. 좌우로 물경 일 장이 넘는 공간을 반으로 갈라놓을 정도였는데, 한순간 현백의 신형이 멈추어졌다.

 그 자리 그대로 한 발짝도 움직이지 않은 것처럼 보였다. 사방에 어지러이 보이는 발자국만이 그가 움직였다는 것을 입증하였는데, 현백은 숨결 하나 흐트러지지 않고 있었다.

 쉬이잉! 카릭!

 허리춤의 도집에 도를 되돌리며 현백은 고개를 살짝 갸웃거렸다. 그는 양손을 눈앞으로 들어올리며 잠시 생각에 잠겼다.

 왠지 다룰 수 있는 내력의 크기가 조금 더 커진 듯한 느낌이 들었다. 예전보다 삼 할 정도나 더 큰 힘을 다룰 수 있게 되었는데 좋게 보면 좋은 결과였다.

 하지만 그만큼 다룰 수 없게 되면 큰일이 날 것이 뻔했다. 이번엔 기적적으로 멈추어질 수 있었지만 다음에 이런 상황이 또 벌어질 때 이번처럼 상당한 고수들이 있을 것이라는 보장이 없는 것이다.

 방법은 없었다. 그저 조심하는 수밖에. 현백은 신형을 돌려 다시 객잔으로 돌아가려 했다.

 "별다른 초식 같은 것은 없구나. 빠르게 움직이면서 상대를 제압한다라……. 가장 효과적인 초식을 원하는 것이냐?"

모인이었다. 요즘 현백은 어딜 가나 그의 눈길을 느낄 수 있었는데 아마도 한번 흥미가 동한 것은 죽어도 알아보는 성격 탓인 것 같았다.
　그런데 오늘은 그만이 아니라 모두가 다 나와 있었다. 이도와 오유, 그리고 지충표까지.
　그들의 공통점이 있다면 뭔가 하나씩 등에 메고 있다는 것인데, 아마도 짐인 듯 보였다. 바로 떠날 참인 것이다.
　"특별히 그런 것은 아니지만… 아는 것이 그게 전부입니다. 다른 것은 배우지도 생각해 보지도 못했습니다. 적어도 많은 적을 상대해야 하는 전장에서 제일 필요한 것은 그런 초식이더군요."
　"흐음, 그거야 그렇지. 하나 자네는 이미 많은 무공을 알고 있지 않나?"
　확실히 모인의 말이 옳았다. 현백은 적어도 각 문파의 한 가지 이상씩의 무공을 알고 있었다. 그러나 그 무공들을 자유자재로 쓸 수 있도록 몸에 배어놓지는 못했다.
　손에 익지 않은 병기는 목숨을 단축시킬 뿐이다. 그래서 지금 현백의 기형도가 탄생한 것인데, 충무대에 처음 가 쥔 병기가 이것이었다. 딱히 아는 무공도 없었기에 좀 더 두텁고 강한 무기를 골랐고, 그것이 이 기형도인 것이다.
　"순간적으로 나올 정도로 익히지 못했습니다. 필요없는 무공이지요."

"음, 그건 옳은 말이군 그래."

모인 역시 그의 말에 동의를 하며 고개를 끄덕였다. 그때 지충표가 현백에게 무언가 던지면서 말했다.

"자, 받아. 네 짐이야. 이제 움직일 만하니 떠나야겠지?"

턱.

슬쩍 짐을 받은 후 현백은 살짝 웃었다. 하긴 이젠 몸이 많이 나아 더 이상 이곳에 있을 필요가 없었던 것이다.

다시 한 번 사부를 만나야 했다. 그래서 앞으로 그가 갈 길을 찾아야 했다. 화산에 남든 아니면 강호의 무부로 남든 말이다.

"그러는 것이 좋겠군. 넌 어느 정도 진전이 있었나? 그런 것 같군."

지충표의 얼굴을 보며 현백은 묻고 답하고를 같이 하고 있었다. 그러자 지충표는 씨익 웃는 것으로 긍정의 의미를 보내었다.

지충표는 요즘 모인에게 사사하고 있었다. 사부 관계를 맺은 것은 아니지만 거의 그에 준한 사사를 하고 있었던 것이다.

특히 현백이 스스로 기력을 회복하고 움직이는 요 일주일여 동안 집중적으로 사사를 하여 많은 진전이 있었다. 특히 가장 중요한 내력의 문제가 많이 해결된 모습이었다.

지충표의 문제는 난잡한 내력이었다. 모든 내력을 하나로 뭉치는 것을 현백에게 넌지시 물어봤을 만큼 그는 복잡한 내력의 소유자였다. 한데 요즘 그런 것들이 자연스럽게 융화되고 있었던 것이다.

"쯧, 다 가질 수 없으면 버리라는 네 말을 이제야 이해한다. 그 바람이란 것은 아직도 이해하지 못하지만 말이다."

"그건 그냥 잊어버려. 모인 장로님의 가르침이 더 나은 것 같다."

현백은 대수롭지 않게 말하며 모인 장로를 보았다. 모인은 머리를 긁적이며 조금은 난처한 얼굴을 하고 있었는데 사실 모인에겐 그리 힘든 일이 아니었다.

그냥 별 쓰잘데없는 내력은 과감히 치라는 것을 이야기했던 것이다. 특히 서로 충돌하는 내력 중 한 가지는 반드시 버리도록 했다. 그리고 그 빈자리에 남은 내력을 더욱더 키워 넣는 방법을 집중적으로 가르쳤던 것이다.

그 결과 지금 지충표의 눈에선 상당한 정광이 흘러나오고 있었다. 이젠 더 이상 내력을 올려도 피를 토하는 일은 없을 듯 보였는데, 겸연쩍어하면서도 지충표는 못내 기쁜 표정을 숨기지 않았다.

"에헤, 아저씨, 좋아 죽네요. 좀 진지해질 수 없어요?"

"그런 말을 네게 들으니 절대 못하겠다. 너야말로 분위기 좀 깨지 마라."

오유의 말에 지충표는 당장 입을 댓발이나 내밀었고, 현백은 웃으며 앞으로 나갔다. 이젠 바로 떠나면 그만인 것이다.

"홀, 고놈들, 참 예쁘게 싸운다. 가면서 계속 싸워라. 그러다 정들지."

"누가 누구랑 정이 듭니까?"

"장로님, 너무하신 거 아니에요!"

지충표와 오유 두 사람 모두 발끈해 소리치고 있었다. 모인은 그저 모른 척하며 앞으로 움직였고, 객잔의 정문으로 향하는 현백의 뒤를 향해 가고 있었다.

"참 웃기는 사람들이네. 안 싸우고 따라오면 될 일이지, 거참."

보다 못해 이도까지 비죽 한마디 내뱉고는 현백의 뒤를 졸랑졸랑 따르자 지충표와 오유는 동시에 찢어진 눈길을 보냈다. 하나 이도는 완전히 무시하며 현백을 뒤따를 뿐이었다.

"좋아. 너, 가면서 이야기하자."

"좋아요! 누가 겁나요? 어서 가요!"

지충표와 오유는 누가 먼지랄 것도 없이 신형을 홱 돌렸다. 그리고는 나가는 일행을 따라나섰는데, 바야흐로 여행의 시작이었다. 물론 그 시작치곤 상당히 시끄러웠지만 말이다.

"후아! 아직 오월인데 진짜 덥네."

"안 쉬고 오니 덥지. 현 대형, 오늘은 좀 쉬고 가죠? 날도 어두운데."

이도와 오유는 잠시도 쉬지 않고 입을 나불대고 있었고, 현백은 그저 창문 밖을 바라볼 뿐이었다. 물론 오늘도 모인 장로는 현백을 탐색하기에 여념이 없었다.

"대답이 없으면 긍정으로 알겠어요. 이봐요, 아저씨! 마차 좀 세워요! 오늘은 이만 쉬다 가자구요!"

"이런, 확! 내가 니들 말 몰이꾼이냐? 누구한테 명령이야!"

밖에서 말을 몰고 있는 지충표는 당장 뾰족한 반응을 나타냈지만 마차는 벌써 관도 옆으로 움직이고 있었다. 항상 말을 거칠게 해도 언제나 지충표는 말을 들어주고 있었던 것이다.

일행은 마차를 타고 움직이고 있었다. 아직 현백이 정상적인 몸이 아니라는 생각에 지충표가 마차를 한 대 구한 것인데, 생각보다 상당한 재력을 지닌 친구인 듯 보였다.

이도와 오유에겐 아주 의외로 보였는데 현백은 어느 정도 짐작한 일이었다. 생각보다 아주 성실한 친구로 사람은 겉으로 보는 것이 다가 아니라는 건 지충표를 두고 한 말 같았다.

두두두! 카카칵!

세워진 마차에 잠시 흔들리는 요동이 있었다. 이내 마차 바퀴의 걸쇠가 걸리자 완전히 멈추었다. 그러자 기다렸다는 듯이 이도와 오유가 바로 밖으로 나왔다.

덜컹!

"후아! 이제 좀 살 것 같네. 아저씨도 좀 쉬어요. 힘들… 푸웃!"

오유는 지충표에게 말하다가 웃음을 참지 못했다. 지충표의 모습이 말이 아니었던 것이다.

관도의 먼지를 모두 뒤집어쓴 상황이라 어찌할 도리가 없었다. 목면을 두건 삼아 코와 입은 막을 수 있었지만 그 위는 어쩔 수 없었던 것이다.

당연히 눈밑을 기준으로 적나라한 선이 확 그어졌으니 웃음이 절로 나올 수밖에 없었다.

"와하하! 아저씨 얼굴 진짜! 아하하!"

"시끄러, 이 자식들아! 이게 다 누구 때문인데! 그 나이 되도록 마차도 못 모냐!"

지충표는 신경질이 치미는지 소리를 질렀고, 그로부터 한참 동안 세 사람의 아옹다옹은 그치질 않았다. 다시 일행이 다 모여 모닥불이라도 피워 올렸을 땐 이미 사위가 어두워진 후였다.

나날이 발전한다는 말은 오유를 두고 하는 말이었다. 오유는 언제부터인가 일행의 식사를 전담하고 있었는데 바짝 마른 건포를 불려 씹는 것보다는 훨씬 나았다. 게다가 마차엔 식량도 꽤나 많이 실려 있고 말이다.

여러 가지 재료를 넣은 진한 죽이지만 건포에 비할 바가 아니었다. 간이라고 해봤자 소금만 조금 넣어 먹는 것뿐이지만 그래도 정말 맛있는 저녁이었다.

"우후! 좋은데? 아주 좋아!"

"그러다 식량 다 축납니다. 아저씨, 좀 작작 먹어요."

퉁퉁한 배를 팅기며 이야기하는 지충표를 향해 오유는 눈을 흘기며 이야기했지만 지충표는 그냥 씩 웃을 뿐이었다. 어쩌면 이 순간을 위해 그동안의 고생을 참아낸 것인지도 몰랐다.

쉬면서 배불리 먹으니 세상이 다 즐거운 순간이었다. 지충표는 이대로 한 이틀쯤 누워 잤으면 싶었지만 이내 정신을 확 차렸다. 모인이 현백을 향해 오늘도 질문을 하기 시작한 것이다.

모인도 모인이지만 현백도 정말 대단했다. 그 끈질긴 질문에 계속 대답을 해주니 말이다. 그리고 오늘 역시 대답을 해주고 있었다.

"자네 사부가 그러더군. 너의 선택만이 남은 것 같다고 말이야. 내가 지켜보다 같이 가자니까 그런 말을 하던데 그건 무슨 뜻이지?"

"…그건 제 이름에 관한 것입니다."

현백은 담담한 목소리를 내고 있었다. 그 말에 사람들은 귀를 쫑긋하며 그를 바라보았는데, 현백은 쓴웃음을 지으며 입을 열었다.

"제 사부님은 무공을 하시는 분이 아닙니다. 그분은 일찍이 무공을 그만두시고 법술을 공부하셨지요. 그래서 남들이 보지 못하는 것을 보신다고 합니다."

"법술? 그럼 도술사란 말인가? 과연 예사 사람은 아닌 듯하더니……."

모인은 그제야 고개를 끄덕였다. 칠군향을 처음 보았을 때 왠지 수행하는 고승의 모습이 느껴졌는데 도술사라면 당연한 일이었다.

"현백이라는 이름은 사부님이 지어주신 것입니다. 어릴 때 고아였던 절 데리고 화산에 와 점을 치셨지요. 그리고 지어주신 이름이 현백입니다."

문득 현백은 어릴 때의 생각이 나는지 아련한 얼굴을 하고 있었다. 법술을 행하러 민가에 내려가면 어김없이 법구를 들고 따라다녔다. 열대여섯 살이 넘을 때까지 계속 그리했던 것이다.

사실 그 일은 그리 쉬운 것이 아니었다. 법구를 들고 다니는 것이 힘든 것이 아니라 다른 사람의 눈길이 더 힘들었다. 화산의 사람들, 특히 무인들은 법술 자체를 믿지 않았다. 혹 세무민의 짓거리라고 하는 사람들도 있었던 것이다.

웃기는 것은 이들이 뭐라 하든 칠군향이 벌어오는 돈이 상당했다. 꽤나 이름있는 도술사로 알려지면서 일이 계속되었던 것인데, 아마 그래서 무시하진 못했을 터다. 그러나 그가 없으면 여전히 그를 무시했다.

"검을 현과 흰 백······. 사부님은 앞으로 제 앞에 두 갈래 확연한 길의 갈림길이 나타날 것이라 하셨습니다. 그리고 그 길 중 하나를 택하게 될 것이라고. 선택이란 것은 그것일 겁니다."

"호오, 그런 의미있는 이름이었나?"

모인은 정말 놀랐다. 보통 이름은 앞으로 잘되길 바라면서 좋은 이름을 지어주는 것이 상식이다. 그런데 이런 식으로 지었을 줄은 생각도 못했던 것이다.

선택이라······. 그 선택이 어떤 것인지 왠지 모인도 궁금해지기 시작했다. 또한 선택의 기로는 무엇을 말하는지 그것도 궁금해졌다.

"그나저나 현백, 이번엔 내가 하나 물어봐도 되나?"

"······."

갑자기 들려온 지충표의 말에 현백은 고개를 돌렸다. 잠시 옛 생각에 잠겨 있던 그는 지충표를 봤는데, 지충표는 약간 의아한 눈을 한 채 물어오고 있었다.

"그전부터 계속 생각한 것인데, 너, 화산에 친구는 없었냐? 하다못해 동문이라도 있잖아?"

"……."

현백의 얼굴에 미소가 떠올랐다. 그건 정말 서글픈 미소였고, 굳이 말을 하지 않아도 그가 무슨 말을 하려는지 알 것 같았다.

현백이 왜 사부에게 집착하는지 지충표는 이제야 알 수 있었다. 그에겐 사람이 없었다. 오직 사부 외엔 아무도 없었던 것이다.

어쩌면 모인이 저렇듯 귀찮을 정도로 물어보는데 일일이 대답을 해주는 것도 그런 영향일지 몰랐다. 물어보는 것조차 관심이라는 것을 알고 있는지도 모르는 것이다.

결론은 정말 불행한 놈이라는 것이었다. 그 흔한 아는 사람 하나 없다는 것, 참 무서운 것이었다. 그리고 그건 자신 역시 그러하기에 너무도 잘 알고 있었다. 가족에게, 그리고 알던 사람 모두에게 배신당한 지충표이기에 충분히 알고도 남음이 있었던 것이다.

"아는 사람이야 없……."

현백은 말을 하다 말고 고개를 확 돌렸다. 관도 너머 숲을 바라보고 있었는데 지충표와 이도, 오유는 왜 그러는가 하는 표정이었다. 그런데,

"현백 네 귀에도 들렸느냐?"

"비명 소리입니다."

모인과 현백 둘이 동시에 일어나며 이야기하자 세 사람도

반사적으로 일어섰다. 그리곤 누가 먼저랄 것도 없이 현백과 모인은 신형을 날렸다.
"엇! 같이 가요!"
"나도!"
이도와 오유 역시 바로 달려나갔는데 지충표 역시 달려가려다가 마차로 향했다. 그곳엔 방패와 박도가 있었다.
한데 그의 신형이 멈추었다. 갑자기 양손을 들어 주먹을 꽉 쥐더니 이내 신형을 돌리고 있었다. 지충표는 그렇게 맨손으로 다른 사람들을 쫓아 움직이기 시작했다.

2

"쿨럭! 컥!"
검은 핏물이 잔뜩 쏟아지고 있었다. 덜덜 떨리는 두 손으로 검을 잡아 올리지만 그게 쉽지가 않았다. 이미 안은 다 박살 난 상황이었던 것이다.
여기저기 피가 흐르고 다 찢어진 장포를 입고 있었지만 그가 입은 장포는 상당한 고가품이었다. 틀림없는 비단인데 그것만 보더라도 사내의 신분은 범상치 않을 것이다.
나이는 한 오십대 정도? 대춧빛 얼굴이 무공 정도가 꽤 되는 것처럼 보였는데 상대는 그보다 더 대단한 고수들로 보였다. 모두 십여 명 정도로 상당한 무위를 보여주고 있었던 것이다.

"이쯤에서 이야기해 보시지. 서책은 어디 있나?"

"이 빌어먹을 놈들! 무슨 서책을 말하는 것이야!"

두 눈에 핏발이 선 채 노인이 소리쳤지만 사내들은 무심한 표정이었다. 그러자 그중 한 사내가 앞으로 나왔다.

"네 목숨이야 중요하지 않다고 해도 이 애들은 어떨까? 이 래도 대답을 안 할 테냐?"

"가화! 정평아!"

"하, 할아버지!"

사내의 뒤편에서 끌려 나온 것은 일남일녀였다. 남자는 이제 십여 세 정도 되어 보였고, 여아는 이십대 정도로 보였다.

"이봐, 초 국주. 일을 어렵게 만들지 말자고. 우리가 원하는 것은 서책 하나다. 그것만 찾게 되면 이 아이들에겐 손끝 하나도 대지 않겠다."

"도대체 너희들이 원하는 것이 무슨 서책인지 알아야 이야기할 것 아니냐! 말이라도 해라! 이 초인상(楚仁想)이 이날 이 때까지 강호를 종횡했어도 네놈들같이 경우없는 놈들은 본 적이 없다!"

답답한 마음에 초인상이라 밝힌 노인은 커다랗게 소리를 질렀으나 사내들은 비웃음만 흘릴 뿐이었다.

"하추평이 보낸 서책, 그것만 가져가면 된다. 어디 있나?"

"하추평? 하 표두가 무슨 책을 보내? 아직 돌아오지도 않은 사람이 말이다!"

도무지 이해할 수가 없는 말에 초인상은 가슴이 시꺼멓게 타 들어가고 있었다. 그가 바로 진평표국의 국주였다.

진심추인(眞心追人)이라 불리며 그 덕망을 강호에 널리 알린 사람이 바로 그였는데 오늘 그는 날벼락을 맞고 있었다. 그것도 전혀 예상하지 못한 놈들에게 말이다.

오늘로 일주일째 추격이었다. 영문도 모르고 도륙당한 식구들을 생각하면 울화통이 터질 일이었지만 진정해야 했다. 표국에 남은 마지막 식솔, 초가화와 정평을 살려야 했던 것이다.

"역시 말귀를 못 알아듣는군. 그럼 이건 어떠냐?"

"아아아아악!"

"저, 정평아!"

끔찍한 장면이었다. 말을 하던 흑의인이 아이의 두 눈에 손가락을 확 넣어버린 것이다. 피가 터져 나오며 아이가 버둥대었다.

"이 죽일 놈들아!"

파아앙!

더 생각할 것도 없이 초인상은 검을 세워 달려나갔다. 그러나 그의 검술은 더 이상 흑의인들에겐 두려운 것이 아니었다.

파라라락!

흑의 도포를 펄럭이며 한 흑의인이 앞으로 달려나오고 있었다. 검을 향해 무모하게 달려드는 것처럼 보이더니 일순 손을 뻗어내고 있었다.

키리리릭!

그냥 맨손이 아니라 갈고리였다. 호수구처럼 생긴 것을 손에 달고 있었는데, 일 척 정도의 갈고리를 네 개 정도 달고 있었다. 그리고 그 갈고리 사이에 검을 끼워 넣은 것이다.

"우스운 짓은 그만 하지."

쩌어어엉!

"우욱!"

흑의인이 손목을 꺾자 검이 부러지고 있었다. 호수구를 낀 흑의인은 쓰러진 초인상의 뒷목을 발로 짓눌렀다.

"커어억!"

"참 질긴 노인이군. 좋아, 그럼 이건 어떠냐?"

턱.

눈에서 피가 흐르는 아이를 앞으로 살짝 밀자 아이는 앞으로 밀려 나갔다. 울고 있지만 두 눈에서 흐르는 것은 핏물이었다. 고통 속에서 울음소리조차 내지 못하고 휘청거리고 있었다.

"퍼… 펑… 펑아……."

초인상의 눈에서도 핏물이 흐르고 있었다. 어떻게 해볼 수 없는 상황. 악마가 있다면 무엇을 주더라도 이 상황을 반전시키고 싶었다. 그러나 상황은 점점 그에게 좋지 않게 흘러가고 있었다.

파아아악!

"……!"

초인상은 치켜뜬 두 눈을 감지 못했다. 평아의 목이… 하늘로 떠오르고 있었다.

툭… 두르르르…….

퀭한 두 눈을 지닌 목이 초인상의 얼굴 쪽을 향해 굴러 내려오고 있었다. 눈앞이 부옇게 변하는 것이 잘 보이지 않고 있었지만 반사적으로 한쪽 손을 뻗어 초정평의 목을 끌어안았다.

"꺽… 꺽……!"

초인상의 입에서 괴이한 소리가 흘러나왔다. 너무도 큰 충격에 어찌할 바를 몰랐던 것 같은데, 눈물인지 핏물인지 모를 것이 계속 눈에서 흘러나오고 있었다.

"그렇게 꼴사납게 울 때가 아니다, 노인네. 아직 한 년이 더 있다."

"아아악!"

정평의 목을 벤 사내가 이번엔 초가화의 머리채를 휘어잡았다. 초인상은 떨리는 입술을 겨우 열어 소리쳤다.

"그만! 그만 해라, 이놈들아! 가져갈 수 있는 것은 모조리 다 가져가라! 제발 그 아이… 그 아이만은……!"

눈물에 콧물, 침까지 흘리지만 흑의인의 눈은 여전히 잔인하게 번들거리고 있었다. 그는 오른손을 초가화의 앞섶으로 가져가더니 옷을 확 잡아챘다.

촤아아악!

"꺄아아아악!"

초가화의 비명이 산천을 울리지만 이 깊은 산속에 사람이 있을 리 없었다. 애당초 야산으로 도망친 것이 실수였다.

"호오! 생각보다 토실한데 그래?"

한 손으로 여아의 젖가슴을 주무르며 사내의 눈이 다시 한번 변했다. 이번엔 음욕이 치뜬 눈이었다.

"그, 그만, 그만 하라니까!"

"늦었다. 노인네, 일단 맛 좀 보고 시작할까?"

손으로 자신의 허리춤을 내리며 흑의인은 징그럽게 웃었다. 머리채를 휘어잡힌 채 초가화는 아무런 반항도 하지 못하고 있었다.

"제발… 제발 천신이시여… 제발… 크흐흐흐흑!"

초인상이 할 수 있는 말은 그것이 전부였다. 그리곤 그저 두 눈을 꽉 감아버리는 것뿐.

"천신은 무슨……. 아니지. 이년에게는 내가 천신이지. 극락을 맛볼 테니 말이야. 응?"

막 아랫도리를 풀어헤치는 데 성공한 흑의인은 실컷 초인상을 놀리다 이내 눈을 크게 떴다. 갑자기 그의 눈앞에 누군가가 나타난 것이다.

오 척이 조금 넘는 단구의 노인. 그러나 그 노인의 눈은 정말 매서웠다. 정광이라는 것이 이런 것이다라고 단적으로 보여주는 듯한 눈이었던 것이다.

"천하에 찢어 죽일 놈이로구나! 네놈에겐 물어볼 것도 없겠다!"

콰악! 우두둑!

"크아아악!"

허리춤을 잡고 있는 손목이 기이하게 뒤틀리며 엄청난 고통이 흑의인의 전신을 쓸었다. 순간적으로 온 힘을 다해 반항했음에도 전혀 소용이 없었다.

"그걸 고통이라고 소리를 지르더냐! 이 죽은 아이의 고통은 그보다 더했을 터! 이제 시작이다!"

타탓! 파아아앙!

그 손목을 머리 위로 들어올리며 노인은 오른발을 힘차게 차 올렸다. 명치 바로 위를 가격당하자 온몸의 힘이 쭉 빠지며 그의 몸이 허공으로 떠올랐다. 이미 초가화를 잡은 오른손은 허공으로 튕겨져 있었다.

"커어억!"

"비명을 아껴라! 이제 시작이라 했을 텐데!"

스스슷! 콰각!

허공에 떠 있는 사내의 등 뒤로 마치 비단천이 감기듯 휘감겨 올라간 노인은 왼발로 그의 오른다리를 감아쥐었다. 그리고 오른손으로 왼 어깨를 꽉 움켜쥐곤 그대로 꺾었다.

우두둑!

"크악! 쿨럭!"

입에서 피를 토하며 흑의인은 사지를 부들부들 떨었다. 하나 그것으로 끝난 것이 아니었다. 노인은 어금니를 꽉 깨물며 허리를 힘껏 돌리고 있었다.

부우웅!

한순간 흑의인은 지면을 향하게 되었고, 노인은 그 위에 올라탄 형상이 되었다. 그리곤 오른발로 힘껏 사내의 엉덩이를 밀어내었다.

꽈아앙!

"우아아아악!"

지면에 내려서며 거대한 충격에 사내는 바로 몸을 떨어대었다. 노인은 엉덩이를 밀던 오른발을 떼지 않으며 소리쳤다.

"그따위 물건이라면 쓸모없겠지! 물어볼 것이 있으니 입 닥치고 가만히 있거라!"

두 눈을 부릅뜨며 소리치는 노인의 몸에선 엄청난 기운이 흘러나왔다. 노인은 바로 붕천벽수사 모인이었다.

일행은 도착하자마자 바로 손을 썼다. 제일 경공이 대단한 모인이 먼저 도착했고 그 다음이 현백이었다. 모인은 먼저 몹쓸 짓을 당하고 있는 여아부터 구했다.

물론 그의 안력으로 오면서 무슨 일이 있었는지 똑똑히 볼 수 있었다. 그래서 이렇게 노한 것인데 현백은 조금 생각이 달랐다.

 전쟁터에선 흔히 볼 수 있는 일이었다. 하나 그렇다고 해서 무감각한 것은 아니었다. 아이의 목이 떨어지는 순간 한 아이의 얼굴이 생각나고 있었다. 표국의 쟁자수였던 소명이 생각났던 것이다.

 모인이 여아를 잡고 있는 흑의인을 맡는 순간 현백은 노인을 누르던 자를 노리고 있었다. 최대한 신형을 낮게 만들며 달리던 현백은 숨을 들이켜며 기운을 끌어올렸다.

 스스스스슷.

 한순간 운무가 일어나며 그 중앙을 뚫던 현백의 눈이 빛나기 시작했다. 안광으로 눈꼬리가 길게 빛나며 연천기를 끌어올린 것인데, 이어 오른손으로 기형도를 뽑아 들었다.

 치이이잉! 파아아앗!

 뽑았다고 생각하는 순간 이미 빛이 번뜩이고 있었다. 사내는 양손을 들어 자신의 강철조로 막으려 했지만 현백이 휘두른 것은 일도가 아니었다.

 파파파팟! 쩌저저저정!

 다섯 개의 기운. 바로 매화칠수였다. 연속으로 터지는 기운에 뒤로 한껏 물러나다 막 공격으로 돌아서는 순간 또다시 현백의 공격이 이어지고 있었다.

 피릭! 파아아앗!

 손목을 휘돌려 작은 매화꽃 한 송이를 그리고 있었다. 그리

곧 그 매화를 비스듬하게 갈라놓았다.

찌이이이잉!

귀청을 울리는 소리와 함께 기운이 허공으로 비산하면서 모두 흑의인을 노리고 있었다. 흑의인은 경악의 눈동자를 떠올리며 양손을 휘저으려 했다. 그러나 그보다 더 빠른 현백의 공격이 이어졌다.

쩌러러러렁! 파아아앗!

"크으윽!"

답답한 신음과 함께 흑의인의 가슴에서 피 분수가 쏟아졌다. 도대체 무슨 무공인지 모르지만 철조를 모두 부수며 가슴을 갈라놓은 것이다. 하나 그것으로 끝이 아니었다.

휘잉! 빠각!

"커억!"

발목이 부서지는 소리가 들려오고, 이내 극렬한 고통이 흐르기 시작했다. 현백이 도망치지 못하게 발목을 부러뜨린 것이었다. 그는 그제야 신형을 돌려 다른 흑의인을 향한 채 입을 열었다.

"이도! 오유! 이 노인을 지켜라!"

"예, 현 대형!"

"알았어요!"

뒤따라오던 한 쌍의 남녀가 소리쳐 대답하자 흑의인은 이를 악물며 바닥에 떨어진 철조 하나를 들었다. 그리곤 누워 있는 초인상을 향해 던지려는 순간이었다.

터턱!

"쯧! 안 되지, 그럼! 웃차!"

우두두둑!

"우아악!"

누군가 철조를 던지려는 손목을 비틀며 자신의 신형을 들어올리고 있었다. 흑의인의 덩치도 상당했지만 나타난 자는 그보다 더 컸다.

휘릭! 턱!

어느 정도 허공으로 끌려오자 새로이 나타난 텁석부리사내는 오른 어깨를 명치에 대고 있었다. 그리곤 잡은 왼손을 그대로 끌어 내렸다.

부우웅!

"우웃!"

머리로 피가 확 쏠리는 기분이었다. 그런 흑의인의 눈에 또다시 무엇인가 보였다.

발. 그것도 아주 건장한 발이었다. 내려 떨어지는 흑의인의 머리를 밟으려는 심산인 듯 보였는데, 그 예측이 맞아떨어지고 있었다.

콰아아앙! 콱!

"쿱! 쿠압!"

흙에 입이 박혀 제대로 비명조차 낼 수가 없었다. 그렇게 사내는 자신이 한 짓을 똑같이 당하고 있었다. 바로 지충표에게 말이다. 그의 귓가에 걸걸한 목소리가 들려왔다.

"남 때릴 땐 몰랐지, 이게 얼마나 아프고 굴욕적인지! 앙!"

다분히 감정이 들어 있는 목소리였다.

스스스슷.

흑의인들이 일순 진형을 변화시키고 있었다. 기습이라 당황했던 것인데 한순간 정신을 차린 것으로 보아 상당한 훈련을 거친 자들로 보였다. 모인은 그들 중 제일 중앙에 서 있는 자를 보았다.

그가 진의 중심이었다. 말소리는 들리지 않았지만 입을 가린 천이 움직이는 것을 보니 전음을 날리는 것이 분명했다. 그러다 한순간 섬전같이 움직였다.

스파파팡!

자신이 아니라 모인의 뒤편으로 거리를 두고 있었는데 그것이 무엇인지 잘 알 수 있었다. 살아남은 두 사람을 죽이러 가는 것이다.

"어림없는 짓!"

스슷! 파파파파팡!

모인의 움직임은 정말 놀라웠다. 한순간 움직였을 뿐인데 돌아가는 네 명을 한꺼번에 봉쇄하고 있었다. 물론 다른 한쪽은 막을 수 없었지만 말이다.

모두 열 명이었으니 남은 것은 여덟. 가운데 인솔자인 듯한 사내 한 명은 움직이고 있지 않으니 반대편으로 셋이 움직이고 있었다. 그러나 그쪽 역시 대책이 있었다.

쉬이이잇! 쩌저정!

현백이 와 있었다. 이번에 보이는 현백의 무공은 화산이 아니라 무당의 검이었다. 최고의 수비 초식이라는 일지혜명검식(日至暳明劍式)이 펼쳐지고 있었던 것이다.

어찌 된 것인지 현백이 저 검식을 사용하자 수비 초식이 아니라 훌륭한 공격 검식이 되고 있었다. 왼발이나 오른발, 한 발을 축으로 원운동을 하며 방어에 치중하는 검식이지만 현백이 하니 막는 수준이 아니라 뒤로 물려 버리는 효과가 있었던 것이다.

아마도 검이 아니라 무거운 도였기에 그런 것 같았는데 어쨌든 잘된 일이었다. 하나 가운데 있는 놈이 비어 있었다.

파아앙!

아니나 다를까, 그가 움직이고 있었는데 그 움직임이 정말 빨랐다. 하지만 다행히 이도와 오유가 그 앞에 있었다.

"웃기는 짓이구나. 우리가 호구로 보이냐?"

"물러섯!"

스파파파팡!

오랜만에 두 사람의 연격이 터져 나왔다. 한층 강해진 용음십이수가 터져 나왔는데 두 사람이 각 사 권씩 여덟 개의 공격이었다. 물론 다 맞는 것은 아니고 흑의인이 다가올 만한 방향만 봉쇄하는 역할이었다.

그런데 갑자기 흑의인이 방향을 바꾸고 있었다. 앞이 아니라 옆, 찢어진 앞섶을 두 손으로 가리던 초가화를 노리는 것이다.

"이런! 아저씨!"

"밥값 좀 해요!"

이도와 오유는 다급한 목소리를 내었다. 하나 그들이 소리치기 전 이미 그 자리엔 지충표가 와 있었다. 역시 생각보다 눈치가 상당히 빠른 친구였다.

"걱정 마라! 이기진 못해도 쉽게 지진 않아! 하압!"

부우우웅!

아주 평범한 주먹을 날리며 지충표는 소리쳤는데 이도와 오유는 철렁했다. 잠시 일권을 쥐본 것으로 판단하자면 상당한 실력이었다. 저런 주먹이 통할 상대가 아닌 것이다.

역시나 흑의인은 양손을 빼어 들며 바로 공세에 나서고 있었다. 아마도 그 역시 장권을 주로 한 사람같이 보였는데, 바로 그 순간이었다.

"걸렸다, 이 자식!"

파아앙!

갑자기 지충표의 손이 쫙 펴지며 강한 기운이 폭사되었다. 아마도 보이지 않게 손에 내력을 말아 쥐었던 모양이다.

일순간 흑의인의 신형이 멈칫하는 모양이 보였다. 그 작은 순간이면 그만이었다. 지충표는 그 몸에서 나오는 것이라곤 믿어지지 않는 유연한 움직임을 보이고 있었다.

타타탓! 터턱!

오른손으로 흑의인의 멱살을 잡고 왼손으로는 그의 배에 살짝 대고 있었다. 앞에 나와 있는 흑의인의 오른발을 자신의 오른발로 걸며 그는 일갈을 토해내었다.

"연시탄현(延矢彈弦)!"

파아앗!

한순간 흑의인의 배에 얹혀진 손을 잡아당기자 흑의인의 허리가 확 젖혀졌다. 어떻게 하는 것인지 모르지만 뭔가 끌어당기는 것처럼 보이고 있었다.

"발현(發現)! 돌아가!"

빠아아아앙!

이어 반대로 쫙 편 오른손과 오른발을 당기며 왼손을 앞으로 힘차게 밀어내고 있었다. 그러자 강한 힘이 전달되며 흑의인의 신형이 앞으로 확 튕겨 나갔다.

타타타탁! 좌아아앗!

한참을 뒤로 물러선 사내는 이어 양 발을 땅에 고정했으나 위력이 얼마나 대단한지 뒤로 반 장여나 더 밀려나고 있었다. 그가 왔던 곳으로 다시 돌아가게 된 셈이었다.

"우와! 아저씨, 다시 봤어요!"

"웬일이래!"

이도와 오유는 눈을 반짝이며 지충표를 바라보았지만 지충표는 만족스러운 표정이 아니었다. 밀기는 했는데 거의 충격이 없는 것 같았던 것이다.

원래대로라면 지금쯤 내상을 입고 쓰러져야 하는데 아직 그 수준으로 가려면 정말 먼 일 같았다. 하나 지금은 이 정도가 최선임을 그는 잘 알고 있었다.

한데 바로 그때였다. 갑자기 흑의인들이 모두 뒤로 썰물 빠지듯 빠지고 있었다. 무슨 일인지 모르지만 일행은 모두 눈을 살짝 찌푸렸다. 그러다 한순간 오로지 정면으로만 들이닥쳤다.

"이놈들이 아직도 정신을 못 차렸구나!"

"······."

모인과 현백은 서로 가운데로 움직이기 시작했다. 흑의인들은 아랑곳없이 달려들고 있었는데 갑자기 현백과 모인 둘 다 그 자리에서 우뚝 멈추었다.

"이런! 모두 피햇!"

모인의 커다란 목소리가 들려왔다. 이도와 오유, 지충표는 이유를 몰랐는데, 그때였다. 엄청난 기운이 다가오는 것이 느껴졌다.

"헛!"

무엇인지 모르지만 어찌할 도리가 없을 정도의 힘이었다. 암기에 실어 보내는 것처럼 느껴졌는데 모인은 양손에 내력을 모으면서 소리쳤다.

"하아아압! 양화운(陽火運)!"

고오오오!

살짝 벌어진 그의 손 사이로 강한 빛이 새어 나오고 있었다. 잠시 그렇게 있던 모인은 이윽고 양손을 앞으로 쫙 내밀며 일갈을 쳐냈다.

"갈!"

쩌어어어엉! 좌아아앗!

그 강대한 힘에 모인이 뒤로 밀려날 정도였다. 무엇인지 모르지만 일단 쳐내긴 한 것인데 문제는 그것이 한 개가 아니었다. 한순간 세 개의 기운을 느꼈던 것이다.

고개를 돌려 뒤를 바라보니 그 방향을 알 수 있었다. 쓰러진 노인 초인상을 향해 날린 것이었다. 그러나 그걸 막기엔 이미 늦어 있었다.

"야압!"

"차압!"

"우라라라랍!"

이도, 오유, 그리고 지충표는 한 덩어리가 되어 막으려 하고 있었다. 그러나 절대 막을 수 있는 것이 아니었다.

"막지 말고 밀어라! 보통 힘이 아니야!"

"……!"

그 한마디에 모두 옆으로 물러서고 있었다. 그리곤 날아온 물체에 각자 내력을 가했다.

파파팡! 파아악!

"…이, 이런!"

하나 그들의 내력으론 완전히 막아낼 수가 없었다. 누워 있던 노인의 정수리에 기운이 적중하자 노인은 잠시 부르르 떨다 이내 몸을 축 늘어뜨렸다.

"…현백!"

모인은 외쳤다. 나머지 하나는 앞섶을 가린 여아를 향해 날아가는 것이었고, 그곳엔 현백이 있었다. 현백은 순간 오른손의 도를 거꾸로 쥔 채 앞으로 내밀었다. 이어 왼손을 도배에 딱 갖다 붙였다.

"하아아압!"

후우우우웅!

일순 현백의 몸 주위에서 강한 기운이 형성되더니 그의 눈이 변하고 있었다. 그냥 눈꼬리만 길게 변한 것이 아니라 눈 전체에서 광채가 나고 있었다. 또 한 번 야수의 눈으로 변하는 것이다.

순간적으로 한 달여 전의 기억이 나 잘못되는 것은 아닌가 싶었다. 그러나 다행히 이번엔 그렇지 않았다.

쩌어엉! 콰가가각!

현백은 정면으로 막아낸 것이 아니었다. 맞는 순간 살짝 옆으로 틀어 그 방향을 바꾼 것인데, 튕긴 물체는 옆의 나무에 깊숙이 틀어박히고 있었다. 진정 대단한 위력이었던 것이다.

"……."

어느새 눈앞에 있던 흑의인들은 모두 사라진 후였다. 이들 죽은 노인과 여아를 노린 것이 아니라 다친 흑의인들을 데려가기 위함이었던 것이다.

수수께끼의 힘을 날린 자의 존재는 모인에게도 포착되지 않았다. 모인은 아랫입술을 질끈 깨물며 주위를 둘러보았지만 어디에도 그의 흔적은 느껴지지 않았다. 이미 사라진 것처럼 보였다.

문득 눈을 내려 땅을 바라보니 자신을 공격한 물체가 보였다. 그것은 하나의 암기였다. 그냥 암기가 아니라 맞는 순간 인체 속에서 돌며 파고들어 가도록 작은 나선형의 날개가 붙은 아주 잔인한 암기였다. 세 치 정도 되는 암기였는데 이런 암기에 모인을 밀어버릴 만큼 힘을 보낸 사람은 정말 대단한 무위를 가진 자였다.

"흐흑… 흑… 으허어어엉!"

갑자기 여인의 울음소리가 터져 나오고 있었다. 여인은 앞섶을 가릴 생각도 못하고 죽은 노인을 향해 무릎걸음으로 다가가 부둥켜안고 울기 시작했다.

"할아버지! 으허엉! 정평아! 허엉!"

찢어진 상의를 입은 채 죽은 노인과 잘린 목을 안고 우는 여인의 모습은 정말이지 오랫동안 일행의 뇌리에 남을 것이다.

第六章

작은 결심

1

시신을 들고 다닐 수는 없었다. 목이 잘린 아이와 머리에 암기가 박힌 노인은 묻어줄 수밖에 없었고, 살아남은 여인은 잠시나마 그들과 같이 있으려고 했다.

이틀이 더 흘렀다. 대회는 점점 가까워오고 있어 참석하려면 빨리 가야 했지만 일행 중 아무도 재촉하는 이가 없었다. 시신을 붙잡고 오열하던 여인의 모습이 아직도 가슴에 남아 있었던 것이다.

여인의 이름은 초가화. 그것 외엔 물어보지 못했다. 정신만 차리면 무덤가로 달려가는 그녀를 보고 무슨 말을 하랴.

삼 일째 되는 날 드디어 정신을 차린 것 같았다. 밤하늘에

별이 진하게 반짝일 때가 돼서야 나타난 그녀는 피워놓은 불가에 앉아 입을 열었다.

"목숨을 살려주셨는데 고맙다는 이야기조차 못했습니다. 정말 감사드립니다."

"…우리가 아니라도 누군들 돕지 않았을꼬? 마음에 둘 것 없네."

모인은 최대한 부드러운 목소리로 입을 열었고, 그녀는 다시금 고개를 깊숙이 숙이는 것으로 답례를 했다. 그리고는 묻지도 않았는데 자신에 대한 이야기를 하기 시작했다.

"어떤 일이 있었는지 알려 드려야 할 것 같군요. 말씀드렸듯 전 초가화라고 합니다. 하남 양오에서 있었고, 아버님 성함은 초 자, 은 자를 쓰셨습니다."

"초은(楚恩)? 하남 양오에 있는 초가라면 진평표국을 말하는 것이오? 아버님의 외호가 한결사(寒結士)이시오?"

모인은 들어본 적이 있는지 눈을 둥그렇게 뜨면서 물었는데 초가화가 조용히 고개를 끄덕였다. 그렇다면 지금 죽은 노인이 누군지 잘 알 수 있었다. 그의 할아버지 초인상이었던 것이다.

모인과는 동년배이기에 초인상을 알고 있었다. 사람 됨이 충후하여 그의 밑에 사람이 많이 모였다. 무공은 그리 강하지 않았지만 인덕이 상당한 사람이었는데 어쩌다 이런 일을 겪게 되었는지 도저히 추측이 되질 않았다.

"믿을 수가 없군. 진평표국의 초 대협은 인덕이 남다른 분인데 어째서 이런 일을……. 혹 흉수에 대해 아는 것이 있소이까?"

모인은 넌지시 물어보았다. 정말 진평표국의 사람이라면 실로 멀리 도망친 격이었다. 아무래도 달려서 온 길인 것 같은데 마차로 달려도 일주일 이상 걸리는 거리를 두 발로 도주해 온 것이다.

"저도 모릅니다. 대체 이들이 무엇을 원하는지를 말입니다. 처음엔 오해가 있어서 그런 것이라 아버님도 믿었습니다. 그래서 대화를 원하셨지요. 그러나 그 대화는 곧 무력 충돌로 이어졌습니다. 도무지 말이 통하질 않는 사람들이었어요."

그날의 기억이 생생한지 초가화는 어깨를 살짝 떨고 있었다. 하긴 쉽게 잊으면 그게 말이 더 안 되는 것이지만.

"그럼 그냥 강짜를 부렸다 이거요? 아니, 참, 이해가 안 가네. 대체 이놈들이 뭘 원한 거요?"

지충표가 인상을 잔뜩 쓰며 입을 열었는데 꽤나 여인이 가련한 모양이었다. 한데 그 얼굴을 보는 오유의 눈이 곱지 않았다.

"정말 강짜라고밖엔 말을 하지 못하겠어요. 무슨 책을 내놓으라는데 책 이름조차 가르쳐 주질 않았어요."

"예?"

내심 뭔가 대단한 물건이 아닐까 생각한 이도였다. 보물이 사람을 죽게 만든다고, 표국을 한다면 그런 물건을 많이 다루지 않겠나 하고 생각한 것인데 전혀 엉뚱한 대답이었다.

"대관절 무슨 책인데 이름조차 가르쳐 주지 않고 내놓으라 그럴까요? 이놈들 이거, 핑곗거리를 만들어낸 것이 아닐까요?"

이도는 나름대로 생각을 유추해 냈다. 하긴 그것이 아니면 달리 할 말이 없었다. 한데 다른 사람의 생각, 특히 지충표와 현백은 달랐다.

"그냥 책이라면 좀 그렇군. 혹 하 표두가 귀 표국의 사람이시오?"

"하 표두님을 아시나요? 그럼 지금 어디 계시는지도 아시겠네요?"

당장 반가운 얼굴을 하며 초가화는 현백에게 물었지만 현백은 고개를 좌우로 저었다. 사실 하추평을 좋게 생각하지 않기에 그간 별 관심이 없었다.

분명 하추평은 진평표국이라는 깃발을 들고 있었다. 더욱이 지충표는 표사 역할로 따라왔으니 더욱더 잘 알고 있었는데 왠지 두 사람은 그 책이란 것이 무얼 말하는지 알 것 같았다.

"하 표두의 행방은 알지 못하지만 그를 만난 적은 있소. 혹 그가 이번 원행에서 가져온 책자가 없었소?"

"…당신… 그자들과 똑같은 말을 하는군요. 대관절 오지도 않은 하 표두가 무슨 책을 가져왔다는 것이에요? 그대는 누군가요?"

초가화의 얼굴에 긴장감이 어리고 있었다. 그러나 확실한 것은 현백이 적은 아니라는 것이었다.

"험! 가화라 불러도 되겠나?"

"…예……."

우선은 진정시키는 것이 먼저였다. 모인은 고개를 끄덕이며 입을 열었다.

"가화야, 잘 듣거라. 여기 있는 사람들은 적이 아니다. 표국의 일을 하면서 세상을 돌아다니는 표두는 많은 사람을 만나기 마련이란다. 그런 사람들 모두가 적일 것이란 뜻이냐?"

"…아니… 지요……."

힘없는 소리가 들려오며 가화의 얼굴에 긴장감이 조금씩 사라지고 있었다. 모인은 인자한 미소를 지으며 계속 입을 열었다.

"무슨 일인지 모르지만 이 친구는 널 구해주기 위해 나선 친구란다. 그 점을 잊어서는 안 된다."

"…예, 어르신."

그제야 여인은 좀 얌전해졌고, 모인은 한숨을 폭 내쉬었다. 이럴 때일수록 조심해야 했다. 말 한마디 잘못했다간 무슨 꼴이 날지 몰랐던 것이다.

어쨌든 더 이상 가화는 아는 것이 없는 듯싶었다. 그냥 도망 다니다 살아난 것일 뿐이니 무얼 더 말할 수 있겠는가? 차라리 앞날을 이야기하는 것이 나았다.

"한데 갈 곳은 있더냐? 우리는 소림 쪽으로 간다만 방향이 같다면 같이 가는 것도 좋을 듯싶은데?"

"……소림에 오라비가 수련차 가 있습니다. 저 역시 그곳으로 간다면 부탁드릴 생각이었습니다."

"킁, 그거 다행이군. 한 사람 분의 식량은 충분하니 같이 가면 될 것 같군요. 어때, 현백?"

더 생각할 것도 없이 그렇게 하자는 지충표의 말에 현백은 고개를 돌렸다. 그러자 특이한 장면이 눈에 들어오고 있었는데, 바로 옆에 있던 오유의 눈이 매섭게 돌아가고 있었던 것이다.

왠지 오유는 이 여인보다 지충표를 감시하는 것 같았는데 그거야 현백이 신경 쓸 이유는 없었다. 현백은 고개를 끄덕이며 동의를 표했다.

"좋아. 그럼 그렇게 하도록 하고, 가화 낭자, 낭자는 일단 들어가 좀 눈 좀 붙여요. 오늘 우린 이곳에서 잘 터이니."

"그래도 될… 까요?"

보통 노숙은 밖에서 자는 것을 말하지만 이렇듯 마차가 있는 경우에는 그럴 필요가 없었다. 들어가 자면 되니 말이다.

그간 마차 안에서 자는 사람은 모인뿐이었지만 오늘부턴 초가화가 잘 것이다. 척 보니 곱게 자라 밖에서 자는 것이 쉽지 않아 보였던 것이다.

"크하하! 우리야 뭐, 워낙 험하게 자라 밖이 편합니다. 어서 들어가 쉬세요 저희들은 이야기할 것이 남아 있어서요."

"…그럼 감사합니다."

많이 피곤했던지 여인은 남은 음식도 먹지 않고 바로 마차로 들어가고 있었다. 그리고 그녀가 들어가자마자 어디선가 살짝 삐딱한 목소리가 중인들의 귓가로 들려왔다.

"누가 험하게 살아와? 아저씨는 그렇게 살았나 보죠? 난 그렇게 살지 못했는데?"

"…설마 지금 네 모습이 곱게 살았다고 강변하는 거냐? 동경 좀 보고 이야기할래?"

지충표와 오유의 설전이 다시금 시작되려 했다. 이도는 고개를 흔들며 신형을 살짝 빼내어 저만치 물러가려 했는데, 그때 갑자기 지충표가 정색을 하며 입을 열었다.

"일단 그 이야기는 이따 하도록 하고, 어때, 현백? 어젯밤 그놈들 맞지?"

"예?"

지충표의 말에 이도는 눈을 동그랗게 뜨며 물어왔다. 그렇다면 현백과 지충표는 어제 그 흑의인들을 알고 있다는 뜻이니 말이다.

그런 그의 추측은 이내 맞아떨어졌다. 이어진 현백의 목소리에 의해서였다.

"그래, 틀림없는 그놈들이었다. 미호공주의 호위병들. 낯익은 놈이 하나 있었어."

"미호공주?"

모인까지 고개를 들며 무슨 말인지 알고 싶어하자 현백은 지충표에게 눈길을 던졌다. 지충표는 뒷머리를 긁적이며 입을 열었다.

"운남국의 공주가 황제를 만나러 왔다구요? 그것도 자신의 친오빠를 막아달라고? 그게 말이 돼요?"

도무지 이해가 안 가는지 이도는 입을 열었지만 충분히 있을 수 있는 일이었다. 황궁이라는 곳은 어느 나라든지 복잡하고 더러운 것을 안고 있는 곳임을 모인은 잘 알고 있었기 때문이다.

"말이 되든 안 되든 우린 할 말이 없었지. 솔직히 그놈들을 구해주려는 것이 아니라 쟁자수들을 구해주려 한 것이었어. 뒤따라오는 현토병 대장 사다암은 대단한 무위를 가진 사람이었어. 현백이 막아내지 못했다면 다 죽었을지도 몰라. 뭐, 솔직히 현백과 나도 거기서 만났고."

"아, 그랬군요."

이도는 그제야 두 사람의 만남을 이해했다. 지충표가 상당히 살갑게 굴기에 꽤나 오래전에 만난 사람인 줄 알았건만 그건 아니었다. 원래 지충표의 성격이 그런 것뿐이었다.

"하면 그 공주라는 자의 호위무사들이 어젯밤 만난 놈들이라면 그리 좋은 사람이 아니겠네요? 게다가 알 수 없는 책자를 원한다니……."

지충표의 설명에도 불구하고 오유는 알 수 없다는 듯 중얼거리고 있었다. 그러자 지충표는 왠지 현백의 눈치를 보고 있었는데 그 순간을 놓치지 않고 모인의 입이 열렸다.

"쯧, 이놈이 이야기하려면 다 이야기할 것이지 현백의 눈치는 왜 봐? 뭔데 그러냐?"

"…그게 좀……."

예전 소명에게 현백이 한 말을 기억하고 있었다. 세상 그 누구에게도 이야기해선 안 된다고 말이다. 사실 지충표도 그 책이 정확히 뭔지 모르고 있기도 하지만 말이다.

난감한 지충표를 구해준 것은 역시 현백이었다. 현백은 고개를 살짝 흔들더니 이내 입을 열었다.

"그건 운남국의 무공서입니다. 물론 중원의 말로 쓰여진 것은 아니지요. 쟁자수였던 소명이란 아이가 표물에서… 빼냈습니다. 그래서 진평표국의 표사들은 모를 것입니다."

"무공서?"

무공서란 말에 여기저기서 눈들이 반짝였다. 상인에게 황금을 버는 법을 알려준다는 것과 무인에게 무공서의 위치를 알려주는 것은 동급이었다. 서로가 가치관이 다를 뿐 탐욕은 같았던 것이다.

하나 여기까지 이야기한 이상 그냥 입 다물기는 정말 힘들었다. 현백은 아주 간략하게 정리해 입을 열었다.

"운남국엔 중원의 불교처럼 민간에 크게 퍼진 교리가 하나 있습니다. 환연교라는 이름을 가지고 있지요. 그 무공서는 환연교의 것입니다. 어떻게 된 일인지 모르지만 중원으로……."

"천의종무록이 중원에 왔다는 것이냐?"

"……!"

다그치듯 물어보는 모인의 말에 오히려 현백은 놀라고 있었다. 설마하니 천의종무록을 모인이 알고 있을 줄은 몰랐던 것이다.

"천의종무록을… 아십니까?"

현백이 오히려 되묻자 모인의 얼굴이 심각하게 굳었는데 그는 잠시 생각을 해보더니 이내 입을 열었다.

"오래전 이야기니라. 솔사림이 세상에 나왔을 때 천의종무록이란 이름 역시 같이 나왔다. 중원의 무공이 아니면서도 중원의 무공에 필적하는 것은 운남 땅에 있는 천의종무록뿐이라고들 이야기하지. 물론 서장의 포달랍궁이나 대리국의 왕실 무공도 대단하지만 가장 중원의 무공에 가까운 것이 그 천의종무록이라 했다."

"……."

 설마하니 천의종무록이 그렇게 중원에서 유명할진 현백은 전혀 짐작하지 못했다. 모인은 잠시 현백의 얼굴을 바라보다 말을 잇기 시작했다.

"한번은 가짜 무공 도서가 나돌기도 했었지. 그것의 이름이 천의종무록이었다. 훗, 진짜 바보 같은 짓이었단다. 세상에 운남국의 천의종무록이 한어로 쓰여 있었으니 말이다."

"…그건 그러네요."

 모인의 말에 이도는 살짝 맞장구를 쳤다. 운남국의 무공이라는데 왜 천의종무록이 한어로 쓰여 있겠는가? 그들의 말로 쓰여져 있지 않고 말이다.

"그러나 그 파급은 컸다. 무려 천여 명에 달하는 사람들이 그 가짜 무공비급에 미쳐 돌아다녔고, 죽은 사람이 기백 명이 넘었단다. 중원에서 무공비급이 나타났다는 말은 그만큼 파급이 큰 것이다."

"헛!"

 오유는 자신도 모르게 헛바람을 들이켰다. 정말 그랬을까 하는 의구심마저 들었는데 아무리 생각해도 이해가 가질 않았다. 자신과 이도는 한 가지 무공도 제대로 못 배워 힘든데 어째서 다른 사람의 무공까지 알려 하는지 말이다.

 그러나 세상 모든 사람들이 다 이도와 오유처럼 좋은 무공을 가진 것은 아니었다. 삼류무사에서부터 일류고수까지 뭔가 막히거나 혹은 마음에 들지 않는 무공을 가진 사람이라면 전부 탐낼 만한 물건인 것이다.

"만일 진짜 천의종무록이 나타났다면 그건 피바람 정도가 아니다. 강호에 폭풍이 몰아칠 것이야. 큰일이야."

"하나 그리 걱정할 것은 없습니다. 지금 돌아다니는 것은 온전한 것이 아니니까요."

"응?"

지충표가 씨익 웃으며 이야기하자 모인은 그건 무슨 소리인가 싶었다. 지충표는 고개를 끄덕이며 입을 열었다.

"그 천의종무록이 제가 본 서책이라면 그건 반으로 잘려진 것입니다. 나머지 반은 운남 현토병 수장인 사다암이 가지고 있습니다. 그러니 봐도 소용없습니다. 또 현백의 말처럼 운남어로 쓰여져 있고 말입니다."

다행이었다. 그렇다면 그 무공서를 얻더라도 별다른 효과는 없을 터이다. 그것만으로도 많은 사람들이 관심을 끄게 될 것이니 말이다.

"과연 그럴까?"

하지만 현백의 생각은 조금 다른 듯했다. 그는 지금껏 조용히 생각하고 있었는데, 이어 자신이 생각하던 것을 말했다.

"반쪽짜리 무공이라도 찾으려 할 것이야. 그리고 찾게 되어 진짜인 것을 알면 그 나머지 반을 찾으려 하겠지. 중원뿐만이 아니라 운남이 풍파를 맞을 수도 있을 것 같은데?"

"…설마……."

지충표는 그럴 리는 없을 것이라 생각하고 있었지만 그와 생각이 다른 사람은 또 한 명 있었다. 모인의 생각 역시 현백과 동일했던 것이다.

"아니, 현백의 말이 맞다. 사람이란 다 똑같아 보물을 앞에 두고 그냥 갈 사람은 없지. 하다못해 나도… 그 책을 찾아 돌아다니던 사람들 중의 하나였으니."

갑자기 회한이 밀려오는지 모인은 말을 제대로 맺지 못했다. 하나 이내 머리를 흔들며 생각을 지우곤 다시 현백을 향해 입을 열었다.

"그렇다면 그놈들을 먼저 찾는 것이 문제겠구나. 그리고 그 쟁자수로 따라갔다던 소명이란 아이, 왠지 그 아이가 난 걱정되는구나. 이리도 잔인한 놈들이니……."

"……."

모인의 말처럼 사실 현백도 상당히 마음에 걸리는 문제였다. 말을 안 해서 그렇지 소명의 생사가 정말 걱정스러웠던 것이다.

이런 자들이라면 작은 실마리 하나라도 모두 잡아봤을 터이다. 그 안에 소명이네 집이 걸리지 않을 보장이 없는 것이다.

"그럼 앞으로 좀 일정을 당기는 것이 좋겠군요. 말을 들어보니 소명이네 집은 표국에서 그리 멀지 않은 곳이라 하니 가는 길목입니다. 내일부턴 말을 좀 빨리 몰 테니 어르신께선 주의하십시오."

"걱정 말고 그리하거라."

모인은 고개를 끄덕이며 동의를 표했다. 왠지 모인은 가슴이 답답한 것이 뭔가 이상한 느낌이 들고 있었는데, 이 일은 작게 묻힐 일이 아닌 듯싶었다. 뭔가 큰일이 뒤에서 돌고 있는 듯한 느낌이 든 것이다.

혹여 현백이 무슨 단서가 될까 하는 마음에 그의 시선이 다시 현백을 향했다. 현백은 손에 작은 암기를 잡고 만지작거리고 있었는데, 마지막에 자신과 현백이 튕겨낸 작은 암기였다.

틱, 틱!

가는 침 주위에 나선형의 날개가 붙어 있는 기이한 암기. 상당히 잔인한 암기를 현백은 가지고 놀 듯하고 있었다. 사람들의 귓가에 현백의 목소리가 들려왔다.

"이 암기, 운남에서 한번 본 적 있습니다. 군에서 본 것은 아니고 민가에서 본 적이 있지요. 한 마을을 지나가다 누군가 저희를 향해 던진 적이 있습니다."

"그래?"

현백의 말에 모인은 반색을 했다. 그렇다면 현백이 어느 정도 정체를 짐작하고 있다는 말이니 말이다.

"현지 사람들은 이것을 나찰침(螺紮針)이라 부르고 있었습니다. 그들도 워낙 잔인한 암기라 함부로 사용하지 않는데 운남의 무림에서도 이 나찰침을 사용하는 곳은 한군데밖에 없다고 합니다."

현백은 나찰침을 꽉 쥐었다. 분명 그때와 같은 것이었다. 휘돌며 날아오기에 그 위력이 생각보다 훨씬 강했다. 하나 예전에 당해본 나찰침과 결정적으로 다른 점이 하나 있었다.

강선이 나 있기에 직선의 움직임이 아니었다. 하나 분명 암기는 완전한 직선으로 날아왔다. 공기를 타고 나선형으로 와야 정상인 암기를 강대한 내력의 힘으로 밀어 던진 것이다. 암기만 이것일 뿐 던지는 방법이 전혀 달랐다.

내력의 응축을 한꺼번에 터뜨려 날린 것이고, 그럼에도 불구하고 어떠한 기척도 없었다. 대체 어떤 방법을 쓴 것인지 짐작도 안 가고 있었던 것이다.

"흑월(黑月), 그렇게 불린 자들이 이런 암기를 사용한다고 했습니다. 물론 저도 흑월의 사람들이 어떤 이들인지는 알지 못합니다. 우리에게 암기를 던진 사람은 그저 흑월의 암기를 던진 것뿐이라고 했으니까요."

"흑월? 그건 처음 들어보는 이름인데?"

모인의 머릿속에서도 그런 이름은 기억에 없었다. 뭐, 사실 워낙 비슷한 이름이 많아서 헷갈리는지도 몰랐다. 하지만 분명히 기억엔 없었다. 아직까지 들어보지 못한 이름인 것이다.

흑월의 암기를 사용만 하는 자들인지 흑월이 들어온 것인지 모르지만 확실한 것은 대단한 무위를 가진 사람이 있다는 것이었다. 붕천벽수사 모인도 한 번에 밀릴 만큼 대단한 무위를 가진 사람이 말이다.

솔직히 모인은 그의 존재를 감도 잡지 못했다. 앞으로 만나게 되면 아주 껄끄러운 상대가 될 것 같았다.

"한데… 현백 너는 정말 많은 것을 알고 있구나. 언제쯤 그 모든 것을 알게 될까?"

모두의 분위기가 너무 가라앉자 화제를 조금 돌리려는 듯 모인이 입을 열었고, 현백은 살짝 웃으며 그의 말에 대답했다. 역시나 대답은 꼬박꼬박 잘해주고 있었다.

"아직은… 아직은 말하기가 좀 그렇군요. 알고 나면 그리 대단한 것도 아니지만 그것이 먼저 간 충무대 친구들과의 약속이었습니다. 모든 것이 확실해지면 그때 이야기하죠."

그렇게 현백은 입을 닫았고, 곧 자신만의 생각에 빠지고 있었다. 턱을 괸 채 계속 생각에 잠겼던 것인데 모인은 잠시 그 모습을 보며 현백을 추측하기 시작했다.

현백의 무공인 연천기. 그건 아마도 천의종무록과 연관이 있을 터이다. 그렇지 않다면 그가 천의종무록이 있다는 것을 알 리가 없다. 운남 환연교의 호교무공인 천의종무록은 중원에서라면 몰라도 운남에선 아무도 언급하지 않는 것으로 알고 있으니 말이다.

그리고 아까 보여준 무공, 분명 진보가 있었다. 마지막에 암기를 막아낸 그 한 수는 아주 기가 막힌 수였다. 모인은 그것이 다시 폭주하려는 것인 줄 알았지만 생각해 보니 기운을 안력으로 모아 올린 것뿐이었다. 날아오는 암기를 정확히 보려 했던 것이다.

"흐음, 이러다간 무공을 하나로 꿰는 날이 곧 오겠는데?"

언젠가 현백이 했던 말. 구대문파의 무공은 그저 알고 있을 뿐 몸에 배인 정도가 아니기에 쓰지 않는다는 그 말은 곧 수정되어야 할 것으로 보였다. 이런 식으로 기의 집중을 알기 시작하면 스스로 초식을 만들기 시작할 것이니 말이다.

그러다 보면 아는 초식이 나오기 마련이고, 결국 아는 것 모두가 다 하나로 꿰이게 되는 셈이다. 곧 강호에 진짜 고수 하나가 탄생할지도 모른다.

"예? 장로님, 뭐라 하셨어요?"

"잉, 아니다. 그만 자자꾸나. 내일부턴 정말 강행군이 될 것 같으니."

고개를 흔들며 모인은 옆으로 돌아누웠고, 이내 눈을 감아 버렸다. 이도는 그런가 보다 하고 고개를 돌렸는데 이내 다시 돌려야만 했다. 아까 못다 한 말싸움을 다시 시작하자고 오유가 입을 여는 바람에 지충표도 맞대응에 들어갔던 것이다.

당연히 그의 시선은 남아 있는 현백에게 갔고, 현백은 그저 조용히 암기만 만지작거리고 있었다. 다들 뭔가 하는 것 같자 이도는 바로 뒤로 벌렁 누웠다. 지금은 자는 게 최선 같았던 것이다.

하나 이도는 현백의 모습을 완전히 보지 못했다. 현백의 눈은 작은 기운을 띠며 일렁이고 있었다. 그건 야수의 눈, 그것도 살기를 가득 채운 야수의 눈이었던 것이다.

2

두두두두두!

관도 위를 달리는 마차는 정말 무섭게 질주하고 있었다. 강행군할 것이란 지충표의 말은 괜한 말이 아니었다. 마차로 달리는 데도 말만 타고 달리는 것처럼 빠르게 달려온 것이다.

단순히 속도만 보고 뭐라 하긴 좀 그렇지만 지충표의 마차 모는 솜씨는 정말 대단했다. 이렇게 흔들며 달리는 데도 불구하고 마차 안은 그리 큰 충격을 받지 않았다. 좀 시끄러워 아무런 말을 못하는 것 빼곤 별다른 불편함이 없었으니 말이다.

마차 안에는 지금 네 명이 있었다. 현백과 모인, 그리고 오유와 초가화 넷이 있었는데 자리가 좁아 이도가 지충표의 옆에 앉았던 것이다.

일주일 이상 걸리는 거리를 지금 단 사 일 만에 주파하고 있었다. 늦어도 반 시진 정도면 하남성에 들어설 수 있었는데 진평표국이 있는 곳은 하남성의 초입이었다.

어쨌든 조금만 가면 이제 마차에서 내릴 수 있다는 생각에 힘든 것을 꾹 참는 오유였지만 갑자기 참기 힘든지 눈꼬리가 치켜 올라갔다. 마차의 움직임이 순식간에 바뀌었던 것이다.

"야, 이도! 나중에 해보라니까! 우릴 다 죽일 셈이야!"

"나중이 언젠데 그래? 길도 넓고 곧으니 걱정 마!"

가끔 지충표 대신 이도가 말을 모는 경우가 생겼던 것이다. 이제 막 배우는 사람이니 속도도 확 줄었지만 무엇보다도 안에 있는 사람들이 힘들었다. 요동이 대단했던 것이다.

"이, 이도! 너 안이 어떤… 지… 한번 보… 고 그런 소리……"

"그냥 있어… 봐!"

이도와 오유는 서로 고함을 지르며 이야기를 하고 있었지만 두 사람의 의사소통은 상당히 힘들었다. 척 봐도 두 배 이상 움직임이 느껴지는 바람에 말하기가 힘들었던 것이다.

"빨리 몬다고 잘하는 게 아니야. 다 왔으니 천천히 해봐."

이런 상태에서도 지충표의 말은 끊기지 않고 잘 나오고 있었다. 그의 말이 있고 조금 후 마차의 속도가 현저하게 줄면서 그나마 조금 나아졌다. 그러자 오유는 작은 한숨을 쉬었다.

"어이구! 저 인간들이 이제 단체로 날 죽이려 하네."

"흘, 요즘 들어 오유 너, 말이 좀 많아졌구나."

"예?"

뜬금없이 들려오는 소리에 오유는 눈을 동그랗게 떴다. 주름진 얼굴 사이로 잘 보이지도 않는 눈을 가늘게 뜨며 이야기하고 있었다. 순간 오유는 욱하는 마음이 들며 얼굴이 살짝 붉어지기 시작했다.

"여자가 말이 좀 많으면 안 되나요? 장로님은 그게 이상해요?"

"물론 이상할 것은 없지. 하나 그 대부분의 대화가 충표에게 집중되고 있는 게 이상하지."

"……"

가뜩이나 벌게진 얼굴이 귀밑까지 벌게지고 있었다. 좀 전의 얼굴과는 약간 다른 의미로 받아들일 수 있는 것인데, 좀 전엔 열받은 것이고 지금은 부끄러워하는 것이다.

"호오라? 이놈 보게? 너 정말 충……"

"말도 안 되는 소리 그만 해욧!"

빽 하니 소리치는 오유의 목소리에 놀란 것은 마차 안뿐만이 아니었다. 갑자기 마차가 확 서며 누군가 문을 벌컥 열었던 것이다.

"뭐야? 누가 왔어?"

역시나 얼굴의 반만 시커먼 지충표였다. 모인과 초가화는 동시에 픽 하고 웃었다. 현백만 그저 무표정하게 바라볼 뿐이었다.

"오긴 누가 와요! 가서 말이나 몰아요! 시간 없는데 이도시키지 말고!"

"어이구! 예, 마님! 그렇게 합죠! 나참, 드러워서……!"

쾅!

지충표는 성질이 나는지 문을 확 닫고는 마차 위로 오르고 있었다. 오유는 순간 좀 미안해지고 있었는데, 왠지 그런 기분을 표현하고 싶지는 않았다.

"뭐야? 왜 안 가요? 시간 없으니 강행군한다고 누가 말……!"

"안 가는 것이 아니라 못 가는 거다."

"……."

자신의 말을 자르며 들려온 현백의 목소리에 오유는 머쓱한 기분이 들었다. 그리곤 인상을 확 쓰며 마차에서 내렸는데, 내리자마자 왜 마차가 안 가는지 알 수 있었다.

몇 명의 사내가 관도 저쪽 편에서 달려오고 있었다. 손을 흔들며 달려오는 것으로 보아 분명 이 마차에 볼일이 있는 사람들인데 가까워지자 오유는 그들의 정체를 알 것 같았다. 모두가 다 개방 사람들이었던 것이다.

"어? 진 사형, 추 사형, 여기 웬일이에요? 우리가 이쪽으로 올지 어떻게 아시고……."

"우리가 어찌 알겠냐? 다만 길이 하나니 길 따라 천천히 온 것이지. 그나저나 정말 빨리 왔다. 하마터면 엇갈릴 뻔했네 그래."

진 사형이라 불린 사람이 이야기하고 있었다. 그는 열려진 마차 문 쪽으로 가더니 살짝 안을 살폈다. 그리곤 모인을 발견하고 예를 취하며 입을 열었다.

"진호(眞豪)와 추각상(秋覺想)이 장로님을 뵙습니다."

"음, 그래. 너희들은 어인 일이냐? 소림 부근에 있을 줄 알았더니……."

조금은 이상한 생각에 모인이 물었다. 두 사람은 개방의 동량으로 모두 사형과 사제의 가르침을 받고 있었다. 정식 사부 관계는 아니지만 그만큼 대단한 자질을 가진 사람들인 것이다.

이들이 왔다는 것은 사형과 사제가 보냈다는 뜻이다. 토현과 양평산의 심부름인 것이다.

"다름이 아니오라 일장로와 삼장로님께서 이장로님을 모셔오라 하셨습니다. 장소는 이 앞의 갈림길에서 꺾으면 나오는 양오입니다."

"……진평표국의 일 때문이냐?"

"어찌 아셨습니까, 그걸?"

이십대의 건장한 두 젊은이는 동시에 놀라고 있었다. 설마하니 진평표국의 일을 모인이 알 것이라 생각하지 못한 것 같은데, 모인은 일일이 대답할 필요가 없었다. 일단 가보면 알 것이니 말이다.

"그래, 알았다. 일단 움직여 보자."

슬며시 앞에 있는 초가화의 얼굴을 보며 모인이 말하자 두 사람은 예를 취하곤 마차 위로 훌쩍 뛰어올랐다. 아마도 길을 인도할 모양이었다.

"뭐 하냐, 너? 안 타?"

"…탈 거예요."

지충표는 옆에 온 오유를 보고 입을 열었고, 오유는 입을 우물거리다 삐죽 내밀고는 마차 안에 들어가 문을 걸어 닫았다. 그러자 지충표는 말고삐를 잡고 채려다 문득 뒤쪽으로 눈을 돌렸다.

"좀 험할지 모르니 조심하쇼. 마차 모는 게 서툴러서 리……"

"걱정 말고 몰기나 하지. 이래 봬도 신형 정도는 가늠할 수 있으니."

"……"

그래도 생각해서 이야기한 것인데 돌아오는 말치곤 상당히 싸가지가 없었다. 하나 지충표는 더 이상 대꾸없이 고개를 돌렸다. 그리곤 슬며시 말고삐를 옆의 이도에게 넘겼다.

"이도아."

"예?"

갑자기 고삐를 넘겨주자 이도는 엉겁결에 잡았다. 웬지 조금은 엄숙한 지충표의 목소리가 이어 들려왔다.

"마차는 안정감도 중요하지만 속도 또한 중요하다. 속도.

알겠느냐?"

"아, 물론이죠! 자, 갑니다!"

대뜸 무슨 뜻인지 알아들은 이도는 힘차게 말고삐를 잡아챘다. 그러자 말들이 살짝 앞발을 들며 광분하기 시작했다.

"이리야!"

끼히히힝!

힘찬 말 울음소리와 함께 마차는 달리기 시작했다. 그냥 보기에도 바퀴는 굴러가는 것이 아니라 계속 튕기며 허공에서 놀고 있었다.

"우에에엑!"

"엑! 에엑!"

시내 한복판에서 진호와 추각상은 볼썽사나운 모습을 하고 있었다. 담벼락에 가까이 붙은 그들은 오늘 먹은 것뿐만이 아니라 지난 며칠간 먹었던 것을 모두 확인하고 있었다.

"후와! 생각보다 재미있네, 이거."

"그렇지? 크흐흐흐흐!"

말은 이도에게 하고 있지만 지충표의 눈은 담벼락에 매미처럼 붙은 두 사람을 바라보고 있었다. 음충맞은 미소를 지으며 그는 마차에서 내렸는데, 순간 그는 움찔했다. 허리를 두들기며 자신을 노려보는 오유의 눈길에 딱 걸렸던 것이다.

"아니, 난 그게 아니고……."

"좀 살살 몰아요."

"……."

반응이 좀 이상했다. 평상시라면 완전히 전투 태세에 들어갈 오유였지만 오늘은 그냥 가는 것이 말이다.

"호홍! 고놈 참, 생긴 거하곤 달라."

"에?"

뒤따라 내린 모인은 알 듯 말 듯한 미소와 함께 지충표의 아래위를 싸악 훑어보곤 움직이고 있었다. 충표의 키가 커서 그런지 훑는 데도 꽤 시간이 걸렸다.

"아, 감사합니다."

"아, 예."

그나마 정상적인 반응을 보인 것은 초가화뿐이었다. 이곳은 진평표국의 앞이었는데, 아마도 아픈 기억을 다시 되살리는 것이 좋지 않을 테니 말이다.

그런데 무엇보다도 제일 이상한 반응은 현백이었다. 내리자마자 지충표를 지그시 보더니 이내 손을 어깨 위로 올린 것이다.

툭.

"……."

아무 말 없이 한 번 토닥이곤 현백도 움직이고 있었다. 지충표는 인상을 벅벅 쓰며 지금 보여진 이 일련의 사태가 어떤 것을 의미하는지 알고자 애썼지만 전혀 알 수가 없었다.

"야, 이도야."

"예?"

마차에서 내리던 이도는 지충표의 물음에 고개를 들며 무슨 일인가 싶었다. 지충표는 아주 심각한 얼굴이었는데, 이어 그의 목소리가 들려왔다.

"앞으로 마차는 네가 몰아라. 거참……."

좋은 일인지 아닌지 알쏭달쏭한 느낌에 지충표는 고개를 갸웃거리며 진평표국으로 향했다. 말 목에 고삐를 매던 이도만 그저 뭔 일인가 싶을 뿐이었다.

"……."

잔혹했던 그날의 흔적은 아직도 곳곳에 남아 있었다. 비록 큰 장원은 아니지만 고른 화강암으로 깔려 있는 정원엔 아직도 붉은 피가 얼룩져 있었다.

표국이라는 특수성에 걸맞게 바닥엔 마차 바퀴가 구른 흔적이 선명하게 나 있었고, 피는 그 안에 잔뜩 고여 있었다. 말라붙어 버릴 때도 되었건만 진득한 액체로 변해 피비린내를 풍겨내고 있었던 것이다.

"어서 오게. 다들 같이 오는구먼."

"예, 형님. 오다 보니 그리되었습니다."

대청에서 모인을 향해 이야기한 사람은 오호십장절 토현

이었다. 세 명의 장로 중 가장 몸이 크고 건장한 그는 겉보기엔 오십대 정도로 보이나 실제론 팔십이 넘은 사람이었다.

"흐음, 자네도 왔구먼 그래. 몸은 좀 괜찮은가?"

현백을 보며 토현은 빙그레 웃으며 이야기했다. 한번 호되게 당할 뻔했는지라 경계할 만도 한데 토현은 별로 신경 쓰지 않는 것처럼 보였다. 개방삼장로 모두가 다 성격이 털털한 편인 듯 보였던 것이다.

"염려해 주신 덕분입니다."

"헛헛, 우리가 뭘 어떻게 했다고……."

대청 안에서 또 한 사람이 웃으며 나오고 있었다. 개방삼장로 중 막내 일지신개 양평산이었다. 삼장로 모두가 다 이곳에 와 있었던 것이다.

"아니, 삼제도 여기에 있으면 어떻게 하나? 한 사람 정도는 방주 옆에 있어야 하는 것 아닌가?"

"상황이 상황인지라 미리 양해를 구했습니다. 지금 이 하남 땅은 천인공노할 짓거리에 발칵 뒤집힌 상태라 어쩌면 영무지회 개최도 쉽지 않을지 모르는 상황입니다."

"응? 이곳 진평표국의 흉사가 벌써 세인들의 귀에 들어간 건가?"

참 소문이 빠르다는 생각을 하면서도 모인은 의아한 마음이 들었다. 아무리 진평표국이 멸문을 당했다 한들 그것이 영무지회를 개최하는 것을 막을 정도는 아니었다. 어쩌면 그가 모르는 사이 세상 이곳저곳에서 똑같은 일이 일어나고 있을지도 모르니 말이다.

뒤에서 굳은 얼굴로 당장이라도 눈물을 떨구려 하는 초가화에겐 안된 말이지만 그것이 사실이었다. 이만한 일 가지곤 무림인들이 자신들의 행사를 취소하진 않을 터이다.

"이곳의 일도 그렇지만 연계돼서 죽은 사람이 물경 삼백에 달합니다. 관에서조차 이 일에 촉각을 곤두세운 마당에 소림에서도 지금 이곳으로 오고 있는 중입니다. 그러니 대회가 쉽지 않겠지요."

"삼백? 아니, 그 정도 숫자라면 일개 고을 이상이 아닌가? 어떻게 그런 일이……."

놀라운 일이었다. 말하는 투를 보아하니 이곳 진평표국뿐만이 아니라 다른 곳에서도 그만큼의 사람이 죽었다는 것인데 그럼 일개 도적 떼의 소행이 아니었다. 이건 거의 전쟁 수준인 것이다.

"죽은 사람들… 모두가 이곳 진평표국의 쟁자수들입니까?"

"…자네가 그걸 어찌 알았나?"

"…이런, 제길!"

현백의 물음에 토현이 답하자 지충표의 입에서 상소리가 흘러나왔다. 그렇다면 정말 소명의 목숨은 보장할 수 없었다.

"아마도 이곳 표국의 기록을 가지고 가서 그런 일을 벌인 듯싶네. 무공의 흔적을 보니 꽤나 잔혹한 것 같은데 중원에서 쉽게 볼 수 있는 무공은 아니야. 아무래도 세외 세력 같아."

토현은 이미 조사를 끝내놓은 상태 같았다. 이미 현백 일행이야 어렴풋이 짐작하고 있는 일이지만 이곳으로 오면서 제발 아니기를 바랐었다.

그러나 토현의 추측이 이 정도라면 모두의 생각은 하나였다. 현백이 말한 그 흑월이란 단체가 중원에 유입된 것이다. 확실한 것은 아니지만.

"아무래도 그 이야기는 조금 있다 같이 해야 할 것 같습니다. 그리고 이쪽은… 이곳에서 도망친 아이입니다."

"초… 가화라 합니다."

그렁그렁한 눈망울로 그녀는 겨우 답하고 있었다. 그러자 토현과 양평산의 눈이 커졌다. 생존자가 있을 줄은 생각도 못 했던 것이다.

"아니, 그럼 초 대협의 손녀란 말이냐? 다행이구나!"

적막한 이곳에서 단 한 사람이나마 살아남았다는 말에 토현은 반색을 했다. 그러다 모인을 향해 입을 열었다.

"그럼 이 아이를 네가 구했더냐? 하면 그놈들을 봤겠구나?"

"보기만 했겠습니까? 워낙에 잔혹한 놈들이라 가만둘 수가 없었습니다. 한데 암습을 받아 다 놓쳐 버렸지요."

"암습? 형님이 놓쳤단 말입니까?"

좀체로 이해가 안 간다는 듯 양평산이 다시 물었다. 그도 그럴 것이, 붕천벽수사 모인의 위명은 실제보다 더 대단했다. 세상에 허명이 많지만 이 모인만큼은 허명이 아니라 진짜배기였던 것이다.

한데 그런 사람이 암습 때문에 놓쳤다는 것은 이해하기 힘들었다. 모인은 씁쓸한 미소를 지으며 발걸음을 옮겼다.

"안에 들어가 자세한 이야기를 하는 것이 좋을 듯싶습니다. 하고 싶은 말들이 꽤 있으니."

대청으로 들어서면서 모인은 입을 열었고, 그 말에 다들 움직이기 시작했다. 한 사람, 현백만 빼고 말이다.

현백은 대청 뒤편을 바라보고 있었다. 지충표는 무엇을 보나 싶어 고개를 비죽이 내밀었는데 그곳에선 자색의 연기가 피어오르고 있었다. 아무래도 뭔가 태우는 듯싶었던 것이다.

"뒷뜰에 누가 있습니까? 호연(護煙)이 피어오르는군요."

현백의 말에 다들 고개를 들어 위를 보니 정말 자색의 연기가 피어오르고 있었다. 호연이란 죽은 사람들을 위한 운무였다. 지전을 태우면서 적자색의 연기가 피어오르게 되는 것이다.

"뒤에? 아, 화산의 칠 도장이 와 계시네. 참, 자네 사부님이

시군 그래. 먼저 가보겠나?"

"……."

 현백은 조용히 허리를 숙여 대답하곤 바로 움직이기 시작했다. 그러자 지충표와 이도, 오유가 현백을 따라 움직이기 시작했다.

 "흐음… 난 조금 있다가 봐야겠군요. 일단 이야기를 좀 해야겠습니다. 강호의 정세가 심상치가 않아요."

 "그런가? 그럼 들어가세. 아이야, 너도 오거라. 너의 집안에 관계된 일이니."

 초가화까지 데리고 개방삼장로는 대청으로 들어가고 있었다. 아직도 벽을 붙잡고 씨름하고 있는 진호와 추각상만이 적막한 곳에 소음을 만들어낼 뿐이었다.

 찌링! 화르르르륵!
 한 손에는 법령을 들고 또 한 손에는 지전을 허공에 날리고 있었다. 현백은 칠군향의 모습이 보이자 더 이상 앞으로 나가지 않고 있었다.

 어릴 때 그가 봤던 모습 그대로였다. 다른 점이 있다면 이젠 그 옆에 아무도 없는 것이었다. 법령을 들고 다니는 아이조차 구하지 않았던 것이다.

 죽은 이들을 기리는 위령제. 칠군향이 하는 것은 바로 그것이었다. 그것도 이젠 거의 끝나가고 있었는데 현백은 잠시 위령제가 끝나기만을 기다렸다.

잠시의 시간이 흐르고 이윽고 위령제는 다 끝이 났다. 입으로 무언가를 한참 웅얼거리던 칠군향은 신형을 돌려 가려다 현백의 얼굴을 보았다. 주름진 얼굴에 조금 더 잔주름을 만들며 현백을 향해 웃어 보이고 있었다.

"아이 하나… 데리고 다니시지 않으십니까?"

"헛헛, 생전에 제자는 너 하나로 족하단다. 이제 몸은 좀 괜찮은 것이냐?"

어색했다. 만나면 죄송하다고, 두 번 다시 떠나지 않겠다고 그렇게 이야기하고 싶었는데 그 말이 나오질 않았다. 그저 어색한 침묵만이 이어질 뿐이었다.

"친구를 사귀었구나. 허허허, 잘된 일이다. 아주 잘된 일이야. 나는 그저 좋기만 하구나."

"……."

웃으며 이야기하는 칠군향을 보며 현백은 어금니를 꽉 깨물었다. 그냥 못된 놈, 어딜 갔다 이제야 기어들어 왔냐고 호통이나 들었으면 좋겠다는 생각이 들었다. 마치 어제 헤어진 것처럼, 아무런 일도 아니라는 것처럼 대수롭지 않게 이야기하지 않았으면 하는 마음이 절로 일어났다.

"사부님, 제자……."

"…그래, 무슨 일이냐?"

옅은 웃음과 함께 칠군향이 현백에게 되물었다. 현백은 입

을 열어 무어라고 말을 하려다가 이내 입을 꽉 다물었다. 그
렇게 우물거리던 현백의 입이 벌려졌다.

"다 끝나신 겁니까?"

"…싱거운 녀석. 아니다. 한군데 더 남았느니라. 특히 참혹
하게 당한 민가가 한곳 남았지. 다들 이상히 여겨 조사한다고
아직도 시신을 거두지 못한 곳이란다."

달칵.

현백은 말없이 법기통을 집어 들었다. 그리곤 어릴 때처럼
어깨에 둘러메곤 신형을 돌렸다. 그냥 그곳으로 가려는 심산
같았다.

"뭐 하느냐?"

"가시죠, 사부님. 제가 모시겠습니다."

"안 그래도 된다."

칠군향은 부드럽게 이야기하지만 현백의 표정은 이미 결
심이 서 있었다. 칠군향은 고개를 좌우로 흔들며 현백을 스쳐
앞으로 움직이기 시작했다.

"뭐야? 어딜 가는 거지?"

"못 들었냐? 한 집이 남았다잖냐."

오유의 목소리에 지층표는 뚱한 표정으로 입을 열었다. 그
답지 않게 왠지 심술이 잔뜩 난 것처럼 보이고 있었는데, 이
도와 오유는 동시에 눈을 돌렸다.

한쪽 입술을 살짝 비틀어 올리는 것이 뭔가 잘못되었다는

작은 결심 243

표정이 역력했다. 아마도 지충표는 현백의 태도 때문에 조금 심사가 뒤틀려 있는 듯했던 것이다.

그렇게 만나고 싶고 좋아했던 어린 시절의 유일한 사람이라면 어리광 정도는 부려도 좋았다. 저렇게 딱딱하게 쭈뼛거리기만 할 뿐이면 대체 왜 만난 것인지…….

그렇게 하고 싶어도 지충표 본인은 할 사람이 없기에 조금 골이 난 것이었다. 문득 그는 의구심이 가득 담긴 두 쌍의 눈동자를 느꼈다. 오유와 이도가 자신을 보며 고개를 갸웃거리고 있었다.

"뭘 봐? 내 얼굴이 뭐 잘못됐어? 사람을 보는 눈이 그게 뭐야?"

툭 내뱉으며 그는 앞으로 움직이기 시작했고, 이도와 오유는 황당하다는 표정을 떠올렸다. 이도는 고개를 좌우로 흔들며 입을 열었다.

"정말… 몰라서 그러나, 얼굴 잘못된 거?"

"아마 그럴 거다. 으이그!"

남겨진 두 사람도 이내 현백을 쫓기 시작했다.

사립문을 여는 순간부터 피비린내가 진동했다. 곳곳에 파리가 꼬여 있는 것을 보니 정말 아무도 건드리지 않은 듯싶었는데, 아주 작은 초옥이었다.

쟁자수로 사는 사람들이 무슨 돈이 있어 큰 집을 사겠는가? 당연한 일이고 이해할 수 있는 일이었다. 이해할 수 없는 것은 이런 사람들까지 죽인 놈들인 것이다.

딸랑딸랑!

살짝 법령을 흔들며 칠군향은 안으로 들어서기 시작했다. 방문 앞에서 잠시 묵도를 한 후 그는 문을 열었는데 방이라고 해봤자 달랑 하나였다. 현백은 사부의 뒤를 따라 들어가다 발걸음을 멈추었다.

"욱!"

"헉!"

뒤에서 곁눈질로 방 안 풍경을 바라본 이도와 오유는 동시에 경악성을 내었다. 방 안엔 사방이 온통 피였다. 그리고 천장에서부터 사람인 듯한 형체가 내리워져 있었고, 방바닥에는 무언가 흐트러져 있었다.

여인. 발가벗겨진 중년 여인이 사지가 찢긴 채 여기저기 흐트러져 있었다. 눈을 돌린 현백은 목 어림이 살짝 붙어 있는 여인의 얼굴을 볼 수 있었다.

"……."

아는 얼굴이었다. 중원에 들어올 때 가장 좋은 차를 만들어 주었던 그녀, 소명의 어머니였던 것이다. 현백은 반사적으로 고개를 들어 천장에 거꾸로 매달린 시신을 바라보았다.

작은 체구에 자상이 나지 않은 곳이 없었다. 두 눈은 이미 파여져 있었고, 배는 예리한 흉기에 갈라져 있었다. 이미 사람이라고는 할 수 없지만 현백의 시선은 바닥으로 가고 있었다.

소년인 듯한 아이의 한 손에 꽉 쥐어진 작은 끈을 말이다.

"…현백, 왜 그래?"

뒤쪽에서 지충표가 현백을 부르지만 현백은 아무것도 들리지도 보이지도 않았다. 오로지 소년의 늘어뜨린 오른손에 잡은 것에만 온 신경이 다 가 있었던 것이다.

현백의 손이 움직인다. 그의 손이 닿자마자 소년의 꽉 쥔 손이 녹듯이 풀어졌다.

타탁.

목패. 육효가 새겨져 있는 작은 목패가 떨어져 내렸다. 그 목패를 본 순간 현백은 자신도 모르게 온몸에 힘이 빠지고 있었다.

덜커덩!

법구통이 대청마루에 부딪쳐 큰 소리를 내자 사람들의 시선이 일제히 현백을 향했다. 지충표는 평소답지 않은 현백을 보다 방 안을 향해 눈길을 던졌다.

"이!"

지충표의 눈이 커졌다. 그는 후닥닥 안으로 들어가 바닥에 널려진 시신 조각 중 얼굴을 찾아 들었다. 일순 지충표의 어금니가 꽉 물렸다.

"…이… 이런……."

지충표는 이번엔 퀭한 눈을 가진 시신에 눈을 던졌다. 작은 얼굴을 손으로 쓰다듬으며 지충표의 피를 토하는 듯한 목소리가 터져 나왔다.

"이런 죽일 놈들!"

지충표의 두 눈에서 눈물이 흘러내리고 있었다. 잠시 동안의 인연이었지만 세상 그 어떤 인연보다 소중했다. 이 어린 놈이 자신을 살리기 위해 상대에게 덤벼들기까지 했으니 말이다.

"소, 소명!"

아이는 바로 소명이었다. 지충표는 아이의 시신을 꽉 끌어안은 채 울부짖었다. 고개를 소명의 시신에 박은 채 두 눈에서 하염없이 눈물을 쏟기 시작했다.

"아는… 사람이에요?"

이도가 뒤에서 현백에게 물었지만 현백은 아무런 말도 하지 않았다. 그저 손을 뻗어 목패를 잡아 올릴 뿐이었다. 문득 현백의 입에서 작은 소리가 나는 듯 보였다.

<u>으드득!</u>

"……!"

꽉 문 어금니가 갈리는 소리가 들리며 현백의 몸에선 엄청난 살기가 폭사되고 있었다. 이도와 오유가 함부로 방에 들어서지도 못할 강한 살기였다.

작은 결심

第七章

선택

1

정적이 흘렀던 진평표국은 오랜만에 활기를 되찾고 있었다. 예전의 그 피비린내 나던 상황은 이제 어딜 봐도 느껴지지 않았다. 불과 사 일 만에 이렇게 변해 버린 것이다.

피가 내를 이루었던 앞마당의 바퀴 자국은 흙으로 다 메워져 있었다. 그날의 기억을 되살릴 만한 것은 아무것도 없었다.

오가는 사람들 역시 아주 많았다. 주로 개방과 화산 사람들뿐이지만 이전에 비한다면 장족의 발전이라 말할 수 있었다. 처음 이곳에 왔을 때는 유령이 나온다 해도 믿을 만큼 을씨년스러웠으니 말이다.

"뭐 하냐? 현 대형에게 안 가봐?"

"그렇지 않아도 가는 길이야. 어서 가보자."

이도는 상념을 접고 신형을 돌렸다. 그리곤 오유와 함께 뒷마당의 별채로 움직였는데, 현백과 지충표가 이곳에 묵고 있었다.

사 일 동안 참 많은 일이 있었다. 우선 각 대문파의 수장들이 한 번씩은 다 이곳에 들렀다가 갔다. 소문으로만 듣던 사람들 모두를 다 보게 되니 사실 좀 신기하기도 했다.

무엇보다 특이할 만한 것은 소림의 사람들이 이곳에 왔다는 것이다. 그건 개방삼장로가 서신을 보내 오게 한 것인데 어차피 이곳에 적을 둔 소림 제자가 있어 올 예정이었다. 다만 그 예정은 바로 떠나는 것이었는데 삼장로가 막았던 것이다.

무엇 때문에 막았는지 그건 말을 하지 않아도 알 수 있었다. 현백과 한 이야기를 다시 다 들려주자 그들도 쉽게 갈 수가 없었다. 강호에 흐르는 암류를 알려주는데 어찌 그냥 갈 수 있겠는가?

"그나저나 지 아저씨는 그 소명이란 아이를 참 귀여워했나 봐?"

"응, 그런 것 같아. 정말 많이 슬퍼하던데……. 솔직히 무서워서 옆에 못 가겠더라구. 흉수만 알면 바로 쳐 죽일 정도로……."

오유의 질문에 이도는 대답을 했지만 사실 그런 마음은 자신도 가지고 있었다. 어린아이에게 그렇듯 잔인한 짓을 한 놈들은 이 세상에 살아 있을 필요가 없었다. 세상을 위해 처단하는 것이 나았다.

물론 세상 누가 자신에게 그런 권한을 준 것은 아니지만 그래도 이도는 그렇게 하고 싶었다. 정말 이 흑월이란 단체는 치떨리도록 잔인한 곳인 것이다.

"그 모습을 보면 누구나 그렇겠지. 하나 흥분하지 마라. 아직 아는 것은 아무것도 없으니 함부로 행동하면 오히려 해가 될 거야."

"그 정도도 모르는 바보는 아니니 걱정 마. 어서 들어가자. 현 대형, 우리 들어가요!"

뒷마당을 지나 작은 모옥 하나가 나오자 이도는 커다랗게 소리를 지르며 문으로 들어섰다. 치렁하게 쳐진 발을 걷고 들어가면 바로 모옥의 대청으로 연결되는 구조였다.

"……!"

이도는 들어서자마자 걸음을 멈추었다. 한두 개의 눈이 아니었다. 무슨 일인지 모르지만 상당한 사람들이 이곳에 와 있었는데 그중엔 아는 사람도 있었고 모르는 사람도 있었다.

아니, 아는 사람들이 대다수이긴 했다. 화산과 개방의 사람들이 많았는데 몇몇은 파르란 머리에 계인이 찍힌 사람들도 있었다. 소림의 사람들이 와 있었던 것이다.

"에잉! 그놈들 졸랑거리기는. 어서 조용히 들어오지 못하고 무얼 하는 게야!"

"……."

모인의 목소리에 이도와 오유는 허리를 살짝 숙이며 좌우를 둘러보다 한쪽에 시선을 고정했다. 그곳에 한 사람이 손을 들고 있었는데 그는 호지신개 명사찬이었다. 옆에 지충표를 데리고 한쪽 구석에 있었던 것이다.

쪼르르 그쪽으로 가 자리를 잡은 이도와 오유는 무슨 일인가 하는 표정을 지었다. 지충표는 피식 웃으며 목소리를 낮춰 입을 열었다.

"나도 잘 모르니 그런 눈으로 보지 마라. 현백이랑 잠시 앞날을 이야기하는데 갑자기 이 많은 사람들이 들이닥쳤다. 그리곤 이 모양이야."

"……."

그렇다면 막 시작되었다는 뜻인데, 이도는 고개를 들어 가운데 태사의에 앉은 사람들을 바라보았다. 그야말로 대단한 사람들이 와 있었다.

중앙에 놓인 태사의에 앉은 사람은 소림의 백양(百楊) 대사였다. 소림의 나한전주(羅漢殿主)를 맡고 있는 그는 강호에서 정무신장(正武神將)이라 불리며 그 유명한 칠십이절예 중 십여 가지를 터득한 사람으로 알려져 있었다. 주로 근접 격투술인 철포삼(鐵布衫)과 철슬공(鐵膝功), 철사장(鐵砂掌), 이장퇴(利長腿)의 고수였다.

그냥 속가제자만 내보낸 것이 아니라 소림의 고수들을 집합해 나한전주가 나온 것만 봐도 소림이 얼마나 신경을 쓰고 있는지 알 수 있었다. 그 뒤엔 이름은 모르지만 젊은 소림의 무승들이 조용히 시립해 있었다.

왼편과 오른편은 이미 아는 사람들이었다. 왼편에는 화산의 화주청 장문인과 양호검사 이격이 나란히 앉아 있었고, 그 뒤에 몇 명의 화산 무인들이 있었다. 오른편은 개방의 삼장로가 앉아 있었고 말이다.

"아미타불, 우선 본 파의 영역 내에서 이러한 불미스러운 일이 생긴 것에 깊은 유감을 표합니다. 모두 극락왕생하시길……."

불자답게 백양 대사는 죽은 사람들의 명복부터 빌었다. 이이 그는 모여 있는 중인들을 향해 입을 열었다.

"제가 오늘 여러분을 뵙자고 한 것은 이 일이 결코 작은 일이 아니라는 판단에서입니다. 물론 그 단초를 제공한 것은 개방의 세 어르신이니 감당키 힘든 은혜를 입었습니다. 방장님을 대신하여 세 분께 감사드립니다."

"감당키 어렵소이다. 헛헛!"

토현은 손사래를 치며 웃었고, 백양은 고개를 한 번 더 숙이는 것으로 예를 마쳤다. 그리곤 다시금 중인을 향해 외쳤다.

"이 모든 일들을 아직은 백일하에 밝힐 수는 없으나 이런 공개적인 자리가 꼭 필요한 이유가 있었습니다. 저는 여기서 한 가지 의구심을 풀어보려 합니다. 현백 시주, 앞으로 나오시겠습니까?"

"……."

뜻밖의 호출에 현백은 고개를 들었다. 그러다 이내 앞으로 나왔는데 가운데 비어 있는 공간으로 나가 정면으로 백양 대사를 보고 있었다.

"현백 시주, 비록 시주의 신분이 화산의 사람이라고는 하나 너무도 오래 화산을 떠나 있었습니다. 묻건대 이 모든 것을 어찌 그리 다 아십니까? 충무대의 일은 운남국의 군사와 싸우는 일이 아니셨소이까?"

"……."

백양 대사의 말에 현백의 눈빛이 굳어졌다. 지금 백양의 말은 혹 첩자가 아니냐고 우회적으로 묻는 말이었다. 이런 공개적인 자리에서 말할 이야기가 아니었던 것이다.

"백양 대사, 그것이 무슨 말씀이오? 도가 지나치구려!"

당장에 모인은 자리에서 일어나 소리쳤다. 어디까지나 여태껏 현백은 모인이 보고 있었다. 만일 현백이 첩자라면 모인의 눈이 잘못되어도 한참 잘못된 셈이었다.

"모인 선배께서는 잠시만 진정해 주십시오. 어디까지나 공정한 일 처리를 위함입니다. 현백 시주, 대답해 주시겠소?"

"……."

난감한 질문이었다. 그곳에 있었고, 그곳에서 들은 이야기였다. 그저 우연히 들은 이야기들을 다시 들려주었는데 뭘 대답하란 말인가?

하나 결국 그는 대답을 했고, 그 대답은 뻔한 것이었다. 현백은 담담히 입을 열었다.

"우연히 알게 되었소."

일순 백양 대사의 눈꼬리가 가늘어지고 있었다. 대답이 마음에 들지 않는 것 같았는데 그는 옆에 있는 한 여인을 지목하며 입을 열었다.

"여기 초 시주께 들은 이야기로는 이해가 가지 않는 대답이구려. 그 물건을 이미 강호에 오기 전에 알고 있었다고 들었소이다. 맞소이까?"

"맞소이다."

현백은 담담하게 시인했다. 파장을 생각해서인지 백양 대사는 천의종무록이라 하지 않고 물건이라 칭했는데, 이어 그는 현백을 향해 다시금 입을 열었다.

"이에 본승은 한 가지 일을 생각해 낼 수 있었소. 이 모든 일의 중심엔 현백 시주가 있소이다. 혹여 현백 시주가 그 물건을 중원에 가지고 온 것이 아니오이까?"

"······."

백양 대사의 말에 현백의 어금니가 꽉 깨물리기 시작했다. 말도 안 되는 이야기를 어떻게 처리해야 할지 그것이 의문스러워지는 순간이었다.

"뭐야, 저 땡중? 미친 거 아냐?"
 지충표는 가감없이 거친 표현을 썼다. 평소에 소림이라면 그 역시 존경하는 문파지만 오늘 그 생각이 거침없이 깎여 나가고 있었다. 이건 잘해주었더니 기어오르는 격이었다.
 이도와 오유, 그리고 명사찬은 지충표의 입을 막아야 했지만 아무도 그렇게 하지 않았다. 사실 말을 안 해서 그렇지 다들 같은 생각이니 말이다.
 백양의 말을 받아들인다면 모든 것은 현백 때문에 생긴 일이었다. 그러나 절대 아니라는 것을 지충표는 잘 알고 있었다. 책을 가져온 것은 그 빌어먹을 미호라는 공주였으니 말이다.
 아마도 모든 이야기를 다 들었을 텐데도 저런 반응이라면 이미 생각을 굳힌 것으로 봐야 했다. 왠지 철저하게 현백을 눌러 버리려 하는 것이다.
 "미친놈의 땡중! 확 그냥!"
 "아이구! 아저씨! 참아요!"
 "가만히 있어요! 진짜 큰일나요!"
 앞으로 튀어나가려는 지충표를 이도와 오유는 작은 목소리로 이야기하며 붙잡고 있었다. 그렇지 않으면 지충표는 진짜 앞으로 나갔을 터이다.

"대사의 말을 빌자면……."

현백은 대답 대신 다른 말을 하기 시작했다. 백양은 현백의 목소리에 귀를 기울이며 듣고 있었다.

"이 모든 것이 다 나 때문에 일어난 일이란 말이오? 여기 진평표국 사람들의 죽음과 상당수의 쟁자수들의 죽음 모두가 나의 책임이오? 내 이 두 손에 이들의 피가 적셔져 있다는 말이오?"

"……."

현백의 말에 이번엔 백양 대사가 아무런 말을 하지 못했다. 이건 비약이었다. 한번도 그런 이야기를 한 적은 없었다. 그러나 결과적으로 그런 말이 될 수도 있었기에 백양은 아무런 말을 하지 못했던 것이다.

현백은 다시금 입을 열었다.

"백양 대사."

"……."

백양은 아랫입술을 꽉 깨물고 있었다. 그저 말없이 있는 성격이기에 소심한 성격인 줄 알았건만 그것이 아니었다. 말없이 강한 성격이었던 것이다.

"내게 원하는 것이 무엇이오?"

"말이 지나치다!"

우지직!

백양은 태사의에 달린 손잡이를 잡아뜯으며 일어나 소리쳤다. 왠지 그는 얼굴이 벌게져 있었는데 그건 마치 속마음을 들킨 어린아이처럼 보였다.
　"그런가?"
　벌겋게 달아오른 백양과는 달리 현백은 이제 완전히 본래의 신색을 되찾고 있었다. 일순 현백의 눈이 날카로워지며 그의 입이 다시 열렸다.
　"그럼 당신이 내게 한 말은? 그건 지나친 게 아닌가? 당신이 나에 대해서 뭘 얼마만큼 아는데?"
　"…이……!"
　백양은 더 이상 벌게질 수 없을 만큼 얼굴이 달아오르고 있었다. 왠지 현백에게 완전히 당하는 기분이었던 것이다.

　"후와! 현 대형! 말싸움도 잘하네?"
　"그럼 그동안 보고 배운 게 얼마인데……."
　이도의 말에 지충표는 슬며시 팔짱을 끼며 입을 열었다. 그러자 오유는 그게 무슨 뜻이냐는 듯 눈을 치켜떴고, 지충표는 그 눈을 내려다보았다.
　"하면 아니라고 생각하냐? 너하고 나하고 벌이는 치열한 신경전을 온몸으로 보는데 어찌 설전이 늘지 않겠냐?"
　"…그거 진짜 믿으라고 하는 소리예요?"
　오유는 의뭉스러운 얼굴로 지충표에게 물었지만 지충표의

반응은 가관이었다. 팔짱을 낀 가슴을 더욱 내밀며 말했던 것이다.

"지금 내가 왜 너에게 이야기하는데? 가끔은 어른이 하는 이야기는 좀 귀담아 들어라."

"그 어른이 어떤 어른이냐에 따라 다르겠죠."

"……."

문득 두 사람의 눈 사이에 불꽃이 튀기 시작했다. 이대로 놔두면 정말 또 설전이 벌어질 듯싶었는데, 갑자기 두 사람의 시야에 머리통 하나가 들어왔다. 이도였다.

"그만 하고 저 앞이나 보죠? 상황이 어떻게 변할지 모르는데."

"……."

"……."

이도의 말에 두 사람은 동시에 고개를 돌렸다. 세 사람의 모습은 타인들이 정말 이해하기 힘들었고, 그 점은 그들을 보는 명사찬의 눈빛만 봐도 충분히 알 수 있었다. 변해도 너무 변해 버린 이들의 모습에 어떻게 해야 할지를 몰랐던 것이다.

"풋, 이 녀석들 봐라?"

변하고 있었다. 뭘 이야기하든 언제나 삐딱하던 개방의 골치들이 한 사람을 구심점으로 뭉치고 있었다. 현백이란 사내를 통해 말이다.

그리고 그 옆엔 지충표가 있었다. 무공은 그리 대단하지 않지만 왠지 사람을 끄는 매력이 있는 지충표 때문에 두 사람이 잘 엮이고 있었다. 이들이 현백을 따라다닌 것이 정말 잘된 일이었다.

"보자 보자 하니 오만방자하구나!"
파라라라! 타탓…….
백양 대사의 등 뒤로 한 사람이 비조처럼 솟아오르고 있었다. 그는 현백과 약 일 장 거리를 옆에 두고 우뚝 서더니 정광 어린 두 눈을 부라리고 있었다.

"본승은 나한전에 소속되어 있는 범오(凡悟)라 하오이다. 얼마나 대단한 실력을 가지고 있기에 그리도 방자한지 궁금하여 나왔소이다."

"…범오?"
현백은 그 이름을 되뇌었다. 머릿속에서 한 사람의 이름이 떠오르고 있었다. 죽는 순간까지 소림을 생각했던 한 사람, 범평(凡平)의 모습이 말이다.

"미욱한 소승이나 강호의 동도들은 교수벽(巧手壁)이란 과분한 외호를 붙여주었소! 그 이름을 걸고 비무를 신청하오이다! 과연 내 사부님께 그러한 무례를 저지를 만한 실력인지 보겠소이다!"

쩌렁한 울림은 상당히 박력이 있었고, 그의 무공 정도를 이야기하고 있었다. 현백은 잠시 백양을 바라보다 이내 시선을 돌렸다. 분명 이건 이미 약속된 일이었다.

그렇지 않으면 배분이 높은 사람이 이야기를 하는데 뛰쳐나올 리 없었고, 백양이 그냥 있을 리도 없었다. 어차피 이리 된 것, 보여지는 장단에 맞추어주면 그만이었다.

"별호 따윈 없소. 현백이오."

"후우우읍!"

파아앙!

현백의 말이 끝나자 범오는 내력을 한껏 끌어올렸다. 양손을 빠르게 합장한 그는 이내 현백을 향해 소리치며 달려들었다.

"조심하시오! 타앗!"

타타타탓! 파아아앙!

일장과 함께 그의 신형은 빛이 되었고, 현백의 신형도 빛이 되었다. 그렇게 두 사람은 서로 어울려지기 시작했다.

"내 눈이 잘못된 것이 아니라면 현백이 늘었군. 그것도 상당히."

"잘못된 것이 아닙니다, 큰형님. 분명 현백은 늘었습니다."

토현의 말에 양평산은 바로 입을 열었다. 그 말처럼 현백은 정말 늘었다. 지금 움직임은 객잔에서 봤을 때보다 훨씬 빨랐

선택 263

던 것이다.

그런데 눈 주위에 그 특이한 기운이 나타나질 않고 있었다. 양껏 끌어올리지 않고서도 저 교수벽 범오를 상대할 수 있을 만큼 빠르게 성장했던 것이다.

교수벽 범오는 그저 무명소졸이 아니었다. 나한전 내에서도 열 손가락 안에 드는 실력자로서 관음청강수(觀音靑强手)의 고수였던 것이다.

두 치 두께의 단단한 청강석도 긁어버리는 엄청난 무공이 관음청강수였는데 그런 무공을 상대하면서도 같은 수공으로 버티고 있었다.

아니, 사실 그것이 수공인지 아닌지 그것조차 파악되지 않고 있었다. 모두 흘리고 밀거나 피하는 바람에 잘 알 수 없었던 것이다.

그러나 한 가지 확실한 것은 그 보법이 아주 대단하다는 것이었다. 전후좌우 네 군데로 이동하는 그의 보법은 상대로 하여금 미치게 만들고 있었다. 가장 단순하면서도 효과적인 보법이었던 것이다.

"제일 효과적이면서도 가장 기본적인 것이지요. 확실히 요즘 아이들은 기본은 쉽게 잊지 않습니까."

"…그렇지."

모인의 말에 토현은 맞장구를 쳤다. 현백의 보법은 아주 특이한 것이 아니었다. 아마도 전장에서 싸우면서 익힌 듯한데 단순하지만 효과적인 보법이었다. 팔방, 혹은 십육방으로 변화하는 요즘 보법에 비해 정말 보잘것없는 무리(武理)를 가지고 있었다.

그러나 그 보잘것없는 무리가 가장 효과적으로 범오를 무력화시키고 있었던 것이다. 토현은 문득 그들을 보다 그들 너머를 바라보았다. 화산 사람들을 보고 있었던 것이다.

"이해가 안 가는군. 그래도 화산파의 무인이 아닌가? 어째서 저렇게 남 보듯 할 수가 있지?"

"형님도 느끼셨군요."

토현의 말은 지나침이 없었다. 모인 역시 그런 생각을 하고 있었던 것인데, 왜 화산이 저토록 냉정한가에 관한 문제였다.

자신들 개방이라면 이렇게 있지 않았다. 제아무리 소림이라 해도 경우가 틀린 것은 틀린 것이었다. 당장 항의했을 것이다.

그런데 저들은 그렇게 하지 않았다. 그저 담담한 눈으로 현백을 바라보고 있었던 것이다.

"현백의 말이 맞는 것 같습니다. 아무래도 저 백양 대사의 생각이 따로이 있는 것 같군요."

양평산까지 입을 열자 모인은 눈을 가늘게 떴다. 상황이 어찌 되든 그는 현백이 무너지는 것을 보고 싶지 않았다. 잘못된 순간이 되면 그라도 나설 생각이었던 것이다.

칼바람이라는 말이 딱 정답이었다. 손으로 만들어내는 바람이지만 그 바람은 절대 무시할 것이 못 되었다. 여차하면 손이 베어질 정도였으니 말이다.

아직까지 현백은 이 무공의 이름이 무엇인지조차 모르지만 분명한 것은 본능이 말하고 있었다. 절대 맞서서는 안 된다고 말이다.

"본승을 우롱하는 짓은 그만두시오! 하압!"

자꾸만 현백이 피하는 것을 알았는지 범오의 손이 더욱 날카로워졌다. 오른손은 인중을, 왼손은 명치 어림을 노리고 있었는데 현백은 오른쪽으로 한 걸음 크게 내디뎠다. 일단 이 공격을 피하고 보는 것이 옳았으니 말이다.

범오라는 이름을 현백은 들어본 적이 있었다. 범평이 몇 번 이야기해 알고 있었는데 범오와 범평은 같은 스승을 두고 있었다. 그래서 잘 알고 있었던 것이다.

차마 현백은 범평을 생각해 수를 내지 못하고 있었다. 기회야 십여 번 이상 있었지만 손을 쓸 수가 없었던 것이다. 그러나 기어이 범오는 현백을 조이고야 말았다.

"합! 관음천수(觀音千手)!"

스피리리리!

기이한 소리와 함께 현백의 전면에 화려한 수공이 피어올랐다. 어떤 것이 진짜인지 모를 만큼 대단한 공격이었는데,

이미 현백이 움직일 곳을 예상한 것 같았다.

콰악!

자신도 모르게 오른손이 도파를 움켜쥘 정도로 대단한 공격이었다. 하나 이내 차가운 이성이 현백의 머릿속을 지배하기 시작했다. 현백은 한층 내력을 끌어올리며 안력에 집중했다.

쉬이이이잉!

또다시 기의 구름이 빨려 들어가며 현백의 몸에서 강한 기운이 뻗어 오르고 있었다. 현백은 두 눈에 힘을 주며 보이는 환상이 아닌 보이지 않는 진실을 보려 애썼다.

그러자 현백의 눈꼬리에 옅은 기운이 흘러나가며 보이지 않는 것들이 보이고 있었다. 순간적으로 하나하나 환영들이 사라지고 진짜 손만 남았는데 왼손과 오른손 둘 다 머리를 겨냥하고 있었다. 왼손은 목 어림, 오른손은 인중 부근을 말이다.

아니, 두 개의 손이 합장을 하듯 겹쳐지고 있었다. 최종적인 목적지는 현백의 목젖. 상당히 피하기 힘든 부위였다. 좌우를 제외하곤 어디로 움직여도 걸리는 부위인 것이다.

하나 좌우로 움직인다고 해도 그냥 조용히 놔둘 리는 없었다. 손목을 좌우로 틀면 그대로 걸리는 것이다.

최선은 막는 것이었다. 하나 지금 도를 뽑아 올리면 피를 보게 될 게 뻔했으니 그럴 수는 없었다. 현백은 왼손을 목 어림으로 끌어 올리며 소매에 강한 기운을 집중했다.

"어림없는 짓! 차압!"

찌이이잉!

한순간 합장을 한 범오의 손이 현백의 목을 더욱 빠르게 노려왔다. 현백은 더욱더 왼손을 빨리 올리며 소매를 흔들었다. 그러자,

쩌어어엉!

"이, 이건!"

강렬한 소리와 함께 범오는 두 눈을 크게 떴다. 펄럭이는 소매가 갑자기 단단해지더니 쇠를 치는 듯한 느낌이 들었던 것이다.

범오의 손은 현백의 소매를 두 치 정도 뚫고 있었다. 현백의 목과는 겨우 한 치 정도를 남기고 멈춘 것인데, 그때였다. 현백의 소매가 다시금 움직였다.

파라라락! 꽈아악!

"헛!"

마치 살아 있는 듯 현백의 소매가 범오의 손을 휘감아 버린 것이다. 범오는 마치 철망으로 조이는 듯한 충격에 미간을 찌푸렸다. 그때였다.

칭!

현백의 오른손이 움직이고 있었다. 도를 뽑아 드는 듯했으나 다 뽑진 않았다. 일 척 정도 도집에서 뽑아낸 채 나직한 소

리를 내었다.

"더 해보시겠소?"

"……."

할 말이 없었다. 이렇게 양손을 잡힌 상태에서는 무엇도 할 수가 없었다. 양 발을 사용해 이 위기를 벗어날 수야 있지만 이어 뽑힌 현백의 도에 당할 것이 분명했다.

게다가 아직 현백은 도조차 뽑지 않은 상태. 독문무기를 이제야 꺼내는 현백을 이길 자신이 범오는 없었다. 하나 승부보다도 더 궁금한 것이 있었다.

"어째서… 어째서 당신이 진경철포삼(眞境鐵布衫)을 아는 것이오? 이건 틀림없는 본사의 무공이오!"

"무어라!"

지켜보던 백양 대사의 입에서도 경악성이 흘러나왔다. 현백이 비슷한 무공을 할 때 혹시나 했던 것이다.

철포삼과 같은 무공은 상당히 많다. 그냥 내력만으로 옷을 무기로 삼는 것도 많아 함부로 이야기할 수가 없는 것인데 공격을 해본다면 알 수 있었다. 소림의 철포삼은 그 특징이 있었던 것이다.

강(强)이 우선시되는 것이 그 특징이었다. 보통 내력을 주입해 움직이는 유(柔)와는 다른 무리였다. 그것을 진경철포삼이라 부른다. 그러니 당해보면 잘 아는 것이다.

설마하니 소림의 것인지 몰랐던 백양이 놀라는 것도 무리가 아니었다. 문득 현백의 목소리가 그의 귓가에 들려왔다.
"범평을 아시오?"
"평 형… 평 형 말이오?"
 범오의 눈이 커졌다. 아주 오래전에 잊은 이름이었다. 소림을 떠나 어디론가 사라진, 자신과는 둘도 없는 사형제였다. 잊을 수 없는 이름인데도 그는 잊고 있었다.
"평 형이 가르쳐 준 것이오. 어릴 때 자신의 사제와 이렇게 놀곤 했다 하더군."
"펴, 평 형이 충무대에 계셨소이까?"
 스르르.
 상황이 조금 진정되자 현백은 범오의 손을 잡은 옷에서 내력을 풀어내었다. 범오의 두 손은 이미 붉게 달아올라 있었다. 현백의 옷이 그만큼 꽉 잡고 있었던 것이다.
"어릴 때… 장난 삼아 이렇게 놀았었소. 자신의 장포를 빙빙 감아 내 손을 감곤 꼭 그렇게 해보겠다고 했는데……. 하면 지금 평 사형은 어디 있소이까?"
"……."
 현백은 정말 이상한 기분이 들었다. 충무대에 소속된 열 명은 정말 잊혀진 사람들이었다. 아무도 그들을 기억하지 않았던 것이다.
 어떻게 이럴 수가 있는지 도무지 이해가 되질 않았다. 물론 다른 문파 사람들은 아직 만나보지 못했으니 확신할 수는 없지만 다들 비슷할 것이라 현백은 생각했다.

"충무대에서 살아남은 사람은… 나뿐이오."

"아아! 아미타불! 아미타불!"

이미 범오에겐 현백과의 승부는 생각에서 멀어진 것 같았다. 그는 뒤로 비칠비칠 물러서더니 그 자리에서 두 무릎을 꿇고 합장을 했다. 현백은 그 모습을 보다 이번엔 백양을 향해 입을 열었다.

"처음 날 이곳으로 불렀을 때 난 범평 형에 관한 소식을 물어보려 하는 줄 알았소."

"……."

"아무도 기억하지 않는 것이오? 우리 열 명의 충무대원들은 정말 잊혀진 사람들이오? 그들은 틈만 나면 자파의 이야기를 얼마나 많이 했는지 아시오이까?"

현백은 점점 화가 나고 있었다. 중원에 들어올 때 충무대에 갔다 왔다고 해서 누가 인정해 줄 것이라곤 생각하지 않았다. 그러나 이렇게 잊혀질 줄은 정말 상상도 하지 못했다.

"백양 대사, 할 말이 있으면 지금 하시오! 난 점점 더 화가 치밀어 오르고 있소이다! 내가 이성을 잃기 전에 어서 말하시오!"

도파를 잡은 현백의 오른손에 힘이 들어가기 시작했다. 정말 현백은 화가 나고 있었다. 이 빌어먹을 현실을 깨닫는 순간 자신도 모르게 올라오는 노화였던 것이다.

2

 이건 아니었다. 적어도 백양이 원하는 대답은 이런 것이 아니었다. 그는 현백을 이번 사건의 중심에 세워놓고 소림의 짐을 덜고자 했다.
 곧 개최될 영무지회의 일이 목전이다. 그 와중에 이런 일이 하남성에서 벌어져 소림은 당황하고 있었다.
 조금이라도 그 짐을 덜고자 했건만 상황은 악화되고 있었다. 그가 생각한 대로 되지가 않았던 것이다.
 어쩌면 처음부터 부탁했으면 좋으련만 주도권을 잡아야 하겠기에 무리수를 두었다. 그 결과가 오판으로 판명되며 이렇게 구석에 몰린 것이다.
 하나 궁하면 통한다고 했던가? 일은 엉뚱하게 해결될 기미를 보이고 있었다. 바로 화산파에서 터져 나왔던 것이다.
 "놈! 네가 진정 화산의 무인이라면 그 말버릇부터 고쳐라! 어찌 강호의 선배에게 하대를 하는 것이냐!"
 "……."
 현백의 눈이 돌아가고 있었다. 고함을 친 사람은 비표검수 양진으로 양호검사 이격의 오른팔 격인 사람이었다.
 배분으로 따지자면 현백과 비슷한 연배였다. 현백은 그를 향해 신형을 돌렸다. 그가 신형을 돌린 것만으로 양진은 오른손을 검파에 올렸다. 강대한 기운이 찌르듯이 자신을 향했던 것이다.

"화산의 무인이라면? 그럼 날 인정하는 것인가? 내가 화산의 무인이라고?"

"…무어라?"

현백의 말에 양진은 눈을 좁혔다. 그가 보기에 현백은 절대 화산파의 무인이 아니었다. 화산의 무공 하나를 알고 있다고 하지만 다른 문파의 무공 모두를 알고 있었다. 절대로 그는 화산파의 사람이 아니었다.

"화산의 무인이라……. 화산에 도를 쓰는 자가 있었던가? 내공심법 하나 제대로 모르는 자가 화산의 무인이라 할 수 있는가? 스스로 가슴에 손을 얹고 생각해 보시지."

"내 생각도 옳다. 근본도 모르는 놈이 감히 누구라고 화산의 이름을 들먹거리는 것이냐!"

여기저기서 그들의 목소리가 들려왔다. 그러자 현백은 확연하게 알 수 있었다. 갈라진 화산이라 그러더니 이럴 땐 갈라진 것 같지가 않았다.

결국 현백은 혼자였던 것이다. 지금 느끼는 감정에 정말 충실하고 싶지만 그의 눈길이 머무는 곳이 있었다. 그저 한쪽 구석에서 어린 미소를 머금고 있는 칠군향의 얼굴만이 보였던 것이다.

무인들의 무리에 있지 않고 저 멀리 구석에 혼자 서 있었다. 배분으로 보자면 장문인의 마지막 제자인 그는 언제나 저런 대우를 받고 있었던 것이다.

"크음! 후우우우!"

긴 한숨을 쉬며 마음을 진정하고 싶었지만 울컥한 마음은 쉽사리 가라앉지를 않았다. 한데 그런 그의 마음에 불을 지르는 자가 나타났다.

"전쟁터에서 배운 칼질이라고? 그따위 섣부른 짓거리가 얼마나 우스운 것인지 보여주마! 진정한 화산의 검이 무언지 오늘 보여줄까나!"

"……."

우두두둑!

현백의 손이 꽉 쥐어지고 있었다. 비표검수 양진, 그가 앞으로 나서고 있었다. 얼굴 가득 비웃음을 틀어쥐고 말이다.

"이보게, 양진! 그만두게나! 이 무슨 짓인가!"

"장호익 자네야말로 내 하는 일에 이래라저래라 하지 말게나! 분명 나는 반대라 이야기했네!"

십화일섬 장호익은 눈을 부라리며 소리쳤지만 양진은 멈추지 않았다. 어찌 된 일인지 화주청이나 이격 두 사람 모두 말리질 않았는데, 그는 현백을 향해 일 장여의 간격을 두고 섰다.

"그래, 근본도 모른다는 말은 취소해야겠군. 가까이서 보니 기억나는구먼. 틈만 나면 연무장에 와 무공을 배운다 했었지. 그렇게 얻어터지고도 계속 오던 놈. 큭, 그게 세월이 지났다고 변할까?"

"……."

현백의 눈에 힘이 들어가기 시작했다. 딴엔 현백에게 격장지계를 쓴 것이지만 상대를 잘못 골라도 한참 잘못 고른 상황이었다.

"날……."

시이이이이이!

현백의 주위에 강한 기운이 솟구치고 있었다. 순식간에 기의 구름이 만들어지더니 이내 휘돌기 시작했다.

"화나게……."

휘리리리리링!

강렬한 기운은 빠르게 현백의 몸 주위로 들어가고 있었다. 그러다 한순간 현백의 몸으로 빨리듯 흡수되었다.

"하지 마라!"

과아아앙!

현백의 주위로 강렬한 바람이 휘돌기 시작했다. 반경 반 장여의 공기를 휘감아 올라가는 기류와 함께 현백의 두 눈은 완연한 야수의 그것으로 변해 있었다.

"이런! 위험하다!"

모인은 외마디 소리를 질렀다. 현백은 정말 화가 크게 나 있었다. 지금 느껴지는 강대한 힘은 이전에 느꼈던 힘만큼이나 강렬했다. 현백이 정신을 잃을 정도로 강대한 힘을 말이다.

대관절 무슨 생각으로 이런 일을 벌이는지 모르지만 저 양진이란 놈은 정신 나간 놈이었다. 현백과 상대한다면 필패였다. 아니, 한주먹거리도 안 되는 놈인 것이다.

"형님, 지금이라도 당장 말려야 하는 것 아닙니까!"
"기다리거라. 조금 다르다."

양평산은 당장이라도 달려가자고 입을 열었지만 토현은 양평산을 말렸다. 그는 안력을 집중한 채 현백을 바라보고 있었다.

확실히 달랐다. 분명 그때와 같았지만 지금 현백의 몸에 일고 있는 기운은 일정한 방향이 있었다. 통제가 되고 있는 것이다.

"그렇군요. 조금 기다려 볼 필요가 있겠습니다."

양평산은 그제야 고개를 끄덕이며 신형을 뒤로 누여 태사의에 묻었다. 하나 그의 양손은 언제든 출수가 가능하도록 내력이 주입되어 있었다.

"화산의 검? 어디 뽑아보시지!"
"이 건방진 놈!"
채애앵!

양진의 검이 허공에서 뽑히고 있었다. 비표검수라 불릴 정도로 양진은 쾌검의 일인자였다. 그러나 그의 검이 뽑혀 가슴 쪽으로 오기도 전에 이미 그 검은 제구실을 하지 못했다.

쩌어어엉!

"……!"

검이 반 토막이 나 있었다. 어느 틈에 그보다도 더 빨리 현백의 도가 휘둘러진 것인데, 순간 양진은 눈을 들어 현백을 바라보았다. 그런데 현백이 없었다.

본능적으로 한 걸음 뒤로 물러서며 좌우, 위를 훑었지만 어디에도 현백의 신형은 볼 수가 없었다. 그때였다.

"헉!"

갑자기 현백의 얼굴이 코앞에 와 있었다. 검을 쳐내자마자 신형을 숙인 채 그의 앞으로 온 것인데, 쾌검을 익힌 양진의 안력도 눈치 채지 못할 정도로 빠른 신형이었던 것이다.

문득 그의 머리 위로 무언가가 다가오는 것이 느껴지고 있었다. 그건 쫙 펴진 현백의 왼손이었고, 그대로 양진의 머리를 공 잡듯 잡아버렸다.

콰아아악!

"크아악!"

절로 비명이 나올 정도로 강대한 힘이었다. 힘도 힘이지만 머리에 대는 순간 강렬한 내력이 백회를 통해 들어오고 있었다. 입도 뻥끗하지 못할 정도로 대단한 내력이었다.

선택 277

"이게 그 화산의 검인가? 이따위 것이?"

"컥!"

현백은 웃었다. 그러나 그것은 사람의 웃음이 아니었다. 지옥에서 올라온 사자의 웃음이었다. 울부짖는 야수의 살소였던 것이다.

"이놈! 당장 사형을 놓지 못할까!"

"건방진 놈!"

파파파팡!

양진이 당하는 것을 보자마자 화산의 무인 십여 명이 앞으로 달려나왔다. 현백은 양진의 신형을 살짝 옆으로 치우며 날아오는 무인들을 노려보았다.

그다지 대단한 무위는 없었다. 현백은 양진을 천장으로 던진 채 기다렸다. 충분히 그들이 다가올 수 있도록 말이다.

그리고 그들의 신형이 현백의 반 장 안으로 들어온 순간 지켜보는 모든 사람의 눈을 의심하게 하는 일이 일어났다.

스스스슷!

"……."

"어떻게 이런 일이?"

현백이 열 명이 되었다. 순차적인 환영도 아니고 완벽한 환영이었다. 그리고 타격 역시 한순간에 이루어졌다.

쩌저저저정!

"크아악!"

"우욱!"

십여 명의 무인이 모두 뒤로 튕겨져 나가고 있었다. 현백은 그 자리에서 왼손을 들어올렸다. 그리곤 떨어져 내리는 양진의 멱살을 움켜쥐었다.

"큭!"

공중에 대롱대롱 매달린 양진의 모습은 정말 꼴불건이었다. 현백이 그를 향해 눈을 부라리며 막 소리치려는 순간이었다.

"되었다, 현백아. 그만 하자."

"……"

칠군향이었다. 사부가 다가와 현백에게 이야기하고 있었던 것이다. 현백은 이를 악물었다.

"그만 하자꾸나. 이러지 않아도 우린 잘살아왔잖니."

'사부님은 화도 나지 않으십니까!'

현백의 마음속에서 절규가 터지고 있었다. 차마 소리를 내진 못해도 가슴속에선 외치고 있었던 것이다.

"난 그저 네가 온 것만으로도 행복하다."

'그건 저도 마찬가지입니다.'

툭.

야수와 같던 현백의 눈에서 맑은 액체가 흘러내리고 있었다. 그와 함께 현백의 몸에 서린 기운이 서서히 옅어지기 시작했다.

"너와 난 언제나 함께란다. 그동안 떨어져 있었지만 난 늘네 생각뿐이었단다."

'저도 그렇다고 몇 번을 말했습니까, 사부님.'

어느새 현백의 몸에선 내력이 모두 사라지고 없었다. 현백은 왼손의 힘이 빠지는 것을 느꼈다.

쿠웅!

"우욱! 사, 사공… 아니, 마공이다!"

자유롭게 되자마자 양진은 뒤로 물러서며 소리쳤다. 독기 서린 그의 눈은 마치 이때를 기다렸다는 듯 소리치고 있었다.

"너도 그만두거라."

칠군향이 양진을 향해서 나직이 말했다. 하나 양진이 칠군향을 무서워할 리 없었다. 무공을 모르는 사람을 공경할 정도로 양진은 올바른 인간이 아니었다.

아니, 그보다 지금 어떻게 하든 현백을 몰아야 했다. 그래야 앞으로 자신의 길이 나아질 터이다. 지금과 같은 현백이 화산에 오면 그 위치를 짐작하지 못하니 말이다.

"틀림없는 마공입니다! 틀림……!"

"그만 하라 하지 않더냐!"

쩌르르르릉!

"우억!"

"악!"

놀라운 일이 일어나고 있었다. 칠군향의 전신에서 엄청난 기운이 일어난 것이다. 무공을 전혀 할 줄 모르는 칠군향이 아니었다. 일갈로 모두의 신형을 휘청이게 만들었던 것이다.

아니, 무공이 아니라 다른 것이었다. 무공이었다면 개방삼장로까지 휘청이진 않았을 터이다. 금빛 서기가 칠군향을 감싸는 가운데 칠군향의 모습은 선계의 사람 같아 보였다. 화주청은 황급히 입을 열었다.

"칠 사제, 어서 법력을 거두게! 자꾸 그러면 자네의 생명이 단축되네!"

"…사부님!"

현백은 칠군향의 어깨를 잡았다. 그러자 칠군향의 몸에서 서서히 빛이 줄어들고 있었는데, 칠군향은 진짜 법술사였다. 화산에서 제대로 된 진짜 도인이었던 것이다.

칠군향은 어깨에 올려진 현백의 손을 잡았다. 언제나 자애로웠던 칠군향의 따뜻한 온기가 그대로 현백에게 전해지고 있었다.

"허허허, 언젠가 내가 말했던 순간이 온 것 같구나. 현백아, 이제 선택의 순간인 것 같다. 어느 쪽을 선택할 것이냐?"

"……."

칠군향은 다른 소리를 하고 있었다. 현백은 그것이 무슨 말인지 모르는 척하고 싶었지만 마음속으로는 알고 있었다. 화산을 떠날 것인지 아닌지를 선택해야 하는 것이다. 물론 이미 그의 마음은 기운 상태였다.

한데 그런 현백의 마음을 칠군향이 읽은 것 같았다. 그는 조용히 미소 지으며 입을 열었다.
"그래, 선택했구나. 그럼 그대로 따라야지."
"사부님… 제자는……."
 현백의 아랫입술이 꽉 깨물렸다. 물론 지금 현백이 하려는 말을 이미 칠군향은 알고 있겠지만 그래도 자신의 입으로 이야기해야 했다. 그것이 키워준 사부에 대한 일말의 도리였다.
"현(玄)을 택하겠… 습니다."
 현백은 힘없이 입을 열었다. 하얀 백의 길이 아닌 흑의 길. 적어도 현백의 생각은 그러했다.
"헛헛, 녀석, 누가 네게 그 길이 현의 길이라 하더냐? 선택을 하는 것이지 그 선택이 어떤 것이라는 것은 천신도 모르신다."
"……."
 현백은 그저 말없이 돌아설 뿐이었다. 만나면 할 말도 많이 준비했지만 역시 그는 아무런 말도 할 수 없었다. 또다시 등을 보이며 떠나는 수밖에 말이다.
 한데 그런 그의 발걸음을 잡는 소리가 들려왔다. 바로 양호검사 이격의 목소리였다.
"현백, 지금 떠나면 자네의 소매엔 영원히 매화가 그려지지 못한다. 조금 더 신중하게 생각하는 것이 어떨까?"
"……."
 현백은 그 자리에 멈추어 섰다. 이제껏 그냥 두고 보던 사람이 왜 이런 말을 하는지 모르겠지만 그의 귓가에 이격의 목소리는 계속 들려왔다.

"힘이 있다면 그 힘을 어디에 써야 하는 것도 중요한 것. 자네의 힘은 이미 한 사람의 영달을 위해 쓸 힘이 아니다. 그건 모든 사람을 위해 써야 하지. 본 파는 그렇게 할 수 있다. 어떤가?"

"사제, 진심으로 하는 말인가?"

말을 한 사람은 예호검 화주청이었다. 겉으로는 받아들여야 한다면서 지금 양진을 내보내 현백을 격동케 한 사람이 바로 이격이었다. 그런데 전혀 다른 소리를 하고 있는 것이다.

"사형, 날 뭘로 보는 겁니까? 화산은 힘이 필요합니다. 어떤가, 현백. 자네의 결정에 달려 있네."

"……."

현백은 아무런 말이 없었다. 뒤돌아서지도 않은 채 그냥 있었는데 뒤돌아서면 칠군향의 얼굴이 보일 것이다. 그럼 그는 말하지 못한다. 화산을 떠나겠다고 말이다.

방법은 한 가지, 행동으로 보이는 것뿐이었다. 현백은 오른손을 움직여 왼팔 소매를 그대로 꽉 잡아챘다.

쫘아아악!

현백의 왼팔 장삼이 어깨 부근에서부터 확 뜯겨져 나갔다. 현백은 이어 오른손을 위로 휙 들어올렸다.

펄럭.

소매가 허공으로 날리고 있었고, 현백은 다시 걷기 시작했다. 그가 기거하고 있는 방으로 향한 것이다.

"……."

의중은 확실했다. 소매를 뜯어버린 것은 화산과의 인연을 끊는다는 것이다. 이격은 양쪽 볼에 골이 패이도록 어금니를 꽉 깨물었다. 그의 눈은 양진에게 향해 있었다.

"사, 사부님, 현백이 스스로 그만둔다고 이야기했습니다. 그럼 그의 무공을 폐해야 합니다! 문규대로 그렇게 해야지만……."

"듣자 듣자 하니까 완전히 사람 돌게 만드네. 야, 이 개자식아! 네 입으로 화산 사람 아니라며!"

사람들의 귓가에 걸걸한 음성이 쩌렁하게 울렸다. 내력이 아니라 육성만으로 울리는 것으로 정말 큰 소리였다.

"세상에 너 같은 미친놈은 정말 처음 봤다! 너 필요할 때만 문규냐? 그리고 뭐, 무공을 폐해? 네 실력으로? 눈은 장식으로 달고 다니냐?"

"이놈이! 네놈은 누군데 화산을 업신여기느냐!"

양진은 일어서서 악을 썼다. 오늘 정말 추태란 추태는 다 보이고 있었는데 더는 못 보겠는지 화주청이 입을 열었다.

"그 입 다물라!"

"……!"

이번엔 내력이 서린 음성이었다. 화주청의 몸에선 지금 불길이 일고 있었다. 자하신공이 끌어올려진 것인데 아무리 그가 이격의 사람이라도 도가 넘었고, 화주청은 확실한 장문인이었다. 듣지 않았다간 어찌 될지 몰랐던 것이다.

화주청은 그렇게 일갈만 할 뿐 더 이상 아무런 말을 하지 않았다. 그저 몸을 돌려 대청을 나갈 뿐이었다.

그를 선두로 화산의 사람들이 한꺼번에 빠져나가고 있었다. 엉거주춤하던 양진도 떠나자 화산의 사람들은 아무도 남지 않았다. 칠군향을 빼곤 말이다.

칠군향은 조용히 옆에 와 있는 지충표를 바라보고 있었다. 지충표의 귓가에 칠군향의 나직한 목소리가 들려왔다.

"백아를 부탁하네."

"예, 어르신."

그 말뿐이었다. 칠군향 역시 몸을 돌려 대청을 빠져나가고 있었다. 어느새 그의 모습도 대청 안에서 보이지 않게 되자 지충표도 신형을 돌렸다. 현백에게 가려는 것이다.

"같이 가요, 아저씨."

"쯧, 눈치 보고 대강 따라와라 좀."

"그래서 가잖아요."

지충표와 이도, 오유는 한 덩어리가 되어 대청을 빠져나가고 있었다. 그들이 가는 곳은 당연히 현백이 있는 곳이었다.

남은 이들은 개방과 소림의 사람들뿐이었다. 모인은 자리

선택 285

에서 일어섰다. 그리곤 백양 대사를 향해 입을 열었다.
"아무래도 오늘은 이만 끝을 내야 할 것 같습니다. 대사께서도 그렇게 생각하시는지요?"
"…그게 좋을 것 같습니다. 아미타불."
백양 대사는 자리에서 일어섰다. 그리곤 제자들을 이끌고 대청을 빠져나가려다 신형을 멈추었다. 그리곤 돌아서서 입을 열었다.
"하나 물어도 되겠습니까?"
"무엇인지요?"
왠지 모인은 그리 달갑지 않은 표정이었는데 오늘 현백을 화나게 한 이 자리를 만든 장본인이었다. 그러니 말이 좋게 나갈 리가 없었다. 말끝에 한기가 돌았던 것이다.
"개방에서도… 잊고 있었소이까?"
"……!"
예상과는 전혀 다른 내용이었다. 그러고 보니 아까부터 생각에 잠긴 것이 그 생각을 한 모양이다. 모인은 말투를 바꾸어 대답했다.
"부끄럽지만 그렇소이다. 우리 개방도 까맣게 잊고 있었소."
"그러셨군요. 아미타불……."
고개를 끄덕이며 그는 신형을 돌렸다. 그리곤 대청을 나서는 그의 등 뒤로 나직한 백양의 목소리가 바람결에 흘러왔다.

"아미타불……. 세존이시여, 이 미욱한 제자를 용서하소서."

그는 그렇게 사라지고 있었다. 들려오는 그의 목소리는 상당한 회한이 담겨 있었다. 정말 악한 사람은 아니었던 것이다.

"이거 이상한 회합이 되어버렸군요. 저희도 자구책을 마련해야 할 것 같습니다."

"그래, 그러자꾸나."

양평산의 제안에 토현은 고개를 끄덕이며 동의를 표했고, 그 길로 대청을 벗어나고 있었다. 그렇게 개방의 사람들까지 후원을 나서고 있었다. 모인만이 현백의 처소 쪽을 바라보다 이내 한숨을 쉬곤 돌아설 뿐이었다.

달칵.

현백은 문을 걸어 잠갔다. 살면서 한 번도 문을 잠가본 적은 없었다. 그런데 오늘 처음 잠가보았다.

천천히 작은 방에 놓인 탁자로 간 그는 의자에 앉았다. 빛이 새어 들어오는 창가를 보는 것이 아니었다. 흙으로 된 토벽을 보고 앉아 있었다.

화산파의 무인? 이젠 그런 것 따윈 필요없었다. 아니, 애당초 중원에 들어올 때 그런 생각은 하지도 않았다. 그저 사부님을 모시고 조용히 살고만 싶었다.

그런데 이젠 틀어져 버렸다. 스스로 선택을 했고, 그 선택에 의해 화산을 떠났다. 화산에 속해 있는 사부와는 이제 보기 힘들 터이다.

어릴 땐 아버지였고 어머니였다. 때로는 형 같았고 때로는 누나 같았던 사람이 바로 사부였다. 그리고 그 사부를 지금 떠나보내었다.

투툭, 툭!

무릎 위에 올려진 그의 양손, 꽉 쥐어진 그의 손등 위로 투명한 액체가 떨어져 내리고 있었다. 창가에 드리워진 하얀 빛줄기 너머 어두운 벽 쪽에서 현백은 한참 동안이나 어깨를 떨고 있었다.

第八章

양명당

1

두두두두!

네 필의 말이 관도를 질주하고 있었다. 현백과 지충표, 그리고 이도와 오유였는데 선두에 선 사람은 현백이었다. 현백은 마상에서 슬쩍 하늘을 보더니 이내 손을 들어올리며 소리쳤다.

"관도 오른편으로! 오늘은 여기서 쉰다!"

"히유! 알았다구!"

지충표는 말과 함께 고삐를 오른쪽으로 틀었다. 그러자 말은 부드러운 곡선을 그리며 관도 한편으로 움직여 속력이 서서히 줄었다.

확실히 지충표의 말이나 마차를 모는 실력은 탁월했다. 무공이야 강호의 일류고수 수준이 안 되지만 이런 일은 최상급의 실력을 가지고 있었던 것이다.

아니, 그것 외에 또 한 가지 있다면 준비성이 좋았다. 워낙 외지 생활을 오래 해서 그렇다지만 정말 필요한 것들을 잊지 않고 잘 가지고 다녔다. 그다지 짐도 많지 않은데 말이다.

터턱!

"아이고, 허리야! 이야, 삭신이 다 쑤시는구나! 정말 오랜만에 내리 달렸네!"

"잘만 달리더구먼 뭘 그래요? 우리야말로 쫓아오느라 죽는 줄 알았어요."

이도는 입을 삐죽 내밀고 불만 어린 목소리를 내었는데, 만일 현백이 아니라 지충표가 선두에 섰다면 따라갈 수도 없었을 터이다. 그만큼 지충표의 말 모는 실력은 탁월했다.

"쯧, 헉헉거리며 잘만 오더만, 뭘? 쓸데없는 소리 말고 자리나 펴자. 곧 어두워지겠어."

말을 하면서도 지충표의 손은 상당히 빨랐다. 어느새 말 위에서 자리를 꺼내더니 쫙 펴곤 그 위에 앉고 있었다. 아직 저녁까지는 시간이 있으니 좀 쉬려는 것처럼 보였다.

"진짜 빠르네. 웃차!"

이도와 오유는 덩치답지 않은 빠른 동작에 감탄하며 자리를 펴고 앉았다. 현백도 어느새 자리를 펴고 앉아 있었는데 이도와 오유는 계속 현백을 살피고 있었다. 아니, 정확히 말하면 현백의 옷이었다.

현백은 이제 도복을 입고 있지 않았다. 헐렁한 장삼 하나를 걸치고 있었는데 문제는 그 장삼 안에 입고 있는 옷이었다. 완전한 전투 경장이었던 것이다.

짐승의 가죽을 잘 무두질해서 만든 옷인데 몸에 딱 달라붙는 것이었다. 얇은 옷 하나 입고 그 위에 입는 것인데 발목과 팔목엔 같은 종류의 아대를 하고 있었다.

특이한 것은 등허리 부근인데 그곳엔 비도가 좌우로 세 개씩 여섯 개가 꽂혀 있었다. 현백이 운남에서 입고 있었던 옷이라 했는데 정말 보기만 해도 싸늘한 분위기가 절로 나는 그런 옷이었다.

"쯧, 그렇다고 너희들도 비도를 차고 다니냐? 던질 줄이나 알아?"

"이 아저씨가 벌써부터 시비네? 이거 왜 이래요. 이래 봬도 기본적으로 다 교육받는다구요."

오유는 무슨 소리를 하냐며 입을 열었지만 지충표는 씨익 웃을 뿐이었다. 자꾸만 현백을 바라보는 그들의 얼굴에서 이미 그 생각을 읽었던 것이다.

현백의 옷은 경장 갑주나 마찬가지였다. 짐승의 가죽으로 만든 옷이 시꺼멓게 변한 것은 피가 함뿍 먹어서였다. 원래 색깔이 그런 것이 아니었다.

양명당

그만큼 많은 전투를 치르며 구비한 병기가 도 한 자루에 비도 여섯 개뿐이라는 것은 더 이상 필요없었다는 이야기였다. 지금 이도나 오유가 가지고 있는 스무 개씩의 비도는 전혀 쓸데가 없는 것이다.

　현백의 옷을 보고 자극받아 만들어 찬 것이 지금 이도와 오유가 마치 어깨띠처럼 두르고 있던 것이다. 보기엔 좋아 보일지 몰라도 움직일 땐 오히려 불편했다.

　"뭐, 그거야 니들 마음이니 내가 참견할 일은 아니고, 지금쯤 서신이 도착했을까?"

　"저희가 온 지 오 일쯤 되니 아마 도착했을 겁니다. 경신법으로 한가락 하는 녀석들이 내리 달렸으니 오늘 도착하지 않았으면 늦어도 내일은 도착하겠지요."

　이도는 머릿속으로 계산을 해본 후 그렇게 결론지었고, 지충표는 고개를 끄덕였다. 그리곤 이번엔 현백을 향해 입을 열었다.

　"그런데 지금 우리가 잘하는 걸까? 그냥 가서 기습을 하는 것이 효과적이라 생각지 않아? 쓸데없이 경고장 같은 것을 보내면 너무 준비할 시간을 주잖아?"

　경고장이란 다름 아닌 현백이 쓴 한 통의 서신이었다. 수신은 창룡으로 되어 있었고, 일행은 지금 중경의 양명당 본진을 향해 가는 중이었다.

　"어차피 우리 넷으로 기습은 효과가 없다. 차라리 내부에서 한 명의 조력자라도 더 얻는 것이 나아. 창룡 주비라면 믿을 만하다."

뭐가 믿을 만하다는 것인지 모르겠지만 지충표는 한쪽 입술을 끌어 올리며 고개를 갸웃거렸다. 그는 잠시 지난 기억을 더듬기 시작했다.

"양명당이 개입되어 있는 것 같다구요?"
"그래, 아무래도 그런 인상이 짙게 깔리는구나. 지울 수가 없어."

모인은 심각한 표정을 짓고 있었다. 현백의 방에 모인 이들 모두가 얼굴빛이 좋지 않았는데, 그건 일이 터진 것을 알면서도 처리하기가 쉽지 않다는 것이었다.

현백의 방엔 꽤 많은 사람들이 모여 있었다. 개방삼장로를 비롯해 현백과 지충표, 이도와 오유에 호지신개 명사찬까지.

현백이 화산파의 사람들과 충돌한 지 이틀째 되는 날이었다. 어느 정도 현백이 진정되길 기다렸다가 다들 들이닥친 것인데 그간의 모든 일들을 이야기하고 있었다.

"그때 현백에게 비화포란 것을 쓴 녀석들, 그들의 수장인 듯한 녀석을 나와 양 제가 쫓았었다. 무공은 그리 대단치 않았지만 신법과 은둔술만큼은 정말 대단한 자였다. 그자는 중경 전체를 돌아다니며 우리의 이목을 피하려 했다."

"두 분이 가셨는데도 잡지 못했다면 정말 대단하네요. 대관절 정체가 뭔지 궁금해지는군요."

"그건 우리도 마찬가지다. 그래서 치명상을 입히지 않기 위해 조심했지. 그래서 결국 놓치게 되었지만……."

양평산은 씁쓸한 표정을 지으며 입을 열었다. 그 말처럼 사로잡기 위해 노력했기에 놓친 것이었다. 만일 그렇지 않았다면 당장에 그는 고혼이 되었을 터다.

"그런데 그자의 움직임이 이상했다. 중경 시내를 돌기는 했지만 정작 중경으로 들어가진 않았지. 본거지를 들키지 않으려 한 것이 틀림없었는데 중경엔 무가들이 그리 많지 않다. 그리고 창룡이란 자와 같이 생각하면 답은 나오지. 양명당이 그 중심이라는 것을 말이다."

토현의 말이 끝나자 사람들은 각자 자신들의 생각에 빠지기 시작했다. 대부분의 생각들이 왜 그들이 현백을 죽이려 했느냐 하는 것인데, 그거야 현백이 그들의 수하들을 죽였으니 충분히 생각할 수가 있었다. 그런데 문제는 어째서 개방까지 끌어들일 줄 알면서 그랬느냐는 것이었다.

"어쨌든 나와 양 제는 양명당 부근에서 이목을 집중했고, 결국 그가 양명당으로 들어가는 것을 확인했다. 이번 영무지회가 끝나면 정식으로 가보려 했는데 아무래도 빨리 움직여야 할 것 같구나."

"그럼 그들이 현백을 기습한 것은 알겠는데 이 일과 무슨 관련이 있지요? 장로님 말씀대로라면 이 일과는 관련이 없지 않나요?"

오유의 말대로였다. 지금까지 토현이 말한 것은 모두 다른 일인 듯싶었다. 이 하남성에서 일어난 살육과는 전혀 다른 이 야기였던 것이다.

"물론 그 자체로는 관련이 없다. 그러나 그 집을 감시하면서 본 것이 있단다. 흑의 무복에 기형 병기를 가진 사람들이었다. 자칫하면 모를 정도로 기민하게 움직이고 있더구나."

"흑의 무복이요?"

이도의 눈이 좁아졌다. 흑의 무복에 기형 병기라면 얼마 전 초 낭자를 구할 때 봤던 놈들을 기억하게 만드는 단어였다. 토현은 고개를 끄덕이며 말을 이었다.

"모인으로부터 이야기를 듣자 왠지 동일 인물 같은 느낌이 들었다. 그래서 지금 이야기를 하는 것이지."

그제야 사람들은 왜 토현이 이런 이야기를 하는지 알 것 같았다. 그럼 이젠 갈 길은 하나였다. 그들에 대한 조사를 서둘러야 하는 것이다.

"생각 같아선 내가 직접 가고 싶지만 방주로부터 연락이 왔단다. 나와 모 제, 양 제는 그만 소림으로 들어가야 한다. 그래서 향후 대책을 논하기 위해······."

"논할 것도 없습니다. 제가 가겠습니다."

"……."

현백의 목소리였다. 지금껏 조용히 듣고만 있던 그는 바로 결정을 내린 것 같았다. 현백은 일어나 자신의 봇짐을 풀기 시작했다. 그리곤 무언가를 꺼내 주섬주섬 입기 시작했다.

"그게 뭐예요?"

독특한 옷인데 마치 경장 갑주처럼 보였다. 시꺼먼 색깔에 몸에 착 달라붙는 옷이었는데 등 뒤 허리춤에 양쪽으로 세 개씩 여섯 개의 단도가 눈에 들어오고 있었다.

지익.

허리끈을 힘껏 조이며 현백은 이번엔 토시를 차기 시작했다. 역시 검은색이었고, 다리에 각반까지 차며 입을 열었다.

"운남에 있을 때 입고 있던 옷이다. 더 이상 도복을 입을 수는 없으니……."

화산과 결별한 것을 두고 말하는 것 같았는데 그 상태에서 엉덩이춤에 기형도까지 차게 되자 살기가 절로 우러나고 있었다. 모인은 인상을 쓰며 뭔가를 현백에게 집어 던졌다.

"그러고 가다간 필시 시비가 붙겠구나. 이거라도 걸치고 가라."

턱.

현백이 받아 든 것은 장포였다. 모인의 말처럼 현백의 몸에선 자연스럽게 피 냄새가 났는데 진짜 가기 전 협사라도 만나면 한판 붙을 것 같은 분위기였다.

현백은 아무 말 없이 모인이 던진 옷을 걸쳐 입었다. 약간 헐렁한 것이 활동하기 편했는데 옷감을 보아하니 새로 구입한 것이었다. 아마도 이 일이 아니더라도 주려고 가져온 것 같았다.

새삼 모인의 마음이 느껴지고 있었다. 정확한 이유는 몰라도 모인은 현백에게 정말 잘 대해주고 있었다. 사람 귀찮게 물어보는 것만 아니면 아주 좋은 사람이었던 것이다.

"큼, 그럼 나도 준비해야겠군. 어디 보자. 뭘 우선 가져가야 하나."

"나도 갑니다."

"저도요."

지충표의 목소리에 이도와 오유는 냉큼 답하고 있었다. 지충표는 한쪽 눈썹을 살짝 올리며 두 사람의 표정을 바라보았다. 두 사람의 얼굴은 그야말로 비장미가 따로 없었다. 흡사 죽으러 가는 사람처럼 말이다.

"야, 니들, 가서 꼭 죽으라는 이야기가 아니다. 그런 얼굴 하지 말고 긴장 좀 풀어."

"죽으러 가는 사람도 있나요? 사기를 높이는 거지요."

갖다 붙이긴 정말 잘하는 오유였다. 문득 그의 귓가에 새로운 목소리가 들려왔다.

"웬만하면 나도 가고 싶지만 이번 대회에 대표로 출전하기에 그렇게 하기 힘들 것 같다. 현백, 내가 도와줄 일이 있나?"

명사찬이었다. 얼굴을 보니 정말 같이 가고 싶어하는 것 같았는데 그가 이번 영무지회의 개방 대표가 된 것은 이미 예견한 일이니 놀라울 것이 없었다. 현백은 고개를 좌우로 저었다.

그러다 문득 생각이 난 듯 현백은 명사찬을 바라보며 말했다.

"개방의 소식 전달이 상당히 빠르다고 들었다. 혹 우리가 말을 타고 달리는 것보다 더 빨리 양명당에 전달할 수 있을까?"

"그거야 물론이지. 빠른 놈들이 신법으로 연계해서 달리니 충분히 먼저 도착할 수 있다. 한데 뭘 전달하려고 그러나?"

개방의 소식을 전달하는 것은 이미 강호에 정평이 나 있는 것이었다. 분명 현백이 말로 달리는 것보다 빨리 중경에 도착할 자신이 있었다.

현백은 탁자로 가 위에 놓인 붓을 집어 들었다. 그리곤 탁자 위에 씌운 천에 바로 글씨를 써 내려가기 시작했다.

"무슨 글을……?"

명사찬은 글 내용을 옆에서 보다 눈을 둥그렇게 떴다. 그건 비무첩이었다. 창룡에게 보내는 비무첩이었던 것이다.

"아니, 이런 글을 왜 보내는 거야? 이러면 단단히 준비할 텐데?"

"그 편이 더 나아. 어쭙잖은 기습은 오히려 당할 뿐이야."
쫘아악!
탁자 위에 올려진 천을 찢으며 현백이 말했다. 그리고 그것을 명사찬에게 건넨 후 바로 움직이고 있었다.

"무슨 생각을 그리 골똘하게 해요? 불 피우자는 말 안 들려요?"
"응? 아, 그래."
지충표는 재빨리 상념을 접고 주머니를 뒤적였다. 잠시 기억을 떠올리는 사이 이미 사위는 어두워져 있었다. 어느새 자신의 앞엔 마른 나무들이 수북이 쌓여 있었던 것이다.
"자, 어디 보자."
타탁! 화륵!
슬쩍 더미를 한 번 본 후 지충표는 부싯돌을 켰고, 불은 단번에 붙어 올랐다. 그러자 오유가 쪼르르 달려와 큰 나무를 몇 개 세우더니 그 위에 솥을 걸었다.
"호오! 이젠 좀 아는데?"
"한두 번이면 모를까 날마다 하는 일을 왜 몰라요? 모르는 게 바보지."
능숙하게 저녁밥을 준비하는 그녀를 보며 지충표는 엄지손가락을 들어올렸다. 모처럼 말싸움 대신 보이는 훈훈한 분위기였다.

"……."

현백은 그 모든 것을 그냥 지켜볼 뿐이었다. 왠지 그는 지난 기억을 되살릴 수가 있었다. 충무대의 사람들. 그들의 모습을 다시 기억하고 있었던 것이다.

마치 이들과도 같았다. 그들 역시 하나로 뭉쳐 무언가를 해내려 했고, 언제나 즐거운 분위기였다. 이곳 중원에서 보는 사람들과는 천지 차이로 달랐던 것이다.

또다시 시작된 과거의 기억. 그건 분명히 현재의 일이었다. 이제 아픈 기억은 더 이상 가질 수 없었다. 이들을 지키며 새로운 길로 나가면 되는 것이다.

쫘아악!

현백은 오른 주먹에 힘을 주어본다. 무엇이든 가를 수 있을 만큼 강한 힘이 주어지자 그런 자신의 생각을 다시금 되새기기 시작했다. 앞으로 남은 그의 인생이 얼마나 될지 모르지만 최소한 해야 할 일 한 가지는 생긴 셈이었다. 이들과 함께 강호를 움직이는 것을 말이다.

* * *

"흠, 그년이 하남성을 뒤집어놨다고? 그래 놓고 지금 후원에 기어들어 가 있다는 것이냐?"

"그렇습니다, 당주님."

제룡은 조용히 허리를 숙였다. 그러자 고도간은 그 비대한 볼살을 투실거리며 입을 열었다.

"크크큭, 마음에 드는 년이구나. 하는 짓거리도 그렇고 배포도 그래. 확실히 데리고 있을 만한 년이야. 안 그러냐, 제룡?"

"……."

고도간의 말에 제룡은 아무런 말도 하지 못했다. 상황은 고도간이 생각하는 것처럼 그리 좋지 않았음에도 불구하고 고도간은 너무나 태평한 얼굴이었다. 지금이라도 준비를 해야 하는 것이다.

"하나 그 일 때문에 본 당이 위험해질 수도 있습니다, 당주님. 아무래도 준비를 해야 할 듯싶습니다."

"준비? 무슨 준비? 손에 검이라도 들고 기다릴까? 염려할 것 없다, 제룡."

"예?"

제룡은 이해할 수 없다는 듯 입을 열었다. 도대체 무슨 배짱으로 이러는 것인지 알 수 없었는데 가끔 고도간은 미친 것이 아닌가 하는 생각이 들게 할 때가 있었다.

답답한 마음에 제룡은 암룡의 일을 말하고 싶었지만 그럴 수는 없었다. 암룡과 자신은 어디까지나 다른 곳의 지시를 받는 사람. 그 꼬리가 잡힐 일은 할 수가 없었던 것이다.

"저놈들은 지금 대회 준비로 정신이 없다. 하남성의 일도 그 때문에 유야무야되었다지? 코앞의 이익을 위해선 다 그렇게 하는 거다. 신경 쓸 것 없어."

"……."

똑똑한 것인지 아니면 멍청한 것인지 도무지 이해가 가지 않았다. 제룡은 고개를 숙이며 다음에 할 말을 생각하기 시작했다. 아무래도 상황을 조금 이해시킬 필요가 있을 것 같았다.

"제룡 형님은 너무 조심스러워서 탈이오. 오라 그러쇼. 빌어먹을 놈들. 하나도 두렵지 않소."

문득 옆에서 들린 소리에 제룡은 고개를 들었다. 그곳엔 커다란 덩치를 지닌 사내가 한 명 있었는데 바로 패룡이었다. 낭아곤을 든 채 불끈한 근육을 울렁이며 이야기하고 있었다.

"적어도 우리 집에 온 놈들 가만둘 정도로 마음이 넓은 놈이 아니오이다. 오면 오는 대로 다 작살을 낼 터이니 형님은 걱정하지 마쇼."

"지금 뭘 알고나 말하는 소리냐?"

제룡은 답답한 마음에 패룡을 탓했다. 그렇게 힘으로 막을 수 있는 상황이 아니었다. 정말 마음먹고 구파일방 중 하나라도 양명당을 지목하는 날이면 양명당의 멸망은 시간문제인 것이다.

"제룡, 가끔 넌 너무 우리를 무시하는 경향이 있다. 네가 보기엔 패룡이나 소룡, 그리고 내가 무용지물 같으냐?"

"어찌 그 같은 생각을……. 절대 그렇지 않습니다."

제룡은 실태를 깨닫고는 바로 고개를 조아렸다. 그러나 마음 한구석에선 다시 이야기해야 한다는 생각이 고개를 들고 있었는데, 그때였다. 귓가에 고도간의 음성이 다시 들려왔다.

"패룡, 한번 이야기해 봐라. 이곳으로 지금 누가 오고 있나?"

"그 현백이란 놈과 같이 다니는 지충표, 그리고 개방의 떨거지 둘로 알고 있습니다."

"……"

제룡은 고개를 번쩍 들며 눈을 크게 떴다. 이 양명당의 모든 정보를 쥐고 있는 것은 자신이었다. 그런데 자신도 모르는 정보를 이 사람들이 모두 알고 있는 것이다.

"제룡, 우리 양명당이 그냥 이루어진 단체인 줄 아나? 모든 것을 네가 다 알고 있을 것이란 생각은 말아라."

"다, 당주님!"

"호오! 호랑이도 제 말 하면 온다더니… 어서 오시오, 미호공주. 아주 시끄러운 일을 하셨더군."

"호호호! 당주님께선 역시 도량이 넓으십니다. 저희가 이곳에서 쉴 수 있는 것은 천복이로군요."

갑자기 대청에 나타난 것은 미호공주였다. 언제 봐도 남자

깨나 홀릴 법한 미소를 지으며 나타난 그녀는 나긋한 걸음걸이로 고도간에게 다가가고 있었다.

"그놈들이 온다는 데도 당주님께선 그리 큰 걱정을 안 하시는군요. 역시 영웅의 풍모를 가지신 분입니다."

"크하하하! 영웅이 뭐 별거있겠소? 다 제놈들이 말하기 나름이지."

고도간의 입이 귀밑에 걸리고 있었다. 미호가 엉덩이를 고도간의 허벅다리에 올리며 착 안긴 것이다.

"하나 전 그 현백이란 자를 한 번 봤습니다. 대단히 무서운 자였습니다. 당주님께서도 조심하셔야 될 것입니다."

"그래 봤자 비화포수 오십여 명이면 해결될 일이오. 너무 신경 쓰지 마시구려."

슬며시 그녀의 허리를 감으며 고도간은 입을 열었다. 입에서 침을 질질 흘리며 고도간은 손을 좀 더 깊이 넣어 막 은밀한 곳에 닿으려 할 때였다.

"또 한 번 비화포를 쓴다면 내가 가만있지 않을 것이오, 당주."

"…창룡?"

대청의 앞에 누군가 나타나 있었다. 긴 창을 어깨에 메고 나타난 이는 바로 창룡이었다. 실로 오랜만이 이 대청에 모습을 보인 것이다.

"내가 잘못 들은 것 같구나. 한 번쯤은 봐줄 테니 그냥 가

봐라."

"다시 한 번 말해주리까?"

창룡의 말에 고도간은 투실한 턱을 다시 한 번 떨었다. 그건 분노로 떠는 것이었다.

"비화포를 사용한다면 내가 가만있지 않을 것이라 했소."

"이놈, 창룡!"

빠가각!

의자걸이를 부수며 고도간은 소리를 질렀다. 다른 사람들은 모두 찔끔한 표정을 지었지만 창룡은 아니었다. 그는 담담한 얼굴로 고도간을 바라보고 있었다.

문득 창룡은 손을 품속에 넣었다. 그리곤 품속에서 한 장의 천을 꺼내고 있었다.

"내가 그에게 비무첩을 보냈듯 그 역시 내게 비무첩을 보냈소이다. 이번에도 그런 식으로 현백을 상대할 것이라면 그 전에 날 상대해야 할 것이오."

"창룡 네가 아주 간이 배 밖으로 나왔구나! 감히 당주님께 이 무슨 무례냐! 내 손에 죽고 싶으냐!"

이번에 소리친 사람은 패룡이었다. 커다란 덩치를 울렁거리며 창룡의 앞으로 움직이자 그는 그저 흘끔 올려다볼 뿐이었다.

"이놈이 정말 내 말이 말 같지……!"

패룡은 앞으로 나가려다 이내 멈추었다. 어느새 창룡의 창날이 그의 목 앞에 와 있었던 것이다.

"같잖은 무공 가지고 내 앞에서 얼쩡거리지 마라. 난 여기 좋아서 있는 사람이 아니다."

"이놈이!"

패룡은 눈을 부라렸지만 막 나가진 못하고 있었다. 창룡의 무공은 이미 공인된 것으로 정말 강한 사람이었다.

"분명 경고했소이다, 당주. 그럼 그리 알겠소."

차가운 말을 남기고 창룡은 신형을 돌렸다. 고도간은 죽일 듯이 노려보면서도 아무런 말을 하지 못하고 있었다. 그 역시 창룡의 말은 경시하지 못했다.

"내 언제고 저놈의 살을 씹어 먹고 말리라!"

"아이, 당주님. 진정하시옵소서."

고도간의 눈에서 살기가 줄기줄기 뻗어 나오자 미호공주는 비음 섞인 목소리를 내었다. 그러자 고도간은 언제 그랬냐는 듯 다시금 입가에 침을 돌리고 있었다.

"큭, 걱정 마시오, 공주. 내 꼭 나의 진가를 보여주고 말 터이니."

"믿습니다, 당주님."

슬며시 그녀의 몸을 주무르는 고도간은 더 이상 다른 곳에 신경 쓰지 못하고 있었다. 그저 손과 눈이 바쁘게 움직일 뿐이었다.

"……"

제룡은 신형을 돌렸다. 아무래도 더 이상 이곳에 미련을 둘 필요가 없을 것 같았다. 어쨌든 그는 소임을 다했고, 이젠 떠나야 할 때였다.

"새로운 길을 찾아야 하는 것인가?"

떠나는 그의 뒷모습 뒤로 작은 음성만이 남겨질 뿐이었다.

2

미리 서신을 보냈지만 이런 대접을 원한 것은 아니었다. 줄기줄기 흘러나오는 살기에 갖은 수단 다 동원해 기다릴 줄 알았건만 그건 아니었다.

눈앞에 보이는 커다란 장원의 대문엔 '양명당(佯名堂)'이라는 글자가 확연하게 쓰여 있었다. 그리고 그 밑으로 상당한 사람들이 진을 치고 있었다.

모두가 손에 무기를 들고 있기는 했지만 적의를 보이는 것은 아니었다. 다들 좌우로 시립해 있으면서 현백 일행이 지나갈 길을 만들어주었던 것이다.

"이건 뭔 일이래?"

"아무래도 환영 인사 같은데요?"

지충표의 말에 이도는 비죽 입을 열었지만 그것이 비꼬아 이야기한 것이라는 것은 누구나 알 수 있었다. 문득 열려진 정문에서 한 사람이 나오는 것이 보였다.

"어서 오시오, 현 대협. 강호에 위명이 자자한 대협을 오늘 보게 되는구려."

"……."

사람 좋아 보이는 인상을 하고 있는 그는 제룡이었다. 전형적인 문사형의 사람으로 현백을 향해 계속 말을 하고 있었다.

"본인은 이곳에 적을 둔 제룡이라 하오이다. 본 당에 오신 것을 환영하오."

제룡은 양팔을 벌리며 정말 적의가 없는 듯 말하고 있었지만 여전히 현백의 표정은 냉랭했다. 말에서 내린 현백은 그를 따라 일행 모두가 말에서 내리자 앞으로 움직이기 시작했다.

"우선 현 대협이 원하는 것이 무엇인지부터 들어야겠소이……."

"여기 한 여인이 와 있을 것이다."

"……."

현백은 바로 본론을 꺼내었다. 그러자 제룡은 살풋이 웃으며 한 걸음 뒤로 물러섰는데 그가 물러나자 갑자기 분위기가 변했다. 주위에 둘러싼 사람들이 모두 병기를 들어올리고 있었던 것이다.

"어떤 여인을 말씀하시는지 알 수가 없군요. 세상에 여인은 많습니다. 단순히 회포를 풀 여인이라면 잘못 찾아오신 것 같군요. 우측으로 돌아가면 유곽이 나올 것입니다. 그쪽으로 가시지요."

"말장난이나 하자고 이곳에 온 것이 아니다. 미호공주는 어디 있나?"

현백의 눈에서 살광이 조금씩 비쳐 나오고 있었다. 제룡은 바로 뒷걸음을 치면서 현백에게 말했다.

"비록 구파일방에 비해선 그 세가 약하다고 하나 엄연히 이곳도 하나의 무림방파입니다. 힘으로 들어온 손님께 그저 좋게 대할 수만은 없는 일, 후원에서 기다리고 있겠습니다."

타타타타타!

꽤나 많은 사람들의 발걸음 소리가 들리고 있었다. 커다란 대문 아래 나타난 사람들은 청색 경장에 각양각색의 무기를 들고 있었는데 척 봐도 무림인이라기보다는 낭인에 가까웠다.

"괜한 시간 낭비만 한 셈인가?"

현백은 살짝 양손을 털며 앞으로 나갔고, 지충표는 맨 뒤로 빠졌다. 좌우로 이도와 오유가 서니 네 명이 등을 맞댄 형국이었다.

"자, 그럼 후원에서 뵙지요."

끼이이이이!

거대한 대문이 닫히고 있었다. 숫자는 대략 칠십여 명 정도? 일단 대문을 넘어가든지, 아니면 여기 있는 자들을 다 죽이고 가야 하지만 현백은 다른 선택을 했다.

콱!

두 개의 대문은 한 치쯤 틈을 남기고 닫히지 않고 있었다. 슬쩍 웃으며 뒤로 돌아섰던 제룡은 이상한 기분에 고개를 돌렸다.

"……."

닫혀져야 할 두 개의 문 사이에 무언가 단단히 걸려 있었다. 길쭉한 그 형태는 현백의 기형도가 틀림없었다.

카칵!

문득 기형도가 옆으로 비틀리자 틈이 조금 더 넓어지고 있었다. 그리고 그 벌려진 틈 사이로 한 사람의 눈이 보이고 있었다.

보이는 것은 그저 한쪽 눈뿐이지만 그 눈 주위에 어린 정광에 모골이 송연했다. 눈꼬리 쪽으로 길게 기운이 뻗친 것이 사람의 눈 같지가 않았던 것이다.

"후원으로 가서 기다리겠다고?"

낮은 현백의 목소리가 들려왔다. 이어 한순간 현백의 눈에서 광채가 폭사되었다.

"가서 기다리려면… 빨리 가는 것이 좋을 것이다!"

파아아앗!

대문의 중앙에서 좌측으로 하얀 빛살이 그어지고 있었다.

이어 왼편에 놓여 있던 대문이 기우뚱거렸다.

끼이이이! 꽈아아아앙!

흙먼지가 자욱히 피어오르며 일 장여에 달했던 대문이 쓰러지고 있었다. 이 촌이 넘는 강대한 무게의 대문이 한순간에 쓰러져 버린 것이다.

"뭣들 하느냐! 어서 막아라!"

"우아아아아!"

당황한 제룡의 고함 소리에 낭인들이 움직이기 시작했다. 그 중심에서 현백과 지충표, 이도와 오유는 온 힘을 다해 상대하기 시작했다.

파아아앗!

붉은 피가 허공으로 치솟아오르고 현백의 모습은 그 피 속으로 가려졌다. 신형을 낮게 만든 채 좌측으로 크게 돌아가더니 이내 허공에 몸을 띄웠다.

허리를 한껏 돌린 채 전면을 향해 움직이고 있었다. 상체를 옆으로 숙여 지면과 일자로 만든 그는 오른발을 뻗으며 회전력을 더욱더 크게 키웠다. 휘돌아가는 오른발에 낭인 한 명의 정수리가 정통으로 맞았다.

빠각!

"크윽!"

자라목처럼 움츠리며 낭인은 허리와 무릎을 숙이고 있었

다. 현백은 오른손을 쫙 뻗어 도를 땅으로 향했다.

카카캭!

단단한 지면을 디디며 현백의 도가 지팡이 역할을 하여 휘도는 신형을 멈추게 하고 있었다. 현백은 다시 허리를 틀어 지면으로 내렸다.

시시싯!

현백이 내려서는 것과 동시에 양편에서 검날이 날아오고 있었다. 낭인치고 상당한 실력이었으나 현백은 이런 낭인들은 안중에도 없었다. 운남의 현토병이 더 대단한 자들이었던 것이다.

현백은 왼손을 앞으로 밀어내며 왼편에서 날아오는 검날을 잡아채려 했다. 검날이 손에 닿으려는 순간 현백의 장심에서 강렬한 기운이 터져 나왔다.

빠아앙! 피리리링!

"우극!"

검을 밀던 자는 손목을 울리는 힘에 검을 놓쳐 버렸고, 검날은 하늘로 치솟아올랐다. 현백은 오른손에 힘을 주며 자신의 도로 바닥을 긁으며 하늘로 올렸다.

쩌어엉!

오른편에서 날아오는 검날이 부서져 나가자 현백은 땅으로 내려섰다. 그리곤 앞으로 신형을 날리며 좌우로 도를 길게 쳐냈다.

파아아앗!

두 낭인은 비명조차 지르지 못하고 양옆으로 떨어져 나갔고, 현백은 잠시 한숨을 돌렸다. 바닥엔 이미 수십여 명의 낭인들이 누워 있었는데 시선을 돌린 현백의 눈에 다른 일행의 모습이 보였다.

지충표는 맨 뒤에서, 조금 앞에서는 이도와 오유가 싸우고 있었다. 각자 한 명씩 붙잡고 싸우고 있는 것이 모두 별 무리 없이 상대하고 있었다.

특이한 것은 제일 걱정될 것 같았던 지충표는 조금 여유롭게 움직이는 반면 이도와 오유는 구슬땀을 흘리고 있었는데 그건 경험의 차이였다. 비록 순수한 무공으로 따지자면 아직 제 무공조차 찾지 못한 지충표였지만 경험이란 것은 그 약점을 보완하고도 남았다.

"하압!"

쩌엉!

"크윽!"

상내의 목 어림에 정권을 꽂아 넣으며 이도는 숨을 들이켰다. 오유와 지충표 모두 손을 털고 현백에게 다가오고 있었는데, 현백은 고개를 끄덕이며 입을 열었다.

"그만 갈까?"

"……"

세 명 다 대답 대신 고개를 끄덕였고, 현백은 신형을 돌려 눈앞에 보이는 전각으로 향했다. 지금 뭐라고 이야기해 봤자 이들에겐 해가 될 뿐이었다. 그냥 몸으로 느끼는 것이 더 나았던 것이다.

"괜찮냐?"

"아저씨나 조심해요."

귓가로 들려오는 지충표와 오유의 대화를 흘리며 현백은 전각으로 들어섰다. 여태껏 그냥 몸풀기였다면 이제부터가 진짜였다. 생각보다 양명당의 힘은 작지 않았던 것이다.

"……."

아무도 없었다. 넓은 대청엔 사람의 그림자조차 없었고, 보이는 것은 좌, 우측에 쭉 도열해 있는 기둥뿐이었다.

하지만 그 기둥들 사이엔 묘한 긴장감이 서려 있었다. 눈에 보이지 않는 사람들, 그들의 종적이 느껴졌던 것이다.

슷.

한 발 앞으로 내밀며 현백은 잠시 정황을 살폈다. 역시 짐작대로 매복이 한둘이 아니었다. 막 현백이 앞으로 나서려 할 때였다.

"현 대형, 잠깐만."

갑자기 이도의 목소리가 들려왔다. 이도는 앞으로 나와 좌우 기둥을 보더니 바로 입을 열었다.

"매복이군요. 여긴 저와 오유가 풀어낼게요."

"그리 간단한 상황이 아니다, 이도."

현백은 고개를 흔들었다. 물론 무공 정도를 보면 그리 강하다곤 할 수 없는 자들이지만 은신이 뛰어났다. 보이지 않는 칼이 확실히 무서운 법인 것이다.

하나 이도와 오유는 고집을 꺾지 않았다. 기어이 앞으로 나서며 양손을 불끈 쥐었던 것이다.

"한번 놔둬보자, 현백. 앞으로 이런 일을 많이 겪어야 할 녀석들이야. 지금껏 개방이란 틀 속에서 잘 지내온 놈들이니 계기가 필요할 거다."

"……."

지충표의 말에 현백은 결국 고개를 끄덕였다. 어디까지가 될지 모르나 앞으로 이 두 사람은 꽤나 오랫동안 여행을 함께 하게 될 것 같았다. 한데 그때그때마다 모두 현백이 나설 수는 없는 경우가 생길 것은 자명했다.

홀로서기라고 해야 하나? 어쨌든 현백은 한 걸음 뒤로 물러섰다.

이도와 오유는 앞으로 나가며 주의를 기울이고 있었다. 어떤 무기를 가지고 있고 어떻게 공격해 올지 모르는 상황. 암습은 그래서 무서운 것이었다. 이도와 오유는 그 점을 잘 알기에 신중한 모습을 보이고 있는 것이다.

현백이 암습을 당해 폭주한 날 이도와 오유는 암습 자체도 느끼지 못했다. 그리고 얼마 전 진평표국의 초가화를 구해주던 날도 두 사람은 자신들이 짐처럼 느껴졌다.

이젠 그런 감정을 느끼고 싶지 않았다. 그래서 두 사람은 나왔고, 이렇듯 긴장하고 있는 것이다.

보이지 않는 위협을 향해 두 사람은 나아갔고, 마냥 긴장만 하고 있을 때였다. 문득 뒤에서 현백의 목소리가 들려왔다.

"암습이든 아니든 반드시 기억해라. 언제나 주위를 둘러봐라. 머릿속에 항상 그릴 수 있다면 승부의 반은 이미 이긴 것이다."

"……."

현백의 목소리는 그리 크지 않았지만 두 사람의 귓속엔 천둥이 치는 것처럼 크게 들렸다. 그제야 두 사람은 제일 먼저 해야 할 일을 알았다. 기둥의 수를 세면서 상황을 그려보기 시작한 것이다.

기둥을 세며 자신들의 위치를 생각하자 예상이 되기 시작했다. 물론 무슨 무기를 들고 나올지 알 수는 없지만 최소한 암기가 아니라면 그들의 동선이 예상되었던 것이다.

좌우로 열 개. 도합 이십 개의 기둥이 있었다. 한 개의 기둥이 가진 둘레는 어른 둘이 손으로 둘러야 할 만큼 컸다. 적어도 한 사람 이상의 인원이 들어가 있을 수 있었고, 많아야 한 기둥에 두 명씩 도합 사십 명이었다.

자신들이라면 두 개의 기둥이 교차되는 지점부터 시작할 터이다. 그리고 그 예상은 이내 들어맞았다.

파아아앗!

그저 들리는 소리라곤 파공음뿐이었다. 암기는 아니었고, 심한 번뜩임을 보니 얇은 검 같았는데 세검이었다. 검 두께가 한 치도 안 되는 아주 얇은 세검이었던 것이다.

손목을 살짝 틀면서 다가오는 그들의 검은 길이가 얼마인지도 예상이 되질 않았다. 이도와 오유는 본능적으로 등을 돌리며 자세를 취했다. 그리고 검날의 광택이 눈앞으로 올 때쯤 서로 신형을 빙글 돌리며 옆으로 이동했다.

끼리리링!

두 개의 세검이 서로 얽혔다. 말이야 쉽지만 그만큼 기다린다는 것이 쉬운 일은 아니었다. 서로의 세검이 얽혔다는 것 자체가 피하지 못할 공격이라는 자신이 있었다는 뜻인 것이다.

더욱이 현란한 흔들림 속의 보이지 않는 세검을 피한다는 것은 쉽지 않은 노릇이었다. 암습자들도 그러한 점을 잘 알고 있었던 것이다.

파앙! 빠각!

이도는 섬전 같은 주먹을, 오유는 무릎을 세운 슬격으로 상대를 잠재우고 있었다. 문득 이도의 신형이 중앙으로 빠르게 나가고 있었다.

언뜻 보면 무모한 움직임이었다. 기다렸다는 듯이 전후좌우에서 암습자들이 튀어나왔고, 이도의 주변에선 산란한 빛이 휘돌고 있었다. 보기만 해도 아찔한 순간이었다.

"차아아압!"

그 빛을 소리로 제압이라도 하듯 이도는 커다랗게 소리를 질렀다. 그리곤 양 주먹을 불끈 쥔 채 허공으로 뻗기 시작했다.

파파파파팡!

용음십이수의 장점이 터져 나오고 있었다. 빠르게 뻗어지는 연격을 퍼부으며 날아오는 빛무리를 뒤로 밀어내고 있었다. 주먹으로 검을 밀어내었던 것이다.

정확히는 주먹이 아니라 권력으로 밀어낸 것인데, 비록 조금이나마 이도에게선 권력이 생기고 있었다. 아주 조금이긴 해도 충분히 병기를 상대할 만했던 것이다.

가슴속에 차오르는 내력을 느끼며 이도는 주먹과 신형을 계속 움직였다. 아무리 권력을 쓸 수 있다고 해도 상대는 병기를 사용하는 사람들. 두 주먹만으로 모두 막을 수는 없었다.

피피피핏!

더욱이 빠른 세검이라 삽시간에 이도의 신형은 여기저기 피로 물들기 시작했지만 이도는 멈추지 않았다. 본인이 노리는 순간을 기다리기 위함이었다.

그리고 그 순간은 곧 현실이 되었다. 양손에 담긴 내력과 가슴속에 담긴 내력 모두 터질 듯한 그 순간 이도는 오른손을 힘껏 뻗었다.

"이야아아압!"

쩌저저정!

허공에 세 겹의 편린들이 솟구치고 있었다. 하나 이도는 거기서 끝내는 것이 아니었는데, 가득 차 있던 내력 모두를 발산하려 하고 있었다. 오른발을 앞으로 힘차게 내밀며 그는 커다랗게 소리를 질렀다.

"용음벽해(龍吟劈海)!"

콰르르르릉!

귀청을 찢는 소리와 함께 진정한 용음이 허공에 울려 퍼지고 있었다. 이도의 주먹은 한꺼번에 거대한 기운이 되어 전면의 공간 자체를 뒤로 밀고 있었다.

그리고 그 공간에 있던 암습자들은 허공으로 치떠오르고 있었다. 이도가 보낸 강렬한 힘, 그 힘에 뒤로 한껏 밀려난 것이다.

그러나 그냥 밀린 것은 아니었다. 가슴 부위의 뼈가 부러질 듯한 충격을 느끼며 거의 대부분 의식을 잃고 있었다.

쿠당탕!

쓰러진 암습자들의 모습을 그제야 확실히 이도는 볼 수 있었다. 흑의를 입은 채 눈만 내놓은 그들은 모두 여섯 명. 예상대로라면 아까 해치운 두 명까지 해서 모두 여덟이니 두 명이 더 남은 셈이었다.

그리고 그 두 명은 바로 뒤에서 달려든 놈들이었다. 이도는 허리를 틀며 양손을 치켜 올렸지만 보이는 것은 이미 눈앞으

로 달려든 검광이었다. 한데,
 타탕!
 일순간 그 검광이 하늘 위로 휘어지고 있었다. 어느새 다가온 오유가 주먹으로 쳐올린 것인데 오유의 신형은 허공에 떠 있었다. 이미 상황을 깨닫고 이도의 후방을 책임지고 날아와 주었던 것이다.
 "하압!"
 뾰족한 기합성과 함께 오유는 내려서며 허리를 틀었다. 그녀의 신형은 풍차처럼 휘돌며 이도에게 달려드는 두 사람을 향해 직격했다.
 빠가각!
 각기 턱과 관자놀이를 주먹으로 맞은 두 사람은 뒤로 튕겨 나가고 있었다. 오유는 자세를 잡아 내려서며 이도를 향해 입을 열었다.
 "혼자서 나가면 뭐 나을 것 같냐? 하마터면 큰일날 뻔했잖아!"
 "아, 미안. 그냥 갑자기 확 치밀어 올라서……."
 호기가 치밀어 올랐다는 뜻이었다. 뭐, 그거야 무공을 하는 사람이면 누구나 바라는 바였으니 탓할 것은 없었지만 문제는 한쪽만 바라보고 있다는 것에 있었다.
 물론 그 자리는 오유를 생각한 자리였다. 오유라면 자신의 후방을 든든히 지켜줄 것이라 생각했고, 실제로 그렇게 지켜

주었다.

어쨌든 이도는 그저 씨익 웃을 뿐이었다. 그렇게 두 사람이 다 끝났다고 생각하며 마음을 놓을 때였다.

파아아앗!

"……."

이도와 오유는 동시에 눈을 크게 떴다. 전방에서 가슴을 후벼 파는 듯한 살기와 함께 엄청난 속도로 무언가 날아오고 있었는데, 두 사람은 동시에 신형을 돌리며 맞받아칠 준비를 했다.

그런데 그 속력이 너무도 빠르고 시작점 자체가 너무 가까웠다. 분명 이 공간에는 아무도 없었던 것이다.

당황한 이들은 양손을 휘저으며 그저 내력을 끌어올리기에 급급했다. 한데 그때였다.

스웃.

이도와 오유의 사이로 무언가 빠르게 스쳐 나가고 있었다. 보고 싶지 않아도 자연스럽게 보이는 그 물체는 두터운 도였다.

도는 거리낌없이 앞으로 죽 뻗고 있었다. 그러다 날아오는 세검의 끝 부분과 정확하게 끝이 마주치고 있었다.

까가가가강!

불꽃과 함께 세검이 잘게 부서지고 있었다. 도는 그대로 앞으로 나가 섬전같이 검을 휘두르는 자의 목에 깊숙이 박혔다.

콰각!

"그륵!"

괴이한 소리를 내며 사내는 몸을 축 늘어뜨렸다. 사내의 목숨을 빼앗은 도는 다시 이도와 오유의 뒤로 빠졌다.

"혀, 현 대형!"

어느새 현백과 지층표가 바로 뒤에 와 있었다. 이도와 오유가 방심하고 있을 때 현백은 오히려 긴장하고 있었다. 경험상 이런 시기가 가장 위험하다는 것을 잘 알고 있었기 때문이다.

"쯧, 끝났다고 생각할 때가 가장 위험한 거다. 이 녀석들, 언제나 눈을 크게 뜨고 다녀!"

"……."

뭐라고 하고 싶지만 지층표의 말이 맞기에 두 사람은 이번만큼은 아무런 말이 없었다. 그러나 이도는 그럴지 몰라도 오유는 아니었다.

"알았으니 그만 가죠. 갈 길도 먼데."

찍 한마디 뱉고는 오유는 이도의 손을 잡아끌었다. 그리곤 대청의 뒤편으로 발걸음을 옮겼다.

현백은 아무런 말 없이 도를 도집으로 돌리고 앞으로 나아가기 시작했다. 하지만 지층표는 세 사람이 가는 모습을 바라만 보고 있었다.

특히 지층표의 눈이 머무는 곳은 현백의 등이었다. 등허리춤에 꽂혀 있던 비도 중 두 개는 이미 비어 있었다. 그리고 그 비도가 간 곳을 지충표는 알고 있었다.

톡, 톡.

문득 지충표의 발아래 뭔가 톡톡 떨어지는 것이 보이자 지충표는 눈을 힐끔 내렸다. 그건 진한 사람의 붉은 피였다.

그 핏방울이 떨어지는 궤적을 따라 지충표의 시선이 움직였다. 그곳은 이도와 오유가 서 있던 머리 위의 천장이었다.

그리고 그 천장에 두 개의 비도가 손잡이 부분만 남긴 채 깊숙이 꽂혀 있었다. 암습자는 모두 열셋이었던 것이다.

"쯧, 바보 같은 놈들, 잘난 체하기는."

지충표는 고개를 흔들며 일행의 뒤를 쫓기 시작했다.

第九章

또 다른 시작

1

후원으로 통하는 길은 단 하나였다. 좁은 길에 쭉 뻗은 소로였는데 그 길 중간에 한 사람이 서 있었다. 꽤나 큰 덩치에 낭아곤을 든 사내로 일견하기에도 지충표만큼이나 커다란 덩치를 보여주고 있었다.

현백 일행은 스스럼없이 앞으로 나갔다. 약 이 장여의 공간을 남겨두고 네 사람은 신형을 멈추었고, 앞에 서 있는 사내의 목소리가 들려왔다.

"네놈이 현백이란 놈이냐? 큭, 생긴 것을 보니 영 실망스러운걸? 재수없는 창룡 놈의 콧대를 납작하게 만들었다기에 엄청난 덩치를 가진 놈인 줄 알았더니……."

또 다른 시작 329

슬쩍 눈을 내리깔며 현백을 바라보던 사내는 이번엔 뒤쪽의 일행을 바라보았다. 역시 마음에 들지 않았던지 입가에 서린 비웃음이 가시질 않고 있었다.

그가 자신을 비웃든 말든 현백은 주위를 둘러보았다. 꽤나 운치있는 것을 좋아하는지 양옆엔 대밭이 형성되어 있었다. 그리고 의외로 그 안에서는 아무런 기운도 느껴지지 않았다.

"난 혼자로도 충분한 사람이다. 암룡처럼 매복 따윌 좋아하는 놈이 아니니 쓸데없는 신경 쓰지 마라."

현백의 동작에서 그의 의중을 읽었는지 사내는 큰 입을 열어 말했는데, 현백은 고개를 끄덕이며 입을 열었다.

"이름은?"

간단하지만 현백의 의중을 알게 하는 말이었다. 일종의 비무 형식. 그런 형식을 바라는 것 같아 말해준 것인데 사내는 씩 웃으며 입을 열었다.

"이름 따위는 버린 지 오래라 알려주기가 뭐하군. 그냥 패룡이라 부르면 된다."

패룡. 오룡일제 중 하나였다. 혼자서 상대하겠다는 것이 꽤나 마음에 들지만 지금은 그걸 생각할 때가 아니었다. 현백은 오른손으로 도파를 잡으며 앞으로 걸어가려 했다.

"잠시만, 현백. 여긴 내가 맡도록 하지."

"……"

이번엔 지충표가 이야기하고 있었다. 하나 분명한 것은 지금 저 패룡이라 부르는 사내의 기운이 지충표의 그것을 상회하고 있었다.

상식적으로 지충표는 그를 이길 수 없었다. 그러나 앞으로 나서는 그의 얼굴엔 자신감이 서려 있었다. 뭔가 생각이 있는 듯한 것이다.

"아저씨, 괜찮겠어요? 저놈, 보통 놈이 아닌 듯한데?"

"너까지 날 무시하냐? 쓸데없는 소리 말고 가만히 보고나 있어."

걱정스런 눈빛으로 이도가 입을 열자 지충표는 눈을 가늘게 뜨며 툭 내뱉었다. 그러자 오유의 날카로운 목소리가 들려왔다.

"그 말이 아니잖아요! 진짜 괜찮겠어요?"

"……"

오유의 날카로운 목소리가 들렸으니 이번엔 지충표가 쏘아붙일 차례인데 그의 반응이 좀 이상했다.

큰 목소리 대신 손이 움직이고 있었다. 오유의 머리를 한번 슬쩍 쓰다듬은 후 그는 그냥 웃었다. 세상에서 제일 사람 좋은 미소를 띠며 말이다.

이후 그는 움직였다. 앞에서 낭아곤을 들고 근육을 꿈틀거리는 패룡을 향해 말이다.

"풋, 지금 나랑 장난하자는 것인가? 네가 아니라 현백을 상대해도 될까 말까 할 텐데?"

"분명히 이야기하지만 주제 파악도 정도껏 해라. 지금 현백이 널 상대하면 두세 합도 제대로 못 잡는다. 일단 나나 이기고 한번 덤비든지 말든지 하지?"

지충표는 고개를 살짝 삐딱하게 만들며 패룡에게 말했다. 그러자 패룡은 한쪽 입술을 비틀어 올리더니 바로 신형을 움직였다.

"건방진 놈! 한 방에 죽여주마!"

과아아아!

기가 충만하여 공기를 울리는 소리가 아니었다. 두께가 삼촌이 넘는 굵은 낭아곤이 바람을 가르는 소리였다. 마치 공기를 압축하는 듯한 힘으로 밀어붙이는 소리였던 것이다.

길이는 근 두 척. 웬만한 검 크기였지만 패룡의 몸이 워낙 큰지라 작게 보이고 있었다. 지충표는 갑작스런 상황의 변동에 잠시 당황하는 듯 보였다. 왼발을 길게 뒤로 빼며 물러났던 것이다.

"늦었다, 쥐새끼!"

탓! 파아앙!

두터운 다리를 크게 앞으로 내밀며 패룡은 오른손의 낭아곤을 아래가 아니라 앞으로 밀어내고 있었다. 그러자 그 궤적이 근 두 배에 달할 정도로 커졌다.

그저 무식하게 휘두르는 것이 아니었다. 힘으로만 휘두르려 하다가 한순간 원심력을 이용한 공격이 펼쳐지고 있는 것이다. 게다가 속도를 배가하는 순간이나 움직임 모두가 나름대로 원리가 있었다. 상대는 이른바 힘만이 아니라 무공 수준이 상당했던 것이다.

부우우웅!

한순간 지충표의 신형은 어떻게 하지 몰라 우왕좌왕하는 듯이 보이고 있었다. 패룡은 잔인한 미소를 지으며 지충표의 머리를 으깨려 하고 있는 데 반해 지충표가 한 것이라곤 몸은 가만히 둔 상태에서 발만 패룡을 향해 일자로 만든 것뿐이었다.

그런데 낭아곤이 지충표의 머리에서 일 척 정도 남겨놓은 순간이었다. 갑자기 지충표의 표정이 확 변했다. 입을 벌리며 당황했던 표정의 그가 아니라 고개를 살짝 숙이며 눈을 치켜 뜬 도전적인 모습으로 변했던 것이다.

그와 함께 지충표의 신형이 뒤집히듯 움직이고 있었다. 일자로 만든 발에 힘을 주면서 신형을 완전히 모로 세운 것이다.

파아아아아!

한순간 지충표의 신형이 낭아곤에 완전히 갈라지는 듯이 보였다. 그러나 의당 나와야 할 피나 비명 따윈 나오지 않았다. 낭아곤은 스치듯 지충표의 몸을 지나쳤던 것이다.

"……."

패룡은 눈을 크게 떴다. 설마하니 이렇게 빠른 반응을 보일지는 몰랐던 것인데, 그럼 좀 전의 그 멍청한 표정은 다 계산된 것이란 뜻이었다. 순간적으로 패룡은 자신의 머리털이 모두 쫙 서는 느낌이 들었다.

그간 눈앞의 상대는 아무것도 아니란 생각에 낭아곤을 내려쳤지만 뒤편의 현백에게로 눈을 돌리고 있었다. 그러니 다음 공격이 어떻게 이루어질지 대책이 서질 않는 것이다.

급한 마음에 그는 손목을 틀며 낭아곤을 꺾었다. 그러나 이미 그의 손은 자유롭지 못했다.

터턱!

오른손 손목과 어깨 어림을 단단히 잡혀 버린 것이다. 패룡은 이를 악물며 오른손에 핏줄이 돋을 정도로 힘을 주었다. 무공이 아니라면 힘으로 지충표를 누르려 한 것이다.

우드드득!

"큭!"

그러나 그 힘에서도 지충표는 밀리지 않고 있었다. 오른쪽 어깨가 으스러지는 통증에 자신도 모르게 인상을 썼고, 이어 지충표의 어깨가 눈앞으로 확 들어오고 있었다.

"……!"

이도와 오유는 동시에 눈을 크게 떴다. 대단하다고밖에 말할 수 없는 움직임을 지금 지충표가 보여주고 있었는데, 정말 그동안 혼자서 뭘 그렇게 밤마다 연습했는지 잘 보여주는 대목이었다.

현백처럼 지충표도 발전하고 있었다. 특히 신형의 속도에서는 현백과 별다른 차이를 보여주지 못하고 있었는데, 분명 현백과는 구분이 되는 움직임이었다.

현백은 빠르다. 그것도 근 일 장여의 공간 안에서의 수평 이동이라면 강호에서 어깨를 견줄 사람이 많지 않을 터이다. 쾌검을 수련한 자들이라 해도 현백의 반응 속도는 따라오지 못할 터이다.

내력 역시 현백이 월등했다. 일 대 일 정면으로 지충표가 현백을 상대한다면 승산이 없을 정도로 현백이 월등했지만 지금 보여주는 모습은 현백과도 대등한 모습이었다. 물론 제한이 있지만 말이다.

거의 움직이지 않았다. 일 장여의 운동 공간을 가진 현백과 달리 지충표는 고작 자신의 두 발이 닿은 그 정도의 공간뿐이었다.

내력은 두말할 것도 없었는데 저건 내력이라 말할 것도 없었다. 잡는 부위마다 혈의 위치였고, 그 혈의 위치에서 상대의 힘을 역이용하고 있었다. 그러니 비교조차 할 수 없었던 것이다.

한데 그 위력은 현백과 대동소이한 모습이었다. 이도와 오유의 눈에 막 지충표가 패룡의 오른팔을 잡아당기며 오른쪽 어깨를 밀어 넣는 것이 보이고 있었다.

지충표의 공격에 패룡은 신형을 기우뚱거리고 있었다. 이어 지충표는 왼발을 크게 휘돌리며 자신의 등을 패룡의 거대한 가슴 앞에 붙이고 있었다.

"차앗!"

부우우웅!

패룡의 오른팔을 어깨 너머로 잡아당기자 패룡의 장대한 몸이 허공으로 뜨고 있었다. 그 모습을 보며 신형을 낮추며 지충표는 눈을 빛내고 있었다.

"아저씨……"

오유의 입이 절로 열렸다. 그녀는 상기된 얼굴색을 감추지 않으며 자신에게나 들릴 법한 목소리를 내고 있었다.

"…멋있어요……"

단 한 번의 기회가 올 것이라 여겼다. 아무리 생각해도 상대는 자신보다 고수. 이기기 위해선 필요한 것이 너무나 많았다.

첫째, 상대가 방심을 해야 했고, 둘째, 뒤편의 현백에게 온 신경이 다 가 있어야 했다. 그리고 가장 중요한 것은 바로 이것이었다. 한번 온 기회를 절대 놓쳐서는 안 된다는 것 말이다.

허공에 신형을 띄운 패룡을 살펴보다 지충표는 바로 몸을 날렸다. 공중에서 거꾸로 서 있을 때, 바로 지금이었다.

타탓!

패룡보다는 약간 작지만 지충표 역시 거구라면 거구였다. 그 거구가 신형을 가볍게 띄우며 패룡에게 다가가고 있었다. 한데 그 방향이 조금 엇나가고 있었다.

보이는 것은 패룡의 등. 정면으로 가는 것이 아니라 약간 우측으로 가고 있었다. 패룡의 왼손을 향해 다가가고 있는 것이다.

그리고 왜 그가 그렇게 움직이는지는 바로 밝혀지고 있었다. 패룡은 공중에서 허리를 틀며 낭아곤을 움직이고 있었다. 이른바 온 힘을 다한 공격이었다.

"이 죽일 놈! 이거나 먹어!"

부우우웅!

분명 패룡의 오른팔은 힘을 주기 어려운 상태였다. 이미 지충표가 살짝 뒤틀어놨기에 제대로 된 힘을 낼 수 없을 텐데도 그는 내고 있었다. 신력은 정말 타고난 듯싶었지만 아쉽게도 그의 일격은 성공하지 못했다.

아니, 지충표가 정면으로 갔다면 성공했을 터이다. 그러나 간발의 차이로 패룡의 낭아곤은 허공을 갈랐다. 지충표는 양발을 가슴까지 들어올리며 피했던 것이다.

아마도 지금까지 모두 패룡의 움직임을 예측한 듯싶었는데, 이어 지충표는 신형을 쫙 펴며 패룡에게 달려들었다. 이젠 그가 다시 공격할 차례인 것이다.

터턱! 콱!

왼 발목을 꺾어 뒤튼 패룡의 오른 어깨 밑으로 넣고 오른발을 내려 패룡의 오른 어깨를 밟았다. 그리곤 왼손을 쭉 뻗어 패룡의 왼다리 발목을 꽉 움켜줬었다.

서서히 정점에 다다른 두 사람의 신형이 땅으로 내려서고 있었다. 지충표는 어금니를 꽉 깨물었다. 비록 별다른 내력은 없지만 지금 외엔 기회가 없었다.

오른손을 뒤로 힘껏 빼낸다 싶더니 이어 튕기듯 앞으로 밀어내고 있었다. 한순간 지충표의 어깨에서 기이한 울림이 퍼졌다.

지잉!

그 울림이 팔꿈치로 전달되고, 다시 손목으로 전달되고 있었다. 그리곤 손과 발을 확 잡아당기며 오른손 주먹을 패룡의 허리를 향해 꽂았다.

파아아아앙!

"크악!"

패룡의 입에서 커다란 소리가 흘러나왔다. 요추에 전해지는 강한 충격에 몸을 확 젖힌 것이다. 그러나 그것이 문제가 아니었다. 이어지는 공격은 그도 견디기 힘든 것이었다.

꾸우우웅! 우두두둑!

패룡의 허리가 사람이라면 꺾일 수 없을 각도로 꺾여지고 있었다. 내려서는 힘을 이용하여 지충표가 패룡의 허리를 꺾은 것인데 패룡의 머리는 땅속으로 깊숙이 박혀 버렸다.

이미 패룡은 살아 있는 사람이라 할 수 없었다. 지충표는 공세를 풀고 뒤로 물러났다. 그러자 패룡의 몸이 움직인다.

털썩!

작은 먼지를 일으키며 패룡은 바닥에 대 자로 누워 있었다. 얼굴을 흙 속에 완전히 박은 채 그는 그렇게 싸늘한 시신이 되고 있었다.

"후욱! 후욱!"

지충표는 잠시 숨을 골랐다. 결국 그가 이기긴 했어도 확실히 위험한 상대였다. 어서 빨리 내력의 상당 부분을 회복하지 못한다면 앞으로의 강호 활동은 쉽지 않을 터이다.

지금은 상대가 방심해 얻은 결과라는 것을 너무도 잘 알고 있었다. 이전에 가졌던 내력의 반만 가지고 있었더라도 이렇게 싸우진 않았을 터이다. 현재로선 온 힘을 다해 가진 모든 것은 내보여 봤자 이런 자와 평수로 싸울 정도밖에 안 되었던 것이다.

툭.

"……."

문득 어깨에 전해진 느낌에 지충표는 눈을 돌렸다. 언제 와 있었는지 현백이었다. 웃고 있지는 않았지만 고개를 살짝 끄덕이며 그만의 축하를 하고 있었다.

"우와! 아저씨, 아니, 지 형! 다시 봤어요!"

이도는 자신의 일처럼 즐거워하고 있었다. 한껏 상기된 얼굴을 보여주는 것이 정말 많이 가슴 졸였던 듯이 보였다. 그때 한쪽에서 오유의 중얼거림이 튀어나왔다.

"정말 불안불안해 죽는 줄 알았네. 사람 자꾸 피 말리게 할 거예요?"

"쯧!"

지충표는 오유의 얼굴을 보며 혀를 찼다. 말은 이렇게 거칠게 해도 지충표는 오유의 심정을 알 듯했다. 마음을 반대로 드러내는 사람들 중엔 그 자신도 들어갔으니 말이다.

"아까 니들보단 안정적이었을 텐데?"

"말도 안 되는 거 알죠?"

역시나 오유와 지충표의 입이 다시금 열리고 있었다. 이도는 인상을 확 쓰며 한쪽으로 빠졌다. 설마 이런 곳에서까지 아웅다웅하는 두 사람이 될지는 몰랐던 것이다.

"훗!"

한쪽에서 그 광경을 지켜보던 현백은 살짝 웃음을 지었다. 이 정도면 되었다. 이들 사이에 흐르는 유대 관계는 이제 그냥 설명하기 힘들 징도가 된 것이다. 현백은 친친히 앞으로 움직이기 시작했다.

소로의 끝. 그곳에 작은 대문이 하나 있었다. 아마 그곳이 후원일 터이다. 그리고 그 미호공주라는 여자가 기다리고 있을 터이다. 무슨 준비를 하고 있는지는 몰라도 말이다.

새삼 현백의 뇌리에 처참했던 소명의 모습이 다시 떠오르고 있었다. 자연스럽게 살기를 휘날리며 현백은 움직이고 있었고, 그런 그의 모습에 일행은 후다닥 따라오고 있었다.

현백은 거침없이 문 앞으로 갔다. 그리고 막 오른손을 들어 문을 열어젖히려 할 때였다.

찰박!

"……."

문득 발치에서 들려오는 소리에 현백은 고개를 내렸다. 그러자 붉은 피가 고여 있는 것이 보였다. 대문의 한쪽 끝에서 흘러내린 것이었다.

"어라? 이건 무슨 일이래?"

지충표도 의외였는지 눈을 동그랗게 떴는데, 현백은 손을 바꿨다. 오른손으로 도파를 꽉 쥔 채 왼손을 문에 대었다. 그리곤 힘껏 밀어 문을 젖혔다.

기이잉! 꿍!

작은 문이 빠르게 열리며 후원의 정경이 드러났다. 전혀 기대하지 못한 후원의 풍경에 일행은 잠시 그 자리에서 움직이지 못했다. 이미 후원의 앞뜰엔 상당수의 시신이 놓여 있었던 것이다.

물론 살아 있는 사람들도 있었다. 이상한 막대기 같은 것을 지닌 사람들 몇몇과 경장 갑주에 한번 보았던 철조를 낀 사람들 몇몇이 보이고 있었다. 그리고 그 사람들은 현백 쪽을 향해 적의를 내보이는 것이 아니라 누군가를 둘러싸고 있었다.

긴 창을 땅에 늘어뜨린 사내. 그 사내의 창은 피를 흠뻑 먹고 있었다. 몸 이곳저곳에 혈흔이 있는 것으로 보아 상처도 입은 듯이 보였는데 그가 누군지는 아주 잘 알고 있었다.

"차, 창룡?"

그는 바로 창룡이었다. 어찌 된 일인지 그가 같은 편에게 살수를 쓰고 있었다.

"크윽! 빌어먹을 놈! 개가 주인을 물다니……."
"진정하십시오, 당주님. 이미 끝난 일입니다."
"끝나긴 뭐가 끝나! 이대로 끝이 났다는 이야기는 꺼내지도 마라! 두고 봐라! 그냥 두지 않을 테니!"

고도간은 투실한 턱살을 떨며 소리쳤다. 그는 두터운 손으로 옆구리 어림을 꽉 잡고 있었는데 그의 커다란 배엔 하얀 무명천이 둘둘 말려 있었다.

손으로 누르고 있는 곳은 이미 벌겋게 물들고 있었다. 아무래도 꽤나 깊은 상처를 입은 듯 보였는데, 그의 앞엔 세 사람이 있었다.

소룡과 제룡, 그리고 미호공주였다. 셋 다 그저 고도간의 상처를 물끄러미 보고만 있었는데 고도간의 상처는 적에게 입은 것이 아니었다. 이건 창룡의 짓이었던 것이다.

비화포수를 배치하면 가만두지 않겠다는 창룡의 말. 그건 허언이 아니었다. 고도간은 그의 말을 무시하고 진행하다 이런 꼴을 당한 것이다.

결국엔 현백과 싸워보지도 못하고 도망치게 된 결과였다. 그 결과가 성질이 나 이렇듯 씩씩대고 있는 것이다.

"훗, 당주님. 차라리 잘된 일입니다. 어차피 내 편과 그렇지 않은 사람들을 갈라놓을 필요가 있었지 않습니까? 게다가 영웅에겐 그런 잡졸은 필요없습니다."

"흐흐흐, 역시 내 마음을 알아주는 것은 그대뿐이구려. 맞소이다. 난 그런 잡졸들 따윈 필요없소. 진짜 내가 가진 힘은 따로 있으니."

옆구리가 꽤나 아플 텐데도 그는 음충맞은 미소를 짓고 있었다. 이 상황에서도 육욕이 동하는 것 같았는데, 미호는 뇌쇄적인 미소를 지으며 다시금 입을 열었다.

"그렇습니까? 하면 지금 그냥 도망치는 것이 아니었군요? 소녀는 혹 당주님께서 일단 피하시는 것이 아닌가 했습니다만 역시 영웅은 다릅니다."

"피해? 큭! 그따위 낭인 같은 놈 하나 두려워 떨 내가 아니오이다. 호북의 끝 자락에 있는 본인의 수하들을 찾아가는 거지요. 그 수하들의 존재는 이 녀석들도 모르고 있는 것이오."

"……."

계집의 웃음에 홀려 다 불어버리는 고도간을 보며 제룡은 쓴웃음을 지을 수밖에 없었다. 자신이 당주로 모시는 고도간이지만 참 재수없는 인간이긴 했다. 뭐 하나 제대로 하는 것이 없는 사람인 것이다.

그런데 정말 놀라운 것은 다른 수하들을 둔 점이었다. 대관절 그 수하라는 것이 얼마만큼의 인원인지 몰라도 고도간은 아주 자신감에 차 있었다.

재주라고 해야 하나? 그렇지만 사실 제룡은 그다지 큰 기대는 하지 않고 있었다. 지금껏 그가 보여준 능력을 생각한다면 그리 기대하고 싶은 생각조차 들지 않았는데, 문득 그의 귓가에 미호의 목소리가 다시 들려왔다.

"역시 이 소녀가 강호에 와 있을 곳은 대인의 품 외엔 없는 것 같군요. 미호, 다시금 감탄하는 바입니다."

슬쩍 허벅지를 쓰다듬으며 올라오는 미호의 모습에 고도간은 두툼한 턱살을 푸들푸들 떨었다. 그의 눈은 이미 음심으로 가득 차 있었고, 이어 고도간은 두 사람에게 말했다.

"제룡, 소룡, 잠시 나가 있거라. 나가서 마차가 제대로 가는지 확인해."

"알겠습니다."

지금 그들은 달리는 마차에 있었다. 고도간이 탈 정도로 큰 마차였는데, 밖의 소리가 들리지 않을 정도로 거대하고 좋은 마차이긴 했다. 그런데 가긴 어디로 간단 말인가?

달리는 마차에서 내리라는 소리밖에 안 되지만 결국 그들은 그렇게 하는 수밖에 없었다. 마부석과 연결된 작은 창문을 통해 두 사람은 꼴사납게 나가고 있었다. 나가는 두 사람의 귓가에 그새를 못 참고 흘리는 미호의 달뜬 음성과 음충맞은 고도간의 웃음소리가 들려오고 있었다.

2

"참 희한한 일일세……."

지충표는 그렇게밖에 말할 수 없었다. 아니, 현백을 비롯한 이도와 오유도 현 상황을 말해보라면 이렇게밖에 할 말이 없었다.

저 앞에 창룡이 서 있었고, 그 앞에는 약 십여 명의 양명당원들이 있었다. 그리고 그 뒤엔 현백의 일행이 있었고 말이다.

웃긴 것은 양명당원들의 행동인데, 현백과 창룡을 번갈아가며 돌아보고 있었다. 대관절 누구를 향해 병기를 겨누어야 하는지 참 헷갈리고 있었다.

"왔나?"

문득 현백의 귓가에 낮지만 청량한 목소리가 들려왔다. 긴 머리를 살짝 바람에 휘날리는 창룡이었다. 한데 그 느낌이 조금 이상했다.

적에게 하는 말이 아니었다. 그냥 잘 아는 친구에게나 하는 그런 어투였다. 듣는 사람에 따라 상황을 오해할 만큼 부드러운 음성이었던 것이다.

"이게 무슨 뜻이지?"

현백은 바로 물었다. 지금 보여지는 상황은 현백으로서도 이해가 잘 가지 않는 모습이었다.

그가 창룡에게 비무첩을 날리긴 했지만 그건 단 한 가지 목적이었다. 이 화창을 쓰는 놈들을 막아달라는 의미였던 것이다.

"의미는 없다. 그저 신세진 것을 바로 되돌려주는 것일 뿐. 이들의 암습을 막기 위해 내게 비무첩을 보낸 것 아닌가?"

"……."

현백의 의도는 맞아떨어졌지만 정말 이해하기 힘든 상황이었다. 그렇다고 이렇게 확실하게 제거까지 할 줄은 몰랐던 것이다.

"다쳤나?"

현백은 창룡의 몸 곳곳에서 흘러나오는 피를 흘끔 보며 입을 열었다. 그러자 창룡은 쓴웃음을 지었다. 확실히 이상한 상황이었다. 적에게 동정을 받는 셈이니 말이다.

"그렇게 되었다. 이 비화포가 무서운 이유가 바로 이것이지. 무공의 고하와는 상관없이 위험하니…….”

말을 하면서도 창룡의 시선은 비화포라는 것에 집중되어 있었다. 약 삼 척의 길이를 지닌 창대인데 끝 부분이 딱 잘린 상태로 둥근 구멍이 뚫려 있었다.

그 구멍으로 철환이 발사되는데 화약의 힘으로 이것이 가능했다. 현백은 그 형상이 자신이 아는 것과는 많이 다른 것을 느꼈는데 아마도 개량형인 듯 보였다.

어쨌든 지금 가장 중요한 것은 이 비화포를 사용하는 자들을 어떻게 하는지였다. 현백은 허리를 살짝 숙였다. 그리고는 빠르게 신형을 놀리며 비화포수를 향해 몸을 날렸다.

타타타탓!

거리는 이 장여. 갑주를 입은 자들이 가운데 네 명 있었고, 비화포를 가진 자들은 삼 장여의 간격을 두고 좌, 우측으로 벌어져 있었다. 모두 세 명의 포수가 남아 있었다.

현백은 곧바로 네 명의 갑주를 입은 자들에게 달려갔고, 이내 그들은 방어 태세를 취하고 있었다. 포수들은 바로 포구를 현백에게 향했고 말이다.

갑주를 입은 자들과 일 장여를 남길 때였다. 현백의 오른발이 앞으로 크게 디디며 그의 신형이 빠르게 회전했다.

피리링!

세 줄기 빛살이 허공으로 쏘아지고 있었다. 도저히 현백의 동작에서 나올 수 없을 것 같았는데, 세 줄기의 빛살은 정확히 포수들을 향해 섬전같이 날아갔다.
 카카칵!
 사람을 노린 것이 아니었다. 세 명이 가진 화포. 그 손잡이 부근을 노린 것이었고, 정확한 일격이었다. 한순간 허공에 세 개의 비화포가 떠올랐다. 현백이 날린 것은 자신의 비도였던 것이다.
 현백의 일격은 거기서 끝나지 않았다. 이번엔 눈앞에 서 있는 네 명의 경장 갑주를 입은 자들을 향해 나아갔고, 일순 현백의 눈꼬리가 길어지며 그의 신형이 흐릿해지기 시작했다. 그리고,
 파파파팟!
 한순간 네 명의 벽을 뚫고 현백은 신형을 멈추고 있었다. 그의 오른손엔 어느새 자신의 기형도가 쥐어져 있었는데, 슬쩍 고개를 돌린 현백의 눈에 네 사람의 모습이 들어왔다.
 찌지지징!
 "으헛!"
 "억!"
 언제인지도 모르게 네 사람의 갑주가 완전히 갈라져 있었다. 그러면서도 피는 흘러나오지 않았는데 철로 된 갑주만 베이버린 것 같았다.
 네 명의 사내는 얼굴색을 하얗게 만들고 있었다. 문득 주위를 둘러보다 내력을 실어 소리쳤다.

"손대면!"

세 명의 비화포수가 자신의 비화포를 잡으려 하고 있었던 것이다. 현백의 목소리에 그들의 신형이 경직되었다.

"죽는다!"

말과 함께 현백의 눈에선 한층 기운이 짙어지고 있었다. 몸 주위에 흐르는 기운에 현백의 모습은 일렁이고 있었고, 눈만이 야수의 그것인 양 파랗게 빛나고 있었다.

"으! 귀, 귀신이다!"

"흐아!"

결국 사내들은 한꺼번에 도망치기 시작했고, 아무도 막는 사람이 없었다. 더 이상 이들을 죽여봤자 얻는 것은 없었다. 현백은 그들의 신형을 잠시 보다 빠르게 허리를 틀며 오른손을 들어올렸다.

쩡!

귀청을 따갑게 하는 소리가 허공에 울리고 있었다. 어느새 창룡의 창날이 현백에게 다가왔던 것인데 현백은 어렵지 않게 그 창을 막을 수 있었다.

카카칵!

창룡의 창날이 바닥에 깔린 청석을 긁고 있었다. 아무래도 그는 정상적인 몸이 아니었다. 내력도 내력이지만 실린 힘이 그전만 못한 느낌이었다.

"지금 나에게 덤벼들면 이길 것 같나?"

"…필패겠지."

현백의 말에 창룡은 씁쓸한 목소리로 대답했다. 자신이 한 말처럼 지금 현백에게 덤비면 필패였다. 소모한 진력이 상당했던 것이다.

게다가 오른쪽 어깨 어림과 왼쪽 허벅다리 부근의 상처는 꽤 중했다. 여러모로 현백에게 유리한 것이다.

"다들 어디에 있나?"

주위를 돌아보며 현백은 입을 열었다. 고도간을 비롯한 미호를 이야기하는 것인데, 창룡은 창대를 회수하며 입을 열었다.

"떠났다. 가기 전 나와 한판 했지."

"…네 주군이 아니었나?"

"……."

현백의 말에 창룡의 눈이 다시금 타오르고 있었다. 문득 현백의 기억 속으로 창룡의 이야기가 떠올랐다. 자신의 이름은 주비이며 사람마다 다 핑계가 있다는 말 말이다.

"그따위 놈이 내 주군이라면 이 목을 땅에 묻어야 할 것이다. 신세는 지고 있었지만 한 번도 주군이라 생각해 본 적은 없다."

"……."

도움은 인정하지만 명령받은 적은 없다는 뜻이었다. 어떤 상황 때문에 이렇게 움직이고 있는지 알 길은 없지만 현백은 고개를 끄덕이며 도를 되돌렸다.

"그럼 이자들은 어디로 간 것이오? 혹 알고 있소?"

지충표의 질문이었다. 눈치 하나는 제대로 빠른 사람이 지충표이니 창룡이 더 이상 현백에게 적의가 없다는 것을 알고 있을 터이다. 지충표의 말속에서도 더 이상 적의는 묻어나고 있지 않았다.

"자세한 것은 나도 모르오. 호북의 끝 자락에 다른 힘이 있다는 말만 언뜻 들었소이다."

"호북의 끝 자락?"

이도는 고개를 갸웃거리며 입을 열었다. 개방의 정보 속에서도 호북에 무언가 있다는 말은 들어보지 못했다. 그곳엔 거대 문파 하나가 자리 잡고 있어 다른 문파들이 크기 힘든 곳이기 때문이다.

무당과 제갈세가가 버티고 있는 곳이었다. 그러니 무언가 세력을 남겨두었다면 그들의 눈을 피하기 힘들 터이다.

구파일방이 움직인다면 모두 개방의 이목을 피하기 힘들었다. 하나 단 한 번도 무당이나 제갈세가가 기이한 움직임을 보인다는 것을 들은 적이 없었던 것이다.

"나도 정확히 뭐가 있는지 모르나 허언은 아닌 것 같더군. 고도간이란 자, 쓸데없는 짓거리는 잘하긴 해도 무공과 사람 깔아놓는 능력은 상당한 편이지. 그놈들을 찾고 싶으면 추적해 보시오."

"주비라고 했지?"

힘이 드는지 주비는 땅에 주저앉고 있었다. 자신의 본명이 불려지자 주비는 고개를 들어 현백을 바라보고 있었는데, 현백은 그를 보며 입을 열었다.

"어떻게 할 건가?"

"…훗."

현백의 목소리에 주비는 살짝 웃었다. 뭘 어떻게 한단 말인가? 그거야 지금부터 생각해 봐야 할 것이다. 괜한 짓으로 머무를 곳을 날려 버렸지만 이 강호 속에서 그가 있을 곳은 어딘가에 있을 터이다.

아니, 머무르는 것이 문제가 아니었다. 문제는 그가 하고 싶은 일이 가능한 곳으로 가야 했다. 그것이 제일 큰 문제였다.

"일단은… 너와의 승부를 마무리지어야겠지. 강호에 나와 너만큼 내 승부욕을 자극한 사람은 없었다. 내 무공이 그렇게 초라해 보인 적이 없었지. 모든 일은 그 후로 미루어두겠어."

"……."

주비의 말에 현백은 그럴 줄 알았다는 듯 고개를 끄덕였다. 이어 그는 주비를 향해 입을 열었다.

"승부를 원한다면 언제든 좋다. 단 네 몸이 정상으로 돌아온 후에 가능한 일이겠지. 문제는 우린 어디로 움직일지 모른다. 또한 네가 어디로 움직일지도 모르지."

맞는 말이었다. 그렇다고 몇 월 며칠 어디서 보자고 하는 것도 사실 웃기는 이야기였다. 하릴없는 사람들이나 그런 약속을 잡고 지키기 위해 목숨을 거는 법이다. 무인이라면 언제 어떤 일이 일어날지 아무도 모른다.

더욱이 현백은 미호란 여인을 잡기 위해 양명당을 박살 낸 처지였다. 양명당 자체가 전적으로 현백에 의해 무너진 것은 아니지만 겉으로 보기엔 그랬다. 그렇다면 양명당으로선 그 소문을 잠재우기 위해 현백을 죽여야 할 필요가 있었다.

게다가 양명당을 지탱하는 여섯 명, 오룡일제 중 소룡과 제룡, 그리고 암룡이 살아 있었고, 거기에 당주인 고도간도 있었다. 그냥 있을 리가 없다.

또 오늘 보여진 이 당원의 수를 보면 확실히 다른 힘이 있다는 창룡의 말이 옳은 듯싶었다. 앞으로 버거운 싸움을 하게 될 터였으니 앞날을 기약하기 힘든 것이다.

종합해 보면 현백의 의도는 간단했다. 그냥 옆에 있으며 언제든 싸움을 걸라는 뜻이었다. 그 의도를 짐작한 주비는 눈을 빛내며 입을 열었다.

"하나만 묻지."

"……."

"군주에 대해 어떻게 생각하나?"

뜬구름 같은 이야기였다. 갑자기 이 상황에서 왜 군주라는 단어가 튀어나오는지 모르지만 지금 세상은 군주라는 단어가 어울리지 않았다. 저 옛날처럼 군주가 난립했던 시대가 아니었던 것이다.

명이라는 거대한 나라 속에서 모두가 같이 살고 있다. 한 명의 황제가 있고 그 황제 아래 신하들이 있다. 또한 황제의 슬하에 자식들이 있고 그 자식들이 현군이 되기 위해, 아니, 사실대로 말하자면 황제의 눈에 들기 위해 상당한 노력을 하고 있다.

그 대표적인 예가 바로 현백이 알고 있는 오왕야 주완산이었다. 그 위로 형이 넷이나 있음에도 불구하고 그는 스스로 변방의 장군이 되었다. 나름대로 그 판단은 성공했고 말이다.

"그게 대체 무슨 말이오? 웬 뜬금없는 군주론을 이야기하는 거지?"

지충표는 인상을 벅벅 쓰며 입을 열었고, 그런 반응은 이도와 오유 모두가 다 마찬가지였다. 검날에 목숨을 걸고 살아가는 무인들에게 군주론이라…….

"내겐 중요한 이야기다. 그것이 내가 이곳에 있었던 이유이기도 하다. 그런 식으로 이야기하지 않았으면 하는데……."

주비에겐 중요한 이야기 같았다. 그러자 지충표는 뚱한 얼굴을 했고, 이도와 오유 또한 제정신인 것 같지 않은 생각에 고개를 갸웃거렸지만 현백은 달랐다. 그는 고개를 돌려 지충표에게 물었다.

"군주라……. 충표 넌 어떻게 생각하지?"

"잉? 나?"

갑자기 화살이 자신에게 날아오자 지충표는 눈을 크게 떴다. 그러다 이내 입술을 실룩이다 바로 입을 열었다.

"내 생각을 물어보니 이야기하지. 솔직히 군주 따윈 난 몰

라. 칼날 위에 목숨을 얹는 사람들이 그런 것까지 생각할 이유는 없겠지. 그러나 꼭 집어 이야기하자면……."

뭔가 할 이야기는 있는 듯이 보인 그는 슬쩍 눈치를 보고 있었다. 무공이라면 몰라도 이런 이야기는 확실히 낯선 것이었다.

"사람이라고 봐. 뽑아주는 것도 사람이지. 스스로 군주라 칭하는 자들은 별 볼일 없거든. 또 그렇게 뽑힌 사람에게나 어울리는 말이기도 하고. 내가 목숨을 건다면 그런 사람에게 걸겠지. 하니 사람이 없으면 군주도 없다는 뜻 아닐까?"

생긴 것답지 않게 심오한 이야기가 흘러나오자 이도와 오유는 놀랍다는 표정을 지었다. 이에 지충표의 표정이 단박에 구겨졌는데 주비는 한쪽에서 눈에 이채를 띠고 있었다. 틀린 이야기는 아니었던 것이다.

"하면 이도와 오유 너희들은 어떻게 생각하나?"

"…저희요?"

서로를 마주 보며 이도와 오유는 쑥스러워했다. 아직 어린 나이라 할 말이 없을 수도 있지만 이내 그들은 입을 열기 시작했다.

"권력이죠 뭐. 그것을 가진 사람만이 군주라 할 수 있지 않나요? 그만큼 많이 노력했다는 뜻도 되고요."

"성정일 수도 있어요. 성군이 되기 위한 가장 중요한 것이 성정이니까요. 군주라는 사람이 성정이 돼먹지 않으면 군주가 될 수 없겠죠."

나름대로 생각은 있는 두 사람이었다. 현백은 고개를 끄덕이며 이번엔 창룡을 향해 물었다.

"주비, 들었나?"

"……."

주비는 피식 웃었다. 자신의 말은 결국 하지 않은 채 남의 의견만 말하고 있었다. 그는 이런 것을 원하는 것이 아니었는데 말이다.

뭔가 기대가 너무 컸던 것 같았다. 자유롭게 세상을 누비는 현백의 모습을 잠깐 본 적이 있었다. 지난번엔 비무할 때 그런 느낌이 들었다.

지금 현백이 하는 짓은 고도간과 별다를 것이 없었다. 결국 남의 생각을 가지고 움직이는 것. 주비는 더 들을 가치가 없다고 생각했다.

"아무도 군주를 모른다. 그건 나도 마찬가지야. 상상 속에 있는 자신만의 군주를 떠올리는 것이지. 그것을 네게 이야기한들 도움이나 될 수 있겠나?"

"……!"

현백의 목소리에 주비의 고개가 확 들렸다. 이건 생각해 보지 못한 이야기였다. 적어도 현백은 자신의 어떤 면을 본 것 같았는데 왠지 주비는 자신의 속내를 들킨 것 같은 생각에 얼굴이 화끈거렸다.

"군주란 말은 우리와는 거리가 멀다. 또한 군주라 불린 자가 나에게 무언가를 원한다면 난 할 생각이 전혀 없다. 다만 한 가지 말할 수 있는 것은……."

"……."

"친구의 부탁이라면 들어줄 수도 있다. 그것이 내가 경험할 수 있는 세계겠지. 느낌도 모르는 군주의 부탁 따윈 신경 쓰고 싶지도 않다. 이 정도면 답이 되었나?"

"……."

현백의 말에 주비는 눈을 반짝이고 있었다. 물론 이 답은 그가 원한 것이 아니긴 해도 충분히 가치가 있는 대답이었다. 현백은 주비가 말하는 이유를 어렴풋이 짐작하고 있는 듯 보였다.

"충분하다."

그 말과 함께 주비는 자리에서 일어났다. 창대를 지팡이 삼아 일어난 그는 이어 현백을 향해 입을 열었다.

"아무래도 승부를 위해선 널 따라다녀야겠군. 그래도 되겠나?"

"마음대로."

현백은 신형을 돌렸다. 그리곤 더 이상 볼일이 없는 후원을 빠져나갔다. 이젠 다른 곳으로 가야 했다. 호북의 끝 자락을 향해 말이다.

그런 현백을 따라 주비는 천천히 신형을 옮겼다. 한쪽 다리를 절기는 해도 못 움직일 정도는 아닌 듯 보였는데 천천히 이동하는 두 사람을 보며 지충표는 입술을 열었다.

"뭐가 어떻게 된 거야?"

"어떻게 되긴요. 보니 승부를 위해 우리랑 같이 다닌다잖아요."

"몰라서 내가 묻는 것 같냐?"

이도의 대답에 지충표는 뚱한 표정을 지었다. 그러자 오유의 목소리가 이어졌다.

"왜요? 간만에 잘생긴 사람과 같이 다니게 되어 좋기만 한데."

"……."

지충표의 눈꼬리가 날카롭게 찢어지고 있었다. 그 모습이 신기한지 이도는 호기심 어린 눈빛으로 보고 있었는데, 지충표는 한마디 툭 던지며 입을 열었다.

"자고로 잘생긴 것들은 여자나 울릴 줄 알지 뭐 잘하는 게 있겠어?"

"그래도 잘생긴 것들과 다니고 싶은 게 여자인 거 몰라요?"

역시 오유는 지지 않고 지충표와 맞서고 있었다. 지충표는 움직이려다 신형을 세우며 오유를 향해 입을 열었다.

"지금 해보자는 거지?"

"그럼 놀자는 줄 알았어요?"

결국 이도와 오유의 눈에 불꽃이 일기 시작하자 이도는 고개를 흔들었다. 그리곤 움직이는 현백을 따라 이동하기 시작했다.

"……."

현백은 걸음을 멈추었다. 그리곤 그는 하늘을 향해 시선을 던졌다. 서서히 저녁노을이 짙게 깔리고 있었다.

도대체 자신은 무엇 때문에 이 강호를 주유하기로 했는지 스스로 질문을 던지고 있었다. 충무대를 떠나 강호로 오면서 어지러웠던 마음은 여전히 어지러웠다. 제대로 해결된 것이 없었던 것이다.

아니, 해결된 것이 하나는 있었다. 스승과 결별하고 화산과 결별했다. 그가 마음속에 가장 크게 지니고 있던 것으로부터 떠나게 된 것이다.

이젠 무엇 때문에 움직여야 할까? 참으로 공교롭게도 무엇이라고 말하기가 난감한 상황이었다. 양명당으로 온 것도 따지고 보면 소명 때문이었다. 소년의 죽음으로 인해 그 죗값을 묻기 위해 온 것이다.

그러나 누가 현백에게 그런 권한을 준 것은 아니었다. 하지 않아도 되는 일이었고, 안 할 수도 있었다. 그런데 현백은 했다.

문득 현백은 시선을 뒤로 던졌다. 한쪽 발을 절며 오는 주비, 그 뒤에 바짝 따라오는 이도, 그리고 저 뒤에서 아웅다웅하며 오는 지충표와 오유.

이들은 자신을 따라와 준 사람들이었다. 아무리 자신이 결정한 일에 따라온 사람들이라고 해서 이들의 행동에 대한 책임을 스스로에게 물릴 수는 없었다. 일차적인 책임은 자신에게 있었던 것이다.

 이젠 이들을 돌봐야 할 터이다. 과거 충무대 시절 가장 약했던 자신을 도와주었던 아홉 명의 사람들이 있었듯 자신 역시 그렇게 베풀어야 했다.

 운명… 갑자기 현백의 머릿속에 운명이라는 두 글자가 떠오르고 있었다. 우연히 일어난 일이지만 마치 짠 것 같은, 그러면서도 거스를 수 없는 그 무엇… 하나 현백은 피하고 싶지 않았다. 이것이 운명이라면 그 운명의 강을 거슬러 올라가고 싶었다.

 "……."

 현백은 그렇게 생각을 마무리하고 신형을 돌렸다. 일단은 이 정도에서 생각을 마무리해야 했다. 그렇게 현백은 짙어져 가는 노을을 향해 발걸음을 내딛고 있었다. 그의 목에 걸린 피 묻은 목패만이 잘게 흔들릴 뿐이었다.

『화산진도』 2권 끝

다세포 소녀
원작 만화 출간!!

2006 부천 국제만화상 일반부문 수상!!

전국 서점가 최고의 화제작!
OCN 슈퍼액션 드라마 시리즈 방영!
왜? 사람들은 다세포 소녀에 주목하는가!
상식을 뒤엎는 기발하고 엉뚱한 상상력!

『다세포 소녀』의 숨겨진 힘!!

다세포 소녀 원작만화 (전 5권 예정)
B급 달궁 글·그림 | 값 9,000원 / 부록 예이츠 시집

몇 페이지만 읽어도 허중을 휘어잡을 이야깃거리가 넘쳐난다!
둔감해진 머리에 영감을 주는 아이디어가 마구마구 솟구친다!
원작을 더욱더 빛내주는 기발한 댓글 퍼레이드!
300만 다세포 폐인을 열광시킨 상식을 뒤엎는 엉뚱한 상상력!

또 하나의 이야기! 또 하나의 재미!
소설 『다세포 소녀』

초우 장편소설 | 값 9,000원 / 원작자 B급 달궁

"그건 모르겠고, 나는 외눈의 사랑이야. 사랑을 줄 수는 있어도 마주 할 수 없는 사랑이지. 두 눈을 가진 사람은 주고받을 수 있지만, 나는 주는 것만 할 수 있어. 나는 주는 사랑으로 족해. 외사랑이지."
—외눈박이

잠들어 있던 거대한 공룡, 중국이 깨어나고 있다!

세계의 중심으로 우뚝 부상하고 있는 중국.
그들을 알지 못하고서 어찌 글로벌 시대에
경쟁력을 갖췄다 할 수 있겠는가.

한 권으로 끝나는 중국 고전 시리즈

한권으로 끝내는 중국고전 길라잡이
■ 모리야 히로시 지음 / 장선연 옮김 | 값 12,000원

각 세계의 지도자들에게 지침서로 읽혀온 명저에서 핵심만 추출해 낸 입문자를 위한 실천적 고전 안내서!

한권으로 끝내는 춘추전국 처세술
■ 마츠모토 히로시 지음 / 김미선 옮김 | 값 12,000원

예측 불허의 변수 속에 풍랑을 만난 조각배처럼 표류하는 현대인들에게 등대가 되고 나침반이 될 처세술의 비전!

한권으로 끝내는 중국고전 언행록
■ 미야기타니 마사미쓰 지음 / 연주미 옮김 | 값 12,000원

자기 계발과 경영 전략등 현대 생활에 도움이 되는 내용을 명쾌하게 풀어낸 이 책은 지적 자극이 넘치는 최고의 실용서이다.

장대한 역사의 영고성쇠 속에서 태어난 실천적 지혜의 핵심!

군주는 현명하지 않아도 현인에게 명령을 하고, 무지해도 지식인의 기둥이 될 수 있다.
신하는 일의 수고를 더하고, 군주는 일의 성공을 칭찬하면 된다.
그 일만으로도 군주는
지혜롭다는 평가를 받을 수 있다.

한권으로 끝나는 중국 고전 시리즈

한 권으로 끝내는 중국 고전 일일일언
■ 모리야 히로시 지음 / 계 일 옮김 | 값 12,000원

자신도 모르는 사이에 인생의 시계(視界)가 넓어지고, 인간관계의 폭이 넓어졌다면 본 서의 내용을 적어도 반 이상은 이해한 것이다. 삶을 윤택하게, 보다 지혜롭게 살고 싶어하는 모든 사람들에게 이 책을 권한다.

한 권으로 끝내는 노자의 인간학
■ 모리야 히로시 지음 / 장선연 옮김 | 값 12,000원

오늘날 사회적 혼란보다 더 큰 문제는 우리의 심신 모두가 너무나 약해져 있다는 점이다.
당장 힘들다고 쉽게 약해져 버리는 모습을 많이 볼 수 있다. 이렇게 되면 이토록 삼엄한 현실 속에서 살아남기 힘들다. 그래서 『노자』다.

한권으로 끝내는 중국 재상 열전
■ 모리야 히로시 지음 / 김현영 옮김 | 값 12,000원

중국의 방대한 정치 비결이 축적된 역사책은 정치에 뜻을 둔 사람은 물론이고 조직 안에서 고군분투하는 여러분에게 시대에 따라 변하지 않는 정치의 요체를 알려줌으로써 「정치」뿐 아니라 널리 조직을 운영하는 데 큰 도움을 줄 것이다.

잘나가고 싶은 사람은 읽어라!

그에게 한눈에 반했다! 그것은 분위기 탓?
애인과 나란히 걸어갈 때 당신은 좌, 우 어느 쪽에 서는가?
이성은 왜 서로 끌리는 걸까? 그 심층 심리를 해명한다!

30초의 심리학

■ **30초의 심리학**
아사노 하치로우 지음 / 계일 옮김 | 값 8,500원

처음 본 사람인데 와 닿는 느낌이
너무나도 강렬한 사람이 있다.
흔히 하는 말로 '필이 꽂힌 사람',
그래서 잊혀지지 않는 사람,
한눈에 반했다고 하는 것이 바로 그것이다.
이런 인간의 감정을 논하는 데
남녀의 구분이 있을 수 없다.
사랑하는 그, 혹은 그녀를
생각하는 것만으로도 가슴이 두근거린다.
이상할 것 없다. 당연히 그럴 수 있는 것이다.
그렇기에 인간을 감정의 동물이라 하지 않는가.
그러나 그렇게 좋아하는 그 사람이
어느 날 갑자기 싫어지는 경우는 왜일까?